KB213134

검은 옷을 입은 자들

검은 옷을 입은 자들

왜 사람들을 죽였습니까?

죽어 마땅한 자들이니까요

최석규 장편소설

문학수첩

선한 사람은 세상에서
자신의 천국을 경험하고
악한 사람은 세상에서
자신의 지옥을 경험한다.

– 하인리히 하이네

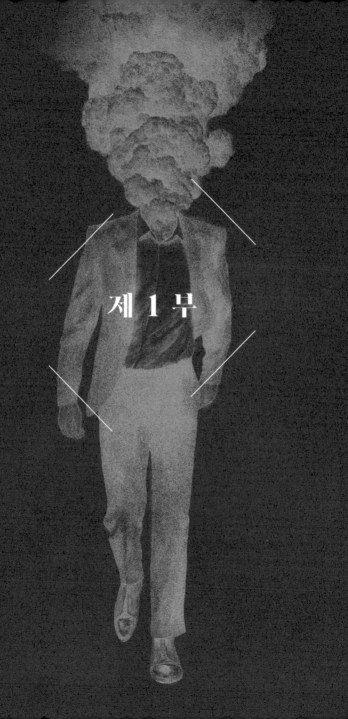

제 1 부

악한
자

"김종식 씨?"

자신을 부르는 소리에 뒤를 돌아봤다. 정말 오랜만에 들어보는 날것 그대로의 이름이었다. 남자를 자세히 살펴봤다. 그는 지팡이에 의지한 채 서있었다. 50대 초중반, 보통 키, 처진 눈, 움푹 들어간 뺨과 뭉툭한 코, 핏기 없는 입술. 비쩍 말라서 몹시 유약해 보였다. 차림새도 이상했다. 투박한 검은 뿔테 안경을 쓰고 검은 바지에 검은 재킷을 입었는데 와이셔츠 또한 갈색빛이 도는 까만색이었다. 거기에 밭일할 때나 쓸법한 어두운색의 비니를 눌러썼다. 그는 머리부터 발끝까지 온통 검정투성이였다.

이사님, 지부장님 혹은 큰형님이라 불리던 면도칼이었다. 면

11

도칼은 낯선 이가 직함도 없이 자기 본명을 불렀다는 사실만으로 기분이 더러워졌다. 퉁명스럽게 물었다.

"누구쇼?"

"김종식 씨를 만나려고 한참 기다렸습니다."

"왜요?"

"드릴 말씀이 있습니다. 저는 송이 아버지를 대신해 왔습니다."

면도칼의 안색이 바뀌었다. 입술이 한쪽으로 일그러지자 누런 송곳니가 드러났다. 남자는 면도칼의 쭉 찢어진 뱁새눈을 바라보며 또박또박 말했다.

"잠시면 됩니다. 여기서는 말씀드리기 곤란하니 조용한 곳으로 가시죠."

주위에 보는 눈이 많았다. 게다가 지금은 한낮이다. 잠시 고민했다. 턱으로 맞은편 건물 3층을 가리켰다.

"내 사무실로 갑시다."

면도칼이 앞섰다. 검은 옷 남자는 뒤를 쫓았다. 지팡이 짚는 소리가 또각또각 따라왔다.

"다녀오셨습니까?"

흑곰이 90도로 인사했다. 190센티미터가 넘는 키와 스모 선수 같은 덩치 때문에 그는 출렁이는 거대 지방 덩어리처럼 보였다. 윗머리를 빼고 모두 밀어버려 깎은 면이 파랗게 반들거렸다. 면도칼이 물었다.

"회장님한테서 연락 없었어?"

"예."

"금촌 애들은?"

"딱히 움직임은 없습니다."

흑곰은 함께 온 남자를 곁눈질로 살펴보았다. 면도칼은 들고 있던 가방을 흑곰에게 건네줬다. 루비나 클럽 대표에게 전해주라고 했다. 흑곰은 꾸벅 인사를 하고 밖으로 나갔다.

사무실은 넓었다. 거리가 훤히 내려다보이는 통창으로 오후 햇살이 쏟아졌다. '대도무문(大道無門)'이라 적힌 큼지막한 현판이 맞은편 벽 한가운데 붙어있다. 그 아래 왕의 침대만큼 거대한 책상이 있다. 여러 직함이 적힌 옥으로 만든 명패들이 가지런히 놓여있다. 행복한 삶 살기 운동 지부장. 범시민 기초 질서 지키기 연합회 회장. 정의로운 사회 만들기 본부장… 그중 용과 호랑이가 그려진 제일 화려한 것에 '㈜이앤김 파트너스 영업이사 김종식'이라고 새겨져 있다. 안락해 보이는 소가죽 소파가 한가운데 있고 오른쪽 벽에는 일본도 두 자루가 걸렸다. 출입문 근방의 책장에는 한 번도 꺼내본 적 없는 듯한 두꺼운 책이 빼곡했다. 화려한 화환이 벽을 따라 군대 사열하듯 줄지어 놓였고 정체를 알 수 없는 단체의 축하 메시지가 원색의 리본에 주렁주렁 매달렸다. 그 모든 것에는 찌든 담배 냄새가 깊이 배어있었다.

면도칼은 소파에 몸을 푹 담갔다. 남자에게 앉으라고 손짓했다. 그는 지팡이를 의자 옆에 기대어 놓고 맞은편 자리에 앉았다. 앳돼 보이는 여비서가 들어왔다. 면도칼이 큰 목소리로 말했다.

"난 아이스 아메리카노. 얼음 가득 넣어서. 뭐 드시겠소?"

"전 괜찮습니다."

"같은 거로 두 잔."

비서가 나갔다. 면도칼은 담배를 꺼내 입에 물었다. 남자를 향해 연기를 뿜었다. 둘 사이에 하얀 장막이 쳐졌다.

"그래서 날 만나러 온 이유가 뭐요?"

"송이와 송이 아버지에게 용서를 비십시오."

"…"

"진심으로 말입니다."

"…"

"그리고 지금까지 당신이 행한 모든 악행을 참회하십시오. 고통받은 모든 피해자에게 무릎 꿇고 사죄하십시오."

면도칼은 담배 필터를 입술에 걸치고 빤히 바라봤다. 피식하고 웃었다. 벌어진 입술 사이로 연기가 풀풀 새어 나왔다.

"당신 뭐요? 경찰이야?"

"아닙니다."

"변호사?"

"아닙니다."

"그러면 걔들하고 무슨 사인데?"

"전 그들 부녀와 아무 사이도 아닙니다."

면도칼은 헛웃음을 터트렸다. 남자는 아랑곳하지 않고 말을 이어갔다.

"5년 전, 당신의 짐승 같은 욕정으로 인해 어린 송이의 인생은 망가졌습니다. 송이는 오랫동안 정신과 치료를 받았지요. 송이 아버지는 사건 이후 직장도 그만두고 당신과 힘든 법정 싸움을 벌였습니다. 하지만 당신은 그동안 벌어들인 검은돈으로 대형 로펌의 변호사를 샀고 증인을 매수해 온갖 협박과 회유를 했습니다. 추잡한 언론플레이도 벌였고요. 졸지에 송이 아버지는 이혼했다가 갑자기 나타나 딸 팔아 돈이나 벌려고 하는 나쁜 아빠가 되어버렸습니다. 긴 싸움의 승자는 불행히도 당신이었습니다. 당신은 심신미약과 증거 불충분 등으로 겨우 5년의 형을 받았을 뿐, 그나마도 지병 치료 등을 이유로 다 채우지 않고 사회로 나왔습니다. 성폭력범죄의 처벌 등에 관한 특례법 제20조, '성폭행 범죄에 있어서 더는 주취 감경을 적용하지 않는다'라는 규정에도 불구하고 말입니다.

 송이는 지난해 자살했습니다. 중학교 교복도 입지 못한 채로
요. 아파트 옥상에서 뛰어내렸지요. 송이 아버지의 불행한 삶은
거기서 끝나지 않았어요. 대장암에 걸린 그는 죽지 못해 하루하
루 살아가고 있습니다."

 면도칼은 심드렁한 표정으로 칼자국 난 울퉁불퉁한 왼쪽 뺨
을 긁적였다. 그때 비서가 쟁반에 커피 두 잔을 받쳐 들고 안으
로 들어왔다. 잠시 대화가 끊겼다. 여비서는 커피를 둘 앞에 내
려놓고 나갔다. 면도칼은 담배를 재떨이에 비벼 끈 후 잔을 들
었다. 한 모금 마셨다. 검은 옷 남자는 다시 입을 열었다.

 "지금 송이 아버지의 소원은 단지 하나뿐입니다. 죽기 전에
당신에게서 진심 어린 사죄를 듣는 것."

 "…"

 "저는 이 말을 전하려고 왔습니다."

 면도칼은 들고 있던 잔의 내용물을 남자 얼굴에 뿌렸다. 커피
물과 얼음이 사방으로 튕겨 나갔다. 차가운 검은 물이 남자의
얼굴에서 바닥으로 뚝뚝 떨어졌다.

 "네 눈깔에 내가 개호구로 보이냐?"

 그는 얼굴도 닦지도 않은 채 가만있었다.

 "내가 누군 줄은 알아?"

"…"

"나, 이앤김 이사 김종식이야. 이 구역을 지배하는 남자! 그런데도 이렇게 당당히 찾아왔다? 하, 진짜 간땡이가 부었나."

"…"

"난 이미 잘난 죗값을 치렀어. 그 덕분에 내 피 같은 돈을 얼마나 썼는줄 알아? 근데 뭐가 문제야? 왜 내가 가서 또 고개를 숙여야 해? 어?"

남자는 손수건을 꺼냈다. 안경을 벗고 흘러내리는 커피 물을 닦았다. 다시 안경을 썼다. 그는 낮은 목소리로 말했다.

"김종식 씨. 지금이 마지막 기회입니다. 참사람으로 다시 살 기회 말입니다."

"뭐?"

"다시 묻겠습니다. 피해자를 찾아가 진심으로 사죄하시겠습니까?"

면도칼은 한동안 그저 실소만 흘렸다. 손바닥으로 테이블을 탁 쳤다.

"오케이. 알았어, 알았다고. 아이고, 선생님의 훌륭하신 말씀을 듣다보니 생각이 절로 바뀌는군요. 사죄? 물론 송이 아버님께 용서를 빌어야지요. 그리고 안타깝게 고인이 된 송이 양에게도요. 무릎 꿇고 손이 발이 되도록 빌지요. 참, 그전에 먼저 사과의 뜻으로 이걸 전해주시면 고맙겠습니다만?"

면도칼은 바지 주머니에 손을 넣은 후 주물럭거리다가 빼냈다. 검지와 중지 사이에 엄지를 끼워 넣은 채 남자의 눈앞에 들이밀었다.

"먼저 좆부터 까시고."

검은 옷 남자는 깊은 한숨을 쉬었다. 창문 너머 하얀 구름을 한동안 말없이 쳐다봤다. 그러다 상의 안주머니에 손을 쓱 집어넣었다. 면도칼은 깜짝 놀라 상체를 세웠다. 소파가 비명을 지르며 뒤로 밀려 나갔다. 앞에 놓인 재떨이를 오른손으로 재빨리 집어 들었다. 바로 집어 던질 자세를 취했다.

"그 손! 가만히 있어!"

남자는 천천히 손을 뺐다. 무언가 면도칼 앞에 내려놓았다. 어른 손가락 두 개 정도 크기의 직사각형 나뭇조각으로 두께는 1센티미터 정도 되었다. 네 귀퉁이가 불에 탄 듯 그을렸고 표면은 거칠어 보였다. 얼핏 보면 마작 패 같았다. 면도칼은 버럭 화를 냈다.

"니미, 연장 꺼내는 줄 알았잖아!"

남자는 지팡이에 의지해 자리에서 일어났다. 고개 숙여 인사했다.

"실례 많았습니다."

남자는 문 앞까지 절뚝거리며 걸어갔다. 면도칼은 멍하니 뒷모습을 바라보았다. 그가 문고리를 잡으려는 순간 소리쳤다.

"야! 너 뭐야?"

"…"

"정체가 뭐냐고?"

"저는 아무것도 아닙니다."

"뭐?"

"하지만 어디에나 있습니다."

"…"

"당신이 태어나기 전부터."

문을 열었다. 문 앞에서 사무실 안의 대화를 엿듣던 여비서는 깜짝 놀라서 뒤로 물러섰다. 남자는 사무실을 나갔다. 지팡이 소리가 점점 멀어졌다.

면도칼은 탁자 위에 있는 나뭇조각을 조심스럽게 집어 들었다. 모양을 자세히 살폈다. 손끝으로 문지른 후 냄새까지 맡았다. 뒤집어 보니 표면에 붉은색 한자가 새겨져 있었다. 밖을 향해 소리쳤다.

"김 양아!"

비서는 냉큼 안으로 들어왔다.

"네, 이사님."

"거기 뭐라 적힌 거냐?"

건네준 나무 조각을 살펴보았다. 고개를 갸우뚱했다.

"글쎄요?"

"역사학과 나왔다며? 근데 한자도 못 읽어?"

"읽기는 하는데요. 무슨 뜻인 줄 모르겠어요. …귀방?"

"귀방?"

"귀신 귀(鬼) 자. 방문할 방(訪) 자."

"귀신이 방문한다고?"

"뜻은 그래요."

면도칼은 담배를 다시 꺼내 물었다. 불을 붙였다.

"요즘 일진이 왜 이러냐. 별 등신 같은 새끼가 다 들러붙는
구먼."

"…"

"여기 테이블 좀 닦아라. 그리고 사무실 입구에 소금 좀 팍팍
뿌리고."

대수롭지 않게 말은 했지만, 찜찜한 기분을 떨쳐버릴 수가 없
었다. 창가로 갔다. 아래를 내려다봤다. 대로로 이어진 골목길
을 살폈다. 소방서로 가는 오른쪽과 등산로 쪽으로 뻗은 샛길도
보았다. 남자의 흔적은 어디에도 없었다.

"다리병신이 존나 빠르네."

면도칼은 수염이 까슬거리는 턱을 연신 쓰다듬었다.

밤 11시가 조금 넘었다. 면도칼과 흑곰은 마지막 영업장에서 나왔다. 클럽 사장은 시퍼렇게 부풀어 오른 입술을 문지르며 둘에게 연신 고개를 숙였다. 면도칼은 뒤도 돌아보지 않고 손만 번쩍 들었다. 이번 달도 그럭저럭 정리됐다. 몇 놈이 어쭙잖은 객기를 부렸지만, 흑곰 덕에 금세 고분고분해졌다.

돌아오는 길에 늦은 저녁을 먹으러 단골 돼지국밥집에 들렀다. 특대 두 개를 주문했다. 전날 숙취로 속이 좋지 않아 소주는 시키지 않았다. 밥을 먹고 나가는 손님 중 하나가 지팡이를 짚고 있었다. 불현듯 검은 옷 남자가 생각났다. 또다시 불쾌해졌다. 흑곰은 걱정스러운 얼굴로 물었다.

"요즘 영 안색이 안 좋으십니다, 형님."

면도칼은 인상을 구기며 쏘아붙였다.

"밖에선 형님이라고 부르지 말랬지!"

"예? 예, 이사님."

"너 엊그저께 나랑 같이 사무실 들어온 남자 기억하지?"

흑곰은 고개를 갸우뚱했다.

"상갓집 패션으로 온 놈. 지팡이 짚고."

"지팡이가 있었어요?"

면도칼은 버럭 화를 냈다.

"돌대가리 새끼! 그렇게 관찰력이 없어서야."

"…"

"사무실 가서 감시카메라 녹화된 것 좀 돌려보자."

흑곰은 뒷머리를 긁적였다.

"…그게 말입니다."

"왜?"

"지난주부터 고장이 나서 녹화가 안 되더라고요. 그래서 AS를 불렀는데 아, 이놈들이 빨리빨리 오진 않고…"

면도칼의 미간이 일그러졌다. 쏘아보는 그의 시선에 흑곰은 입을 다물었다.

"…근데 그 남자는 누굽니까? 형님?"

"형님이라고 부르지 말라고 했지!"

면도칼은 버럭 소리를 질렀다. 식당 안 손님이 힐끔 둘을 봤다. 면도칼은 손짓으로 담배를 달라고 했다.

"전 끊었잖습니까."

면도칼은 가만히 노려보기만 했다.

"얼른 사 오겠습니다."

흑곰은 벌떡 일어나 부리나케 밖으로 뛰어나갔다.

"귀신은 도대체 뭐 하나. 저런 멍청한 놈 안 잡아가고."

면도칼은 중얼거렸다.

흑곰은 욕이 절로 나왔다. 그 흔한 마일드세븐 라이트가 가는 편의점마다 떨어졌다니. 아무것이나 사 갔다가는 불호령이 떨어질 게 뻔하다. 한참 헤매다 대로변 사거리 가게에서 겨우 한 갑을 구했다. 서둘러 국밥집으로 뛰어갔다.

흑곰은 눈을 의심할 수밖에는 없었다. 보고 있는 장면이 현실이라고 믿지 못했다. 조직의 2인자, 이앤김 파트너스 영업이사, 행복한 삶 살기 운동 강서 지부장, 밤의 황제인 면도칼 김종식이 돼지국밥집 주인 할머니를 붙잡고 목에 식칼을 들이대고 있었다.

그는 벽 한구석을 노려봤다. 눈동자가 바람 앞의 촛불처럼 마구 흔들렸다. 식칼 끝이 부들부들 떨렸다. 잘못하다가는 할머니의 목동맥을 끊어버릴 것만 같았다. 면도칼은 할머니를 방패막이로 삼은 채 허공을 향해 칼을 마구 휘저었다. 그때마다 할머니는 비명을 지르며 자지러졌다.

"혀, 형님!"

"흑곰! 저, 저놈 잡아라!"

면도칼은 벽을 가리켰다. 가리킨 쪽을 보았다. 거기에는 아무

장식도 없는 어디서나 볼 수 있는 하얀 벽이 있었다.

"내가 이 귀신 년을 잡고 있을 테니 넌 저놈을 조져!"

"무, 무슨 말씀입니까?"

"저거 안 보여? 벽에 붙어서 지랄하는 것들이!"

흑곰은 당황해 어쩔 줄 몰라 했다. 면도칼은 갑자기 자리에 주저앉았다. 귓구멍을 양손으로 막고 미친 듯이 비명을 질렀다. 그 틈에 할머니는 밖으로 달아났다. 출동한 경찰이 어느새 가게를 둘러쌌다. 젊은 순경이 테이저건을 꺼내 들었고 다른 한 명은 3단 진압봉을 펼쳤다. 그들 뒤로 지원 요청을 하는 경찰이 보였다. 행인이 모여들기 시작했다. 면도칼은 벌떡 일어나 의자를 집어 들고 벽으로 던졌다. 이어 사방으로 칼을 휘둘렀다. 흑곰은 그를 붙잡으려 했지만, 사나운 칼부림 때문에 접근조차 못했다.

"칼 내려놔!"

경찰이 경고했다. 면도칼은 아랑곳하지 않고 계속 발광했다. 아무도 듣지 못하는 소리와 아무도 보지 못하는 모습에 그는 이미 사로잡혀 있었다.

"아, 아니야! 그건 내 잘못이 아니야. 그년이 문제였어. 그, 그 어린것이 발랑 까져서⋯ 그년이⋯"

"당장 칼 버려!"

"형님! 형님!"

면도칼의 입과 코에서는 분비물이 줄줄 흘렀다. 사타구니도 누렇게 젖었다. 겁먹은 토끼처럼 눈만 동그랗게 뜨고 꿈쩍이다가 갑자기 천장을 노려보며 외쳤다.

"너 따위 잡귀에게 나 면도칼이 당할 것 같으냐!"

"형님! 어서 칼 내려놓으십시오."

"오케이, 까짓것 맞짱 한판 떠보자고!"

면도칼은 상의를 벗어젖혔다. 땀에 젖은 용 문신이 꿈틀거렸다. 칼자루를 양손으로 부여잡았다. 자신의 배를 향해 내리꽂았다. 푹 소리를 내면서 30센티미터 날이 복부에 박혔다. 구경꾼은 일제히 비명을 질렀다. 면도칼은 칼을 좌에서 우로 밀었다. 근육과 지방 갈라지는 소리가 났다. 칼날을 뽑았다. 복부에서 검붉은 피가 쏟아져 내리기 시작했다. 이어 목에 대고 그었다. 절단된 동맥에서 터진 핏줄기는 분수처럼 뿜어져 벽에 뿌려졌다. 피는 하얀 벽을 타고 바닥으로 흘러내렸다. 수십 개의 붉은 줄이 만들어졌다. 지나간 자리마다 체온을 품은 김이 아지랑이처럼 피어났다. 피비린내가 식당 안에 진동했다. 이빨 사이로 부글거리는 붉은 거품이 새어 나왔다. 입가에 씩 미소가 걸렸다.

"히히히. 봐라, 나도… 이제… 귀신 된다. 히히히."

면도칼은 그대로 쓰러졌다. 적갈색 웅덩이 안에서 허우적댔다. 그는 숨이 끊어질 때까지 웃음을 그치지 못했다.

───～～～✦～～～───

이기우는 뒷덜미를 주물럭거렸다. 지긋지긋한 목 통증은 이 짓거리를 그만둬야 사라지려나. 고개를 몇 차례 돌렸다. 기지개를 크게 켰다. 노트북 키보드 위에 다시 손을 얹었다. 손가락을 바삐 움직였다.

'한국 조폭의 태동은 1970년대 말로 볼 수 있다. 이 시기는 경제적 발전과 함께 조폭의 전성기이기도 하다. 그 중심에는 양은이파, 서방파, OB동재파, 이렇게 호남 3대 조직이 있었다. 관련 사건도 많았다. 조양은의 사보이 호텔 사건, 김태촌의 무교동 엠파이어 호텔 사건, 이동재의 온천장 피습 사건 등등. 일련의 범죄에도 그들은 건재했고 밤의 역사는 영원히 이어지는 듯했다. 하지만 화양연화는 오래가지 못했다. 1980년대 후반 서진 룸살롱에서 맘보파 조직원 네 명이 난자당해 숨지는 사건이 터졌다. 노태우 전 대통령은 소위 '범죄와의 전쟁'을 선언했고 두목급 조폭 200여 명이 체포됐다. 검거된 조직원도 1만 명이 넘었다. 소수의 머리가 잘 돌아가는 조폭은 이때 큰 깨달음을 얻었다. 드러내 놓고 주먹을 휘두르며 사업을 벌이다가는 다 죽는다는 것이었다.

지금은 모든 게 달라졌다. 그들은 매춘, 도박, 마약 같은 불법적인 사업을 대놓고 하지 않는다. 전자기술의 발달은 그들을 눈에 띄지 않게 만들었다. 두목의 텔레그램 메시지 한 통에 수백 명의 어깨가 한날한시에 모일 수 있게 됐다. 법인 간판을 달고 합법적으로 활동하는 조폭도 생겼다. 겉보기에 평범한 직장인처럼 보이고 일반인 앞에서는 싸우기는커녕 언성조차 높이지 않는다. 현명한 조폭은 경조사에서 세를 과시하기 위해 검은 양복을 입고 무게를 잡는 짓 따위는 하지 않는다. 눈에 띄는 순간 공멸함을 누구보다 잘 알기 때문이다.

사업 영역은 중고차, 폐기물 처리, 전자기기/의류 수출, 부동산 등으로 다양해졌다. 가짜 임차인을 대거 이용해 건물 매매가를 부풀린 후 팔아서 막대한 시세 차익을 얻는 이른바 '밸류 업 & 설거지' 부동산 매매부터 가짜 프랜차이즈를 세워 투자비와 가입비 등을 받고 폐업해 버리는 방법까지 수법도 더욱 지능화되었다. 물론 도박, 매춘, 대부업 같은 전통적인 사업도 운영하지만, 거리를 두고 관리할 뿐 결코 앞에 나서는 법이 없다. 가끔 벌어지는 손에 피 묻힐 일들은 MZ 조폭을 쓰고 버리면 된다.

…

그들은 선한 얼굴을 한 채 우리 사회 곳곳에 공기처럼 스며 있다. 합법적인 사업가, NGO 협회장, 자선가, 익명의 재력가로 활동하면서 거대하고 견고한 지하 세계를 구축해 간다. 그들은 정·재계 거물과 검은 세력 간의 매개자 역할을 자처하며 돈과 향응의 보따리를 챙겨 들고 부정한 사회 지도층을 찾아 헤맨다. 대상은 더 다양해졌다. 경찰, 검찰, 정치인, 고위 공무원은 물론, 기업가, 로비스트, 연예 엔터 업체 대표까지, 이용할 만한 자라면 손 내밀기를 주저하지 않는다. 이제 빛과 어둠의 구분은 모호해졌다.'

단숨에 기사 초고를 써 내려가다 잠시 멈춰 생각을 정리했다. 다시 글을 썼다.

"그들 중 칼리코파와 금촌파는 단연 두각을 드러낸다."

하지만 곧 백스페이스를 눌러 칼리코파와 금촌파를 지우고 '㈜이앤김 파트너스'로, 금촌파는 '썬 인베스트먼트'로 고쳐 적었다. 그나마도 L사와 S사로 또 정정했다.

'그들 중 L사와 S사는 단연 두각을 드러낸다. 특히 L사는 4세대 조폭 중 가장 진보한 세력이다. 규모 면에서 S사보다는 작지만, 실질적인 영향력(자금력, 비호 세력 지배력, 조직력 등)은 업계 최

고다. L사에는 많은 어둠의 인재가 모여있다. 가깝게는 필리핀, 베트남, 멀리는 미국과 남미에서 최고의 기술자를 불러 모았다. 유명 애널리스트를 이용한 주가 조작, 지배주주의 지분이 낮은 기업을 합병시키는 불법 터널링, 무국적 대출업, 해외 서버를 둔 온라인 사행 산업, 비트코인을 이용한 검은돈 유통, 정·재계의 자금 세탁 등 수많은 사업에 관여하고 있다. 어느 전문가는 그들 자산 규모가 웬만한 중견 기업을 웃돈다고 추정한다. 놀랍게도 제대로 된 수사는 여태 없었다. 작년 가을, 정의감에 불타는 어느 젊은 검사가 수사하려 했지만, 그가 받은 것은 좌천 성격의 지방 발령장뿐이었다.

L사 회장은 영리하다. 그 영리함 뒤에는 최고의 범죄 두뇌가 있다. 그는…'

이기우는 노트북에서 다시 손을 뗐다. 데이비드 권이라고 쓰려다 문득 손가락의 힘이 빠져버렸기 때문이다. 그저 한숨만 나왔다.

범죄 단체에 관한 르포 기사를 써 내려갈수록 자괴감만 깊어졌다. 쓸 수 있는 것과 쓰지 못하는 것 간의 팽팽한 줄다리기는 참기 힘들 정도로 고통스러웠다. 조폭 칼리코파를 이앤김 파트너스로, 그것도 무서워 이니셜로 작성하는 게 자존심이 상했다.

어쩌면 이것조차 데스크 회의에서 잘릴지도 모른다.

"칼리코파? 김철규? 거기에 데이비드 권까지? 너 제정신이냐? 실명을 그대로 내보냈다가 뒷감당을 어떻게 하려고?"

편집장은 틀림없이 그렇게 말할 것이다. 어쩌면 이 길은 예정된 가시밭인지도 모르겠다.

이기우는 한국의 조직범죄에 관한 기사의 주필, 정확히는 칼리코파의 실체를 파헤치기 위한 탐사 보도 책임을 맡고 있다. 처음 시작은 원대했다. 하지만 벽은 높고도 높았다. 어떻게 알아냈는지 김철규 회장에 관한 뒷조사를 중단하라는 압력이 여기저기서 들어왔다. 거기에는 모 그룹 사내 이사도 있었고 정치인도 있었다. 심지어 검사 출신 변호사도 있었다. 발신자를 알수 없는 협박성 전화도 몇 차례 받았다.

책상 앞에 붙여놓은 사진을 물끄러미 바라봤다. 김철규 회장, 면도칼 김종식, 범죄 두뇌 데이비드 권, 이렇게 셋이 어느 호텔에서 나오는 모습을 찍은 것이다. 사진을 건넨 정보원은 얼마 지나지 않아 연락이 두절됐다. 보스 김철규는 60대 후반이지만, 산전수전을 겪어서인지 80대 노인처럼 보였다. 김종식은 '면도칼'이라는 별명과 잘 어울렸다. 삼각형 꼴의 험상궂은 눈매는 한 번만 봐도 잊지 못할 만큼 강렬했다. 데이비드 권은 상당한 미남이었다. 오똑한 콧날과 날렵한 턱선, 깊고 갸름한 눈매가 매력적이었다. 하지만 그에게는 파충류의 차가운 피가 흐를 것만 같았다.

벌써 자정이 다 됐다. 자리에서 일어나 사무실 안을 서성였다. 모두 퇴근한 컴컴한 사무실은 귀신이 돌아다녀도 이상하지 않을 만큼 적막했다. 북적거리는 한낮과는 완전히 다른 세상이다. 맞은편 벽에 걸린 신문사 간판이 눈에 들어왔다. 기획 르포 미디어 스폿 앤 클릭. 그 아래 QR코드와 인터넷 주소가 붙어있다. 편집장과 함께 회사명을 어떻게 정할까 고심했던 일이 엊그제 같은데 벌써 이렇게 시간이 흘렀다. 양 기자 책상 앞에 섰다.

"오늘의 야근이 내일의 정의를 만든다."

오른쪽 칸막이벽에 붙은 포스트잇에 그렇게 적혀있었다. 실소가 나왔다. 신참 후배의 치기를 보니 갓 기자가 되었을 때가 떠올랐다. 그때만 해도 정의로운 사회를 만드는 일에 작은 보탬이라도 되겠다고 생각했다. 펜으로 세상을 바꿀 수 있다고 믿었다. 순진하게도 말이다.

"검토 좀 부탁드립니다, 선배!"라며 씩씩하게 건네준 양 기자의 초고가 생각났다. 책상 위에 쌓여있는 종이 더미를 뒤져 꺼냈다. 그가 직접 아이디어를 내고 작성한 첫 번째 안이었다.

〈천사와 악마가 공존하는 검은 세계〉. 부제는 다크웹의 빛. A4 다섯 장 분량의 기획 의도를 읽었다. 범죄 네트워크의 실체를 양지로 꺼내보자는 것이다. 강력 범죄 사건을 다루는 우리와 어울릴 만한 주제긴 했다. 하지만 임팩트가 약했다. 마약, 불법 무기, 스너프 필름, 아동 포르노 같은 비밀스러운 거래가 다크웹에서 이루어진다는 점은 널리 알려진 사실이다. 기자의 다크웹 접속 체험, 다른 나라 범죄 현황, 사건 분석… 자극적인 탐사보도가 넘쳐나는 세상에 이런 내용은 지면만 낭비할 뿐이다. 그래도 마지막 장의 도입 문구는 제법 마음에 들었다.

"어둠 속에도 한 줄기 희망은 있었다. 화이트 존, 정의의 시작은 바로 여기서부터였다."

———————

금요일 저녁이었다. 이기우는 양 기자와 함께 백반집으로 갔다. 편집장은 다른 기자와 함께 광주로 출장을 떠났다. 빨라야 모레쯤 온다고 했다. 양 기자는 삼치구이 살점을 발라내면서 물었다.

"이 선배. 혹시 제 기획안 읽어보셨나요?"

"그럼. 누구 명인데."

"어때요? 쓸만한가요?"

이기우는 쌀밥 위에 김치를 얹어 입에 넣었다. 우적거리는 소리가 고막을 괴롭혔다. 막 자라나는 새싹을 밟긴 싫지만 지금 제대로 말하지 않으면 땔감으로도 쓸 수 없는 못난 나무가 될 것 같았다. 솔직히 말했다.

"그냥 접어라."

"..."

"너무 식상해. 다크웹, 그건 알만한 사람은 다 아는 거잖아. 위키피디아만 뒤져도 자료가 수두룩하고. 마약, 살인 청부, 불법 총기 거래 등등 미국에서만도 하루 수만 명이 접속하는 곳인데."

양 기자는 실망스러운 표정을 숨기지 못했다. 조금 미안한 마음이 들었다.

"그래도 하나는 쓸만하더라."

"어떤 거요?"

"화이트 존에 관한 것."

"아!"

"그건 어디서 찾았어?"

"아는 후배한테서요. SCP 오컬트 덕후인데 그쪽으로 완전 전문가예요."

양 기자는 신이 나서 이야기를 시작했다.

다크웹에는 화이트 존이라는 특별한 구역이 있다. 그곳에는 수많은 사연이 매일같이 올라온다. 글쓴이 대부분은 강력 범죄 피해자다. 증거 불충분으로 석방된 데이트 살인범, 묻지 마 폭행으로 식물인간이 되어버린 남편, 데이트 폭력의 희생자가 된 딸, 소시오패스 사장의 지속적인 폭행으로 정신질환을 앓게 된 아들과 사측으로부터 협박받는 어머니. 변호사 살 돈이 없어서, 배운 게 없어서, 증거가 없어서, 그저 견디는 일 외에는 할 수 있는 바가 없는 약자의 곡절은 구구절절했다.

"흥미롭긴 하지만 화이트 존이라는 곳이 SNS나 국민 청원 사이트와 다를 것이 없잖아."

"그렇다면 말을 꺼내지도 않았죠."

양 기자는 취재 태블릿을 꺼냈다. 6개월간의 사건 사고를 정리한 엑셀 시트를 열었다. 화이트 존에 올라온 글이 포팅된 시각, 사건 발생 일자, 사망 원인, 인터넷 기사, 경찰 조사 내용 등이 꼼꼼하게 정리되어 있었다. 한 곳을 짚었다.

"이게 재작년 상반기 가장 핫한 사연이었어요. 일명 몰카 살인 사건. 이 개새끼 때문에 한 여자가 자살하고 여자 가족도 폐인이 된 사건이었죠. 하지만 증거 불충분으로 무죄 판결이 났고. 인터넷에서 아주 공분을 샀었잖아요."

"기억난다."

"가해자는 작년 크리스마스이브에 스스로 목숨을 끊었어요. 그런데 그 자살 방법이란 게 아주 기괴했어요. 어느 5층 건물 옥상에 올라가서는, '난 독수리다!'라고 소리치며 깍깍대다가 그대로 뛰어내렸대요."

"약에 취했군."

"아니요. 부검 결과 약물 중독은 아니었어요. 게다가 그는 평소 술을 입에도 대지 않았답니다. 목격자에 따르면 자살 직전까지 아주 정상이었대요. 카페에서 커피를 마시다가 옥상으로 조용히 올라갔다네요. 한마디로 멀쩡하다가 갑자기 미쳐서 뒈진 거죠."

다른 사건에 관해서도 설명했다. 가해자들은 하나같이 자살로 생을 끝냈다. 분신 후 강물로 투신하거나, 고속도로에서 차량으로 뛰어들거나, 염산을 마시는 등 목숨을 끊는 방법도 그들의 악행만큼이나 지독했다.

"그래서 요지가 뭐야?"

"연관성."

"무엇하고?"

"그들하고요."

"누구?"

"검은 옷을 입은 자들."

"…"

"그들은 모든 사건의 배후임이 틀림없습니다. 발바닥에 땀띠나게 조사한 결과 몇 가지 공통점을 찾아냈어요. 첫째, 가해자는 하나같이 어떤 이상 조짐도 없다가 느닷없이 정신착란 증상을 보이며 죽었다는 점. 둘째, 화이트 존에 관련 사건이 올라온 후 범죄자는 모두 1년 안에 사망함. 셋째, 자살 장소는 공개된, 예컨대 대로, 광장, 카페, 식당, 시장통처럼 사람이 많은 곳이라는 것. 그리고 마지막으로 제일 중요한 팩트! 자살하기 직전에 미스터 X라는 남자와 만났다는 점이죠."

"미스터 X는 또 누구야?"

"제가 붙인 겁니다. 정체를 알 수 없는 남자죠. 미스터 X는 가해자를 만나 이런 말을 남겼답니다. 피해자를 찾아가 진심으로 용서를 구하라, 그렇다면 당신은 살 수 있다."

이기우는 풋, 하고 코웃음을 쳤다.

"그런 걸 어떻게 다 알아냈어?"

양 기자는 어깨를 으쓱했다.

"훌륭한 기자는 좋은 정보원이 만든다. 선배가 한 말이잖아요. 이래 봬도 제가 인복 하나는 좋거든요."

"잘났다. 그래서 검은 옷의 정체가 뭔데?"

"하늘의 뜻을 따르는 자."

"너 무슨 사이비 종교에 빠졌냐?"

"이것을 뒷받침할 아주 흥미로운 이론을 제시한 사람이 있어요. 고뿔 감투라는 사람인데 음모론 사이트 운영자예요. 어렵사리 연락이 닿아서 여차여차 사정을 이야기했더니 선뜻 제 정보원이 되겠다고 하더라고요."

"직접 만났어?"

"그건 아니고 메일로."

"본 적도 없는 정보원이라. 그게 신뢰성이나 있겠니? 직접 만나 술 사주고 밥 사주고 해도 얻어낸 정보의 9할이 다 쓰레긴데."

"뭐, 지금은 여기 말고 빨대 꽂을 곳이 없으니 할 수 없죠. 고뿔 감투는 화이트 존을 근거지로 활동하는 비밀 암살단이 있다고 주장해요."

"됐고. 그래서 손가락 하나 까딱하지 않고 악당의 멱을 따는 방법이 뭐래? 흠, 그런 만화도 있었지? 무슨 공책에 죽이고 싶은 놈 이름을 적으면 골로 간다는 스토리."

"데스노트요? 물론 그런 황당한 건 아니지요."

양 기자는 목소리를 낮췄다.

"그들은 귀신을 부릴 수 있대요."

이기우는 할 말을 잃었다. 후배의 주장은 데스노트보다 더 만화 같았다.

"자네 UFO를 믿나?"

"예?"

"UFO의 존재를 믿느냐고."

"글쎄요. 특별히 생각 안 해봐서."

"기자에게 있어 사람들이 UFO를 믿고 안 믿고는 중요하지 않아. 중요한 건 그런 믿음을 뒷받침할 수 있는 증거를 믿느냐 마느냐는 거지. 기자란 사실을 기반으로 썰을 풀어야 해. 적어도 상식 수준의 팩트로. 세상의 어느 언론사가 그런 정신 나간 놈의 주장을 가져다 쓰겠어?"

"하지만, 선배, 이번엔 진짜 감이 좋습니다."

"인마, 흰소리 그만해."

이기우는 소주를 들이켜며 손만 내저었다. 양 기자는 진지하게 말했다.

"순진하고 바보 같은 생각일지 몰라도 제겐 믿음이 있어요. 살인자, 강간범, 납치범, 사기꾼이 가득한 이런 세상에도 아무런 대가 없이 목숨을 걸고 악을 처단하는 자가 어딘가 존재할 거라는, 그런 믿음 말입니다."

"…"

"선배. 선배는 정의가 강물처럼 흐르는 그런 세상을 보고 싶지 않나요?"

정의가 강물처럼 흐르는 세상. 정의가 강물처럼… 이기우는 인터넷 신문사 〈정의는 강물처럼〉에서 일했을 때의 섬뜩한 기억을 떠올렸다. 술에 취한 후배의 눈가가 붉게 물들어 있었다.

이기우는 토요일 정오가 지나 겨우 눈을 떴다. 그동안 쌓인 피로 때문이었다. 나도 이제 나이 들었구나, 라는 생각이 절로 들었다.

커피를 내려 받았다. 한 모금 들이켰다. 빈속을 채운 카페인은 몽롱한 정신을 흔들어 깨웠다. 노트북을 켰다. 신문별 머리기사를 살폈다. 대선 출마를 선언한 퇴물 정치인, 교통사고, 상가 화재, 연예인 스캔들 뉴스… 딱히 눈에 띄는 건 없었다. 메일을 확인했다. 양 기자가 보낸 것이 들어있었다. 발송 시각은 새벽 네 시였다. 얘는 잠도 안 자나? 정말 못 말리는구먼. 혼잣말이 튀어나왔다.

"첨부는 고뿔 감투로부터 받은 자료를 추가로 정리한 겁니다. 정독해 주시면 백골난망이겠나이다. 그리고 그가 운영하는 사이트도 한 번 들어가 보세요. 재미있을 겁니다."

그래도 밉진 않았다. 열정과 젊음이 부러웠다. 벌떡거리는 심장도 없이 그저 머리로만 기사를 써대는 자신보다 낫다는 생각이 들었다. 자료는 양이 많아 당장 읽어보기는 힘들 것 같았다. 대신 고뿔 감투 사이트로 접속해 살펴봤다. 첫 페이지의 소개

글을 읽었다.

"해밀턴은《고대 그리스인의 생각과 힘》에서 이렇게 말했다. '이집트에는 무덤만이, 그리스에는 극장만이 있다'고. 그렇다. 세상은 그렇게 계속 양분됐다. 이집트인의 진짜 삶은 현생 너머를 의미했지만, 그리스인의 삶은 지금 이 순간이다. 현실 세계로부터 소외된 이에게 남아있는 것이라곤 겨우 다음 세상뿐이다. 이런 주장은 21세기에서도 여전히 유효하다. 현실의 고통을 참는 게 유일한 방법이라 믿는 자는 자식이 안전하고 행복한 세상에서 뛰어노는 것을 살아있는 동안 결코 볼 수 없을 것이다.

    …

그래도 희망은 있었다. 다크 웹퍼는 그들을 '검은 옷을 입은 자'라 불렀다. 누가 처음 명명했는지 알 순 없지만, 더 적절한 호칭은 찾기 힘들 것 같다. 어디서 왔고, 왜 약자를 돕는지, 어떤 방법으로 악인을 처단하는지 우리는 알 수 없다. 하지만 분명한 것은 당신이 이 글을 읽고 있는 순간에도 검은 옷은 인간의 얼굴을 가진 짐승을 찾아다닌다는 점이다. 충성스러운 수족인 영민한 귀신과 함께."

개별 사건은 자살 방법에 따라 메뉴가 나뉘어 있었다. 면도칼

자살 사건을 읽어 내려가다 눈에 확 띄는 대목을 발견했다.

"…한국 사회의 밤 세계를 지배하는 양대 조직은 K파와 G파다. K파는 얼마 전 L사라는 법인을 차렸다. G파 또한 유사 금융투자 회사 S를 세웠다. 물론 그들이 개과천선해 정상적인 사업을 하는 것은 아니다. 합법의 가면을 쓴 온갖 불법 사업을 통해 큰돈을 벌어들인다. 하지만 그걸 가만히 두고 볼 G파가 아니었다. 한때 호형호제하던 두 조직은 성북동 클럽 사건을 시작으로 대립각을 세웠다. 결국 언제 피바람이 불어도 이상하지 않을 정도가 되어버렸다. 얼마 전 K파 보스 K 회장의 오른팔이 한 식당에서 의문의 자살을 했다. K파는 사건의 배후로 G파를 의심하고 있다. 반목은 더 깊은 불신을 불렀다. 이에 K파 최고의 범죄 두뇌 D가 움직임이기 시작했다…"

하마터면 들고 있던 커피를 엎지를 뻔했다. K파는 칼리코파, G파는 금촌파, K 회장은 김철규, D는 데이비드 권을 가리키는 게 틀림없다. 고뿔 감투는 어떻게 이런 정보를 알고 있는 걸까? 라이벌 금촌파의 작전 세력? 언더커버 경찰일까? 아니면 김철규에 원한을 가진 자? 이런 게 바로 취재 운이라는 걸까. 아무래도 더 자세히 알아봐야 할 것 같다. 양 기자에게 문자를 보냈다.

주연은 건물 뒤쪽 작은 텃밭을 사랑했다. 그래서 가장 많은 시간을 보내는 장소이기도 했다. 땅 아래에 묻어둔 씨앗은 매일같이 자라났다. 흙투성이 말간 생명의 꿈틀거림을 오도카니 바라보다 보면 마음이 편안해졌다.

오늘은 노랑붓꽃 새순이 땅을 뚫고 오밀조밀 올라온 것을 발견했다. 어머, 어제만 해도 안 보였는데. 자기도 모르게 감탄했다. 줄기가 탱탱해지고 말려있던 잎이 매끈하게 펼쳐질수록, 색이 진해지고 힘이 생길수록, 벌과 나비가 모여들수록 허물어졌던 일상이 회복되는 것 같았다. 정원은 모임을 통해 얻는 소박한 보상 중 하나이기도 했다. 위를 올려다봤다. 그곳에는 기지개를 있는 힘껏 켠 듯한 쨍한 파란 하늘이 있었다.

밭에 물을 대다가 문득 인기척을 느꼈다. 뒤를 돌아봤다. 송이 아버지였다. 누가 먼저랄 것 없이 미소를 주고받았다. 둘은 담벼락 아래 벤치에 나란히 앉았다. 볕이 데워놓은 자리는 따듯했다. 담벼락 너머 깔깔거리는 어린아이의 웃음소리가 시골 학교 종소리처럼 맑았다. 송이 아버지는 담배를 꺼내 물었다. 주연이 말렸다.

"그만 피세요. 수술 끝난 지 얼마 되지도 않았는데."

"얼마나 더 산다고요."

말은 그렇게 했지만, 담배는 도로 집어넣었다. 대신 종이컵에 담긴 둥굴레차를 한 모금 마셨다.

"그래도 이렇게 잘 버티시니까 좋은 소식도 듣게 됐잖아요."

송이 아버지는 말없이 고개를 끄덕였다. 손에 들고 있던 신문을 펼쳤다. 사회면 한 귀퉁이에 올라온 몇 줄 되지도 않은 단신을 다시 보았다. 이앤김 파트너스 영업이사 김종식의 사망 기사였다. 송이 아버지의 눈가가 금세 촉촉해졌다. 굽은 손으로 눈물을 훔쳤다.

"그런 독종이 스스로 목숨을 끊다니. 지금도 믿기질 않아요. 법정에서 본 놈의 눈은 자살할 자의 것이 아니었는데…"

속 깊은 기침을 했다. 그는 항암치료의 부작용으로 몸이 매우 쇠약해져 있었다. 주연은 말을 받았다.

"전 무신론자지만 이럴 땐 정말로 신이 존재하는 것 같아요. 나쁜 사람은 결국 천벌을 받는다는 옛말도 그냥 있는 게 아닌 것 같고요. 이제 송이도 편하게 눈을 감을 수 있을 거예요, 아버님. 그러니 이제는 몸만 잘 돌보시면 돼요."

송이 아버지는 희미하게 고개를 끄덕였다.

"전 이제 죽어도 여한이 없어요."

"그런 말씀 마세요. 이제부터 보란 듯이 잘 사셔야죠. 송이도 아빠의 그런 모습을 보고 싶어 할 거예요."

송이 아버지는 미소만 지으며 빈 종이컵을 만지작거렸다.

주연은 처음 '노랑붓꽃 언덕'으로 송이 아버지가 찾아왔을 때를 기억했다. 한겨울 나무처럼 비쩍 마르고 마네킹처럼 무표정한 그에게서 5년 전의 자기 모습을 봤다.

주연은 끔찍한 사고로 큰아이를 잃었다. 집 근처 편의점 앞에서였다. 주연은 회사 일이 너무 바빠 그날 아이를 학교에서 데려오지 못했다. 아이는 혼자 오는 날이면 편의점에 들러 군것질을 하곤 했다. 그날도 마찬가지였다. 옆 테이블에 앉아있던 젊은 청년은 아이가 흘린 사발면 국물이 자기 옷에 튀었다며 화를 냈다. 겁에 질린 아이는 당황하다가 라면 그릇을 바닥에 떨어뜨렸다. 남자의 새로 산 운동화는 엉망이 되었다. 남자는 허리춤에 차고 있던 칼을 꺼내 아이를 난자했다. 말리던 가게 주인도 중상을 입었다. 아들은 그렇게 천국으로 떠났다.

"그날 데리러 가기만 했어도 얘는 살았을 거야. 회사에서 그렇게 인정받고 싶었어? 새끼보다 승진이 더 중요해? 그래, 앞으로 그 잘난 일 하고 평생 잘살아 봐."

남편은 울부짖으며 주연을 세상 끝으로 몰아세웠다. 주연은 얼마 후 이혼했다. 다니던 직장도 그만두었다. 생계를 위해 집 근처에 꽃집을 차렸다. 늘그막 꿈을 예상보다 빨리 이룬 것뿐이야, 그렇게 애써 자위했다. 둘째는 커갈수록 첫째의 얼굴을 닮아갔다. 그래서 더 아팠다. 그 시절 주연의 핸드백 속에는 수면제가 다량 있었다. 죽은 자식에 대한 기억은 지문처럼 평생 지니고 가야 했다.

어느 날, 사회 복지 일을 하는 아는 언니로부터 피해자 가족을 위한 모임을 운영해 보지 않겠냐는 제의를 받았다. 국가 보조금으로 운영하며 적지만 월급도 나온다고 했다. 처음엔 거절했다. 애써 잊은 과거가 다시 살아날까 두려워서였다. 자신도 추스르지 못하면서 남을 위로할 자신이 없었다. 하지만 걱정은 기우였다. 모임에서 가장 위로를 받은 이는 바로 본인이었다. 타인을 위한 따듯한 말과 행동은 자신에게 시나브로 돌아왔다.

그녀는 재작년부터 모임의 대표를 맡았다. 주먹구구 지원에서 벗어나 체계적인 프로그램을 만들기 위해 지역자치단체, 봉사 기관, 치료 센터 등을 찾아다니며 도움을 요청했다. 뜻 맞는 이들로부터 여러 지원도 받았다. 어느 독지가가 자신의 땅을 무상으로 빌려줘 그곳에 모임을 위한 건물을 세웠다. 의사나 변호사 같은 전문가의 조력도 힘이 되었다. 이제는 규모도 제법 커졌다. 정신 상담 치료는 물론이고, 법률 지원 서비스, 저소득층 일자리 지원, 재활 교육까지 지원 범위도 넓어졌다. 생업과 모임 일을 오가며 바삐 지냈다. 주연은 여기서 두 가지를 배웠다. 자신의 불행은 내 탓이 아니라는 점과 삶의 의미는 결코 혼자서 찾을 수 없다는 점이었다.

노랑붓꽃 언덕이라는 모임 명칭은 주연이 지었다. 제일 좋아하는 꽃이 노랑붓꽃이기 때문이다. 한 쌍의 샛노란 꽃잎이 예쁘기도 했지만, 꽃말은 더 좋았다. 꽃말은 '믿는 자의 행복'이었다. 주연은 아직 살만한 이유를 노랑붓꽃 언덕에서 매일같이 발견했다.

사무실로 들어갔다. 받은 택배 상자를 모임방으로 옮겼다. 모두 이규석이 보낸 것이다. 상자를 열었다. 책이 빼곡했다. 소설, 에세이, 자기계발서, 역사 서적 등 종류도 다양했다. 이규석이 직접 쓴 책도 있었다. 《검은 정신은 살아있다》. 검은 표지에 하얀 글자라 눈에 확 띄었다. 아프리카와 관련된 책이 아닌가 싶었지만, 살펴보니 묵자에 관한 것이었다. 공자, 맹자 관련 서적은 몇 권 봤지만, 묵자라는 인물은 생소했다. 책장에 책을 차곡차곡 채워 넣었다. 정리는 오후 늦게나 끝났다. 이제 제법 도서관 분위기가 났다.

벽시계를 봤다. 곧 사람들이 올 시각이다. 사무실에서 차를 끓였다. 잠시 여유를 즐기고 싶었다. 문득 낯간지러운 상상을 했다. 지금보다 더 순수했고, 세상에 착한 사람이 훨씬 많다고 믿던 젊은 시절, 이규석을 만났다면 어찌 되었을까. 그의 선한 미소를 떠올렸다. 자원봉사자 중 그는 특별했다. 변호사나 심리 상담사처럼 모임에 꼭 필요한 전문가는 아니지만, 누구보다 열심히 일했다. 주말 모임에 한 번도 빠진 적이 없고 궂은일에도 앞장섰다. 그가 가입 신청서에 쓴 내용은 주연의 마음을 움직이기에 충분했다. "귀하께서 모임에서 할 수 있는 일은 무엇입니까?"라는 질문에 그는 이렇게 적었다.

"이곳은 어쩔 수 없이 사랑하는 이를 떠나보낸 사람이 오는 마지막 도피처입니다. 그들이 각자의 집으로 오롯이 돌아갈 때까지 저는 여기 있겠습니다."

이규석은 외국에서 오래 살다가 귀국해 독립 서점을 운영한다고 했다. 책을 몇 권 쓴 작가이기도 하다. 그 외 다른 사생활은 모른다. 결혼은 했는지, 전에는 무슨 일을 했는지 알지 못한다. 하지만 말과 행동에서 인품을 짐작할 만했다. 나이는 50대지만 훨씬 젊어 보였다. 선한 눈에선 늘 맑은 빛이 났다. 모임 사람과도 격의 없이 지냈다. 젊은 친구부터 나이 든 사람까지 남자, 여자 구분 없이 그들의 사연을 진지하게 들어주고 자기 일처럼 공감했다. 사람들은 그를 좋아했다. 정신과 의사의 상담보다 그와 이야기하기를 더 원했다. 어느새 이규석은 노랑붓꽃 언덕에 없어서는 안 될 사람이 되어있었다.

죽음의
원인

김철규는 책상 위에 놓인 크리스털 재떨이를 집어 던졌다. 날아간 재떨이는 흑곰의 이마에 정통으로 맞았다. 피부가 벌어지자 분홍 속살이 드러났다. 피가 주르륵 흘러내렸다. 흑곰은 열중쉬어를 한 채 가만히 있었다. 눈과 코와 뺨을 타고 온 핏물이 턱 밑에 모였다가 대리석 바닥으로 뚝뚝 떨어졌다.

"김종식이 뒤질 때 넌 뭘 했다고? 옆에 서서 그냥 아가리만 나불거렸다?"

"…"

"술에 취해 꽐라가 됐으면 네가 몸으로 막아야지! 칼을 뺏고 자해 못 하게 했어야지!"

"…죄, 죄송합니다만, 회장님, 그, 그때 이사님은 술을 드시지 않았습니다."

김철규는 솥뚜껑 같은 손으로 책상을 내리쳤다. '이앤김 파트너스 대표'라고 적힌 상아 명패와 앞에 세워놓은 상패가 일제히 흔들렸다. 눈썹 털 하나하나가 솟구친 채 송충이처럼 꿈틀댔다. 주름진 살 속에 파묻힌 두 개의 작은 눈이 일그러지면서 흑곰을 쏘아봤다. 흑곰은 부들부들 떨었다.

김철규 옆에 서있던 남자가 앞으로 성큼 나왔다. 올백으로 넘긴 머리카락이 날렵한 콧날과 잘 어울리는 남자다. 수염이 깨끗이 깎인 푸른 턱선은 유난히 하얀 낯빛과 대비되어 섹시해 보이기까지 했다. 광채가 살아있는 눈동자와 꽉 다문 가는 입술, 적당한 너비의 깨끗한 이마 또한 그러했다. 명품 슈트와 맞춤 구두, 고급 시계와 보석 박힌 넥타이핀을 한 그는 미래전략실 실장 데이비드 권이다. 흑곰에게 다가가 물었다.

"식당 안에 들어갔을 때 손님이 있었나?"

"서너 명 정도였습니다."

"남자? 여자?"

"남자들만, 아니 여자도 있었던 것 같습니다."

"같습니다?"

"여, 여자도 있었어요."

"자리에 앉은 이후 들어온 사람은?"

"글쎄요, 누가 온 것 같기도 하고…"

"…"

"…아닌 것 같기도 하고."

"…"

"그게, 저기, 기억이 잘…"

김철규는 버럭 소리를 질렀다.

"이 병신 새끼야. 어디 들어가면 항상 안테나 세우고 주변 살펴라고 했지? 언제 금촌파가 들이닥칠지 모른다고! 안에 있는 놈들, 앉는 장소, 비상구 위치, 유사시 연장으로 쓸 것, 다 살펴보라고 했어, 안 했어!"

흑곰은 피범벅이 된 면상을 연신 떨구며 죄송하다는 말만 반복했다. 김철규는 심복 면도칼을 이런 식으로 잃을 것이라고는 상상도 못 했다. 지금도 그의 자살을 받아들이기 힘들었다.

"그 친구는 다 죽이고 혼자 살았으면 살았지, 절대로 스스로 제 목숨을 끊을 자가 아니야. 놈들이 뭔 짓을 한 건 아닐까? 가게 주인이 면도칼 물잔에 뽕이나 야바를 몰래 탔을 수도 있을 테고. 그래, 맞아. 어쩌면 주인이 금촌파의 끄나풀일지도…"

데이비드 권이 말했다.

"그건 아닌 것 같습니다. 회장님."

"어떻게 알아?"

"그 국밥집은 김종식 이사의 단골입니다. 주인은 평생 식당 일만 해온 평범한 할머니였습니다. 사건 발생 당시, 안에는 남자 셋, 여자 하나가 있었는데 근처 학원 선생과 직원이었습니다. 중간에 남자 손님 한 명이 들어왔다가 나갔고요. 경찰 측 정보원으로부터 확인한 사실입니다."

그 말을 듣자, 수건으로 이마를 지혈하던 흑곰의 표정이 어두워졌다.

"흑곰이 밖으로 나간 사이 김종식 이사는 갑자기 일어나 부엌으로 들어갔습니다. 그리고 식칼을 들고 나와 할머니를 붙잡고 난동을 부리기 시작했습니다. 그러다…"

"됐어. 그 뒷일은 또 듣고 싶지 않으니까."

김철규는 끙 하는 신음을 내면서 뒷덜미를 주물럭거렸다.

"완전히 좆 됐어. 이딴 일로 언론의 주목을 받다니. 금촌파에서는 얼씨구나 하겠구먼."

흑곰은 기어들어 가는 목소리로 물었다.

"저기요. 실장님, 말씀 중에 죄송합니다만."

"…"

"그때 상황은 이미 다 파악하신 것 같은데, 그, 그런데…"

"왜 또 물어봤냐고?"

"예."

"네가 진실을 말하는지 알고 싶어서."

"예?"

"만일 네가 금촌파나 경찰 끄나풀이었다면 둘러대거나 꾸며내 대답했겠지."

흑곰의 검은 얼굴이 하얗게 질려버렸다.

"배, 배신이라니요? 전 그런 놈이 절대 아닙니다."

데이비드 권은 무표정하게 그를 바라봤다.

"믿어주십시오. 실장님."

데이비드 권은 흑곰을 무시하고 김철규에게 계속 설명을 이어갔다.

"약 때문에 생긴 문제도 아닙니다. 부검 결과 약물 반응은 없었습니다. 플래시백의 쇼크사 가능성도 없고요. 직접적인 사망원인은 목 대동맥 파열에 의한 과다 출혈이었습니다."

김철규는 깊은 한숨을 쉬었다. 머리 한쪽이 지끈거렸다. 빌어먹을 편두통. 한동안 괜찮았는데 지긋지긋한 고통이 다시 찾아왔다. 손가락이 세 개뿐인 왼손으로 관자놀이를 연신 문질렀다.

큰 사업을 벌이려는 찰나 말 같지도 않은 일이 터져버렸다. 세상의 모든 감시자는 이제 우리의 움직임을 주목할 것이다. 검찰은 고위층과의 검은 고리에 대해 이미 조사에 들어갔을지도 모른다. 때는 지금이다, 라며 금촌파 오야붕 오구진은 흉악한 이빨을 드러낼 것이다. 자기네 조직이 장악하고 있는 그 잘난 미디어로 온갖 여론몰이를 해 우리와 관련된 모든 비즈니스를 파투 내버릴 수도 있을 것이다. 재작년 강 대표도 중간 간부들이 잡혀 들어가는 바람에 하루아침에 사라져 버렸지. 나도 그렇게 되지 않으리라는 법은 없지 않은가. 아찔했다.

데이비드 권은 김철규에게 조용히 말했다.

"지금은 대흥 그룹과의 신사업이 더 중요합니다. 오랫동안 준비해 오셨잖습니까. 회장님께서는 비즈니스에만 신경 쓰십시오. 사건 조사는 제가 맡지요."

"그래. 권 실장만 믿겠네. 이 사건, 분명히 오구진과 뭔가가 있어. 내 촉이 그렇게 말해주거든. 잊지 말게. 놈은 완전 여우야. 백 년 묵은 여우."

"명심하겠습니다. 회장님."

그제야 마음이 조금 놓였다. 데이비드 권을 만난 일은 행운이라고밖에는 생각할 수 없다. 김철규는 그를 자기 식구로 만들기 위해 많은 공을 들였다. 직접 미국까지 가서 만날 정도였다.

측근은 이런 말을 했었다. 회장님이 유비라면 데이비드 권은 제갈량입니다. 그 말에 김철규는 지금도 고개를 끄덕인다. 그저 그런 조폭이었던 자신을 정·재계를 좌지우지할 정도의 거물로 만든 것도 따지고 보면 그의 조력 때문이라 할 것이다.

———◦◦◦◦———

　1980년대 잘나갔던 대림파 보스가 형기를 마치고 미국으로 건너갔는데 그로부터 데이비드 권에 관해 처음 들었다. 어릴 적 입양되었음에도 유창한 한국어를 구사한다, 낮에는 빛의 편에서 밤에는 어둠의 편에서 일한다, 몇몇 불법적인 사업을 벌일 때 큰 도움을 받았다, 어떤 흔적도 남기지 않을 만큼 영리하다, 대략 그런 이야기였다. 인재에 굶주렸던 김철규는 귀가 번쩍 띄었다. 그의 뒷조사를 했다.

　입양아였다는 것 외에 그의 청소년 시절에 관해서는 거의 알아낸 것이 없지만 힘든 시간을 보냈음은 분명했다. 10대 때 양부모가 이혼한 후 그는 스스로 자기 육체와 정신을 지켜야 했었다. 미국 아버지의 성인 '게일'을 버리고 한국 성인 '권'을 쓴 것도 같은 맥락일지 모른다. 그는 지독하게 공부했고 악착같이 돈을 모았다.

　그는 명문 듀크대에서 컴퓨터공학을 전공한 후, 범죄심리학을 공부해 학위를 받았다. 졸업 후 FBI에서 조직범죄 관련 일을 잠시 했었다. 멕시코 갱단과 얽힌 DEA 사건에서 프로파일러로 참여한 적도 있었다. 좋은 학벌, 선망의 직업, 번듯한 외모의 데이비드 권은 교통 법규 위반 같은 사소한 흠결조차 없었다. 적어도 겉으로 보기에는 완벽한 모범 시민이었다. 그가 어떤 종류의 범죄를 벌이는지도 알아냈다. 세금 포탈, 경쟁자의 약점을 잡기 위한 함정 설계, 검은 커넥션의 운영 관리 등이 주 업무지만 살인, 납치 같은 하드보일드한 컨설턴트도 있었다.

김철규는 이 남자의 유전자에 각인된 범죄자의 냄새를 맡았다. 범죄에 성공할 때 얻는 짜릿함은 직장에서 월급을 또박또박 받는 것과는 비교도 되지 않음을 그는 제대로 느끼고 있었다. 그것은 배부른 늑대가 양 목덜미를 물고 장난질을 치다가 아무 이유도 없이 숨통을 끊어버리는 포식자의 본능과 비슷했다.

처음 데이비드 권을 만난 장소는 샌프란시스코의 바다가 보이는 어느 고급 레스토랑이었다. 김철규는 이런 말을 했다.

"권 박사를 보면 미 서부 시대의 어느 군인이 생각나는군요. 좋은 인디언은 죽은 인디언뿐이다. 그런 말을 했다는 군인 말입니다."

"무슨 말씀인지요?"

"인디언으로부터 마을을 지키는 훌륭한 군인이지만 한편으론 인디언을 벌레처럼 죽여버리면서도 가책을 느끼지 않는 사람이라는 뜻이지요."

데이비드 권은 씩 웃었다.

"재미있는 비유군요. 그 말은 셰리든 장군과 인디언 아파호
족의 추장 토사위와의 일화에서 나온 거지요. 양키와 싸우다 패
한 토사위는 부족을 이끌고 셰리든 장군 앞에 나와 투항했습니
다. 부족의 몰살을 막기 위해서 어쩔 수 없는 선택이었겠지요.
추장은 어설픈 영어로 이렇게 말했어요. '토사위, 좋은 인디언'
그러자 셰리든 장군은 퉁명스럽게 대꾸했지요. 좋은 인디언은
죽은 인디언뿐이라고. 하지만 말입니다. 그 사건은 완전히 와전
된 이야기예요. 장군이 실제로 했던 말은 '내가 본 좋은 인디언
은 다 죽었어'라는 것이었답니다. 친하게 지냈던 인디언을 기억
하면서요. 하지만 바람과 달리 장군의 속뜻을 알아차린 이는 아
무도 없었지요."

"아, 그런 이야기였나요? 제가 잘못 알았나 보군요."

"아무튼 저를 그런 유명한 인물로 봐주시니 감사합니다. 역
시 회장님의 눈은 남다르시군요. 듣던 대로 말입니다. 생각해
보니 저도 셰리든 장군과 한 가지는 비슷한 점이 있긴 한 것 같
습니다. 제 속마음을 제대로 볼 줄 아는 사람을 기다린다는 측
면에서요."

"후후후. 이런 한 방 먹었는걸. 내가 하려는 말을 먼저 듣게

될 줄 몰랐소."

김철규는 낮은 목소리로 말했다.

"난 당신 같은 부류의 사람들을 잘 알고 있소. 내 편이 되어준다면 당신 안의 진가를 원 없이 발휘하게 해주겠소이다."

6개월 후 데이비드 권은 모든 것을 정리하고 한국으로 들어왔고 막대한 연봉을 받는 이앤김 파트너스의 미래전략실장이 되었다.

흑곰은 데이비드 권의 호출을 받고 사무실로 찾아갔다. 줄곧 불안했다.

'난 결백하니까 걱정할 것 없어. 배신이라는 것은 생각조차 해본 적도 없잖아?'

애써 자위해도 걱정은 사라지지 않았다. 오늘은 어떻게든 데이비드 권의 의심을 풀어줘야겠다고 마음먹었다.

사무실 앞에서 옷매무새를 만졌다. 노크하고 잠시 기다렸다가 문을 열었다. 커피 향이 진하게 났다. 데이비드 권은 하얀 에스프레소 잔을 손에 든 채 창가에 서있었다. 늘 그렇게 생각했지만, 그는 이 세계에 있을 사람 같지 않았다. 대기업 이사나 고위 공무원 같은 직업이 더 어울리는 자였다.

데이비드 권은 흑곰에게 자리에 앉으라고 했다. 커피까지 따라주었다. 회장실에 있을 때와는 사뭇 태도가 달랐다.

"늘 모시던 분이 고인이 되니 기분이 안 좋겠어?"

"예. 좀 거시기합니다."

"그래도 김종식 이사가 우리 회사에서 제일 유능했는데. 회장님께서도 총애했고. 참 안타까운 일이야."

"예."

"사고가 나기 전, 혹시 김 이사에게서 무슨 이상한 낌새 같은 것은 없었나?"

"글쎄요."

"전혀 없었어? 낯선 행동이나 말을 했거나, 뭔가 불편해 보인다거나. 아니면 누굴 만났다거나 하는."

"돌아가시기 며칠 전에 사무실로 어떤 남자를 데리고 온 적이 있었습니다."

"아는 사람인가?"

"모르는 사람이었습니다."

"둘이 무슨 말을 했어?"

"그것도 모르겠습니다. 전 바로 사무실을 나가서요."

"어떻게 생겼지?"

"너무 잠깐 봐서. 생각이 잘 나질 않습니다."

"그래도 사무실 감시카메라에는 찍혔겠지."

"그게, CCTV가 고장이 나서…"

데이비드 권은 그를 뚫어지게 바라보았다.

"희한하군. 우연치고."

"저, 정말입니다. 하필 며칠 전부터 고장이 나서…"

"…"

"믿어주십시오. 전 지금껏 조직에 충성했습니다. 배신이란 것 꿈에도 생각해 본 적이 없습니다. 귀신을 부리는 그 남자가 녹화되지 않은 건 순전히 기계 고장으로…"

"귀신?"

흑곰의 눈동자가 고장 난 자전거처럼 이리저리 비틀거렸다.

"마지막 순간, 형님은 귀, 귀신에 씐 것 같았어요."

흑곰은 왼쪽 손목에 걸어놓은 묵주를 연신 만지작거렸다. 나무를 깎아 만든 구슬마다 각기 다른 상형 문자가 새겨져 있었다. 데이비드 권의 입가에 냉소가 흘렀다. 비단 손목에 걸친 저것만은 아니겠지. 지갑, 양복 주머니, 심지어 팬티 안까지 악귀를 막아준다는 부적을 지니고 다니는 놈이니까. 데이비드 권은 흑곰이 지독한 미신 추종자인 것을 잘 알고 있었다. 흑곰은 이마에 흐르는 땀을 닦으며 간신히 말을 이었다.

"형님은 의식을 잃어가면서 이런 말씀을 하셨어요."

"…"

"나도 이제 귀신이 된다고."

데이비드 권이 면도칼의 사무실을 찾은 것은 다음 날이었다. 흑곰 말대로 고장 난 CCTV에는 아무것도 녹화되어 있지 않았다. 김 비서에게 그날 일에 관해 물었다.

"커피만 가져다 드리고 바로 나와서 안에서 무슨 말씀을 나누셨는지는 잘 모르겠어요."

"어떻게 생겼지요?"

"그냥 평범했어요. 하지만 다리가 불편한지 지팡이에 의지하고 있었어요. 좀 마른 편이었고요. 제가 나간 후 한 10분쯤 지났나? 갑자기 안에서 욕설이 났어요. 전 무서워서 여기 그냥 가만히 있었고요. 얼마 지나 손님이 문을 열고 나왔어요. 얼굴이 커피 범벅이 된 채로."

남자가 성질을 건드렸군. 면도칼은 커피 물을 면상에 집어 던졌을 테고. 어떤 대화가 오갔을까?

"남자가 간 후에 지부장님은 뭔가를 보여주셨어요. 남자가 주고 간 건데 이게 무엇인 것 같냐고 물으셨고. 그건, 뭐랄까, 일종의 표식 같았어요."

"표식?"

"한자가 적힌 나뭇조각이었는데요. 붉은 글씨로. 뭔진 모르겠지만 왠지 섬뜩한 느낌이 들었어요."

"지금도 가지고 있어요?"

김 비서는 서랍에서 작은 비닐봉지에 담긴 나뭇조각을 꺼내 왔다.

"찜찜하긴 하지만 중요해 보여서 보관하고 있었어요."

표면에 '귀방'이라는 붉은 글자가 음각으로 새겨져 있었다. 한자가 적힌 겉면을 문질렀다. 매끄러웠다. 뒤집어 보았다. 반대쪽은 거칠었다. 나뭇조각을 이리저리 살펴보았다.

오후에는 국밥집에 들렀다. 할머니는 예상대로 심한 불안증을 보였다. 데이비드 권은 신분증을 꺼내 보여주었다. 위조된 기자증이었다. 할머니는 의심스러운 눈으로 훑어봤다. 취재용 태블릿, 낡은 가방, 카메라를 든 데이비드 권은 누가 봐도 기자처럼 보였다. 당시 가게 안에 있던 손님, 면도칼의 자리, 주문한 음식 등 알고 있던 사실을 물어 확인했다. 식당 한구석 천장과 벽이 맞닿는 곳에 설치된 낡은 감시카메라를 가리켰다.

"저 카메라 작동하나요?"

"그럼. 가게 밖에도 몇 대 더 있어."

"녹화된 것 좀 볼 수 있을까요?"

"난 몰라. 영상은 건물주 사무실에 있으니까."

건물주를 찾아갔다. 녹화된 원본은 경찰이 가져갔지만, 다행히 그는 복사본을 가지고 있었다.

"얼마 안 됩니다만 도움이 되었으면 좋겠습니다."

데이비드 권은 취재비라고 쓴 봉투를 건물주 손에 쥐어주었다. 그는 두툼한 봉투 안을 슬쩍 살펴보더니 얼른 안주머니에 집어넣었다. 책상 서랍에서 복사본이 담긴 USB를 꺼내 넘겨줬다.

데이비드 권은 늦은 밤까지 서재 컴퓨터 앞에 앉아있었다. 크리스털 잔에 얼음을 채워 넣고 양주를 반쯤 따랐다. 한 모금 마신 후 다시 플레이 버튼을 눌렀다. 국밥집 주변 도로 영상과 가게 안에 찍힌 영상을 프레임 단위로 반복해 보았다. 오래된 카메라인지라 화질이 좋진 않았다.

- **22시 39분.** 남자 셋, 여자 하나가 편의점이 있는 골목에서부터 들어온다. 중년 하나, 젊은 남자 둘에 앳된 여자다. 할머니에게 주문한다. 잠시 후 식사 시작.
- **22시 56분.** 면도칼과 흑곰이 들어온다. 주문.
- **23시 00분.** 야구모자를 눌러쓰고 각진 하관의 덩치 큰 남자가 들어온

다. 면도칼 일행과 조금 떨어진 뒤쪽에 앉는다.

- **23시 02분.** 흑곰과 대화하던 중 면도칼이 테이블을 내리친다. 잔뜩 화가 난 것처럼 보인다. 가게 안 사람들의 시선이 그들을 향한다. 흑곰이 밖으로 부리나케 뛰어나간다.

- **23시 06분.** 국밥이 나온다. 밥을 먹기 시작하는 면도칼.

- **23시 12분.** 덩치 남자가 계산을 마치고 가게를 나선다.

- **23시 14분.** 어딘지 불편해 보이는 면도칼의 표정. 불안한 몸짓. 자리에서 일어나 가게 안을 서성인다. 부엌으로 들어간다. 할머니의 머리채를 잡은 채 끌고 나온다. 손에 칼을 들었다.

- **23시 17분.** 가게 안으로 들어온 흑곰.

그 이후는 뉴스에 나온 바대로였다. 사망 시각은 23시 45분.

"정말 귀신이 죽었나 보군."

데이비드 권은 비웃듯 중얼거렸다. 면도칼의 자살이 더할 나위 없이 한심해 보였기 때문이다. 사무실을 방문했던 절름발이 남자가 계속 머릿속에 남았다. 정체는 모르겠지만 적어도 금촌파는 아닐 것이다. 데이비드 권은 혹시 모를 사태를 대비해 금촌파는 물론 다른 라이벌 조직에 있는 칼잡이들의 신상을 모두 조사해 놓았다. 동태 또한 거의 실시간으로 파악하고 있다. 외부에서 영입했다는 히트맨 소식은 전혀 듣지 못했다. 게다가 절름발이 암살자라니. 이보다 더 터무니없는 말이 또 있을까.

김철규 회장은 썬 인베스트먼트의 오구진을 의심한다. 하지만, 오구진 회장은 이런 식으로 일을 복잡하게 처리하지 않는다. 그 남자는 말보다 주먹이 앞선다. 대화보단 칼침이 먼저다. 회유보다는 쇠파이프가 더 어울린다. 게다가 어떤 명분도 없다. 지금처럼 조직 간 힘의 균형이 팽팽할 때 어설픈 선제공격은 언론과 경찰의 주목만 받을 뿐이다.

'그래도 보스로서는 의구심을 지울 수 없겠지. 면도칼이 관리하던 지역은 두 조직 모두에게 수입과 세력 확장이라는 두 마리 토끼를 잡기 위한 전략적 요충지니까. 금촌파에게 면도칼은 눈엣가시 같은 존재일 터…'

의혹을 없앨 방법은 하나뿐이다. 미스터리한 죽음의 원인을 찾아내야 한다.

데이비드 권은 눈을 감고 등받이에 몸을 깊이 기댔다. 지금까지는 모든 게 순조롭게 흘러갔다. 두 조직의 보스는 자신의 의도대로 움직였다. 계획대로라면 칼리코파와 금촌파는 지금쯤 돌이킬 수 없는 길을 가고 있어야 했다. 공멸이라는 이름의 일방통행로를.

"빌어먹을."

깊은 한숨을 내쉬었다. 잔을 들고 창가로 갔다. 고속도로를 달리는 차량의 라이트를 조용히 바라봤다. 크리스털 잔을 창문에 대고 천천히 돌렸다. 얼음에 부딪힌 불빛이 보석처럼 빛났다. 그 빛에 비친 데이비드 권의 회색 눈동자가 독사 눈알처럼 번들거렸다.

특종을
찾아서

보통 때보다 저녁 회의가 늦어졌다. 오늘은 데스크 전체 회의가 열린다. 그동안 준비한 탐사 기획이 특종이 되느냐 낙종이 되느냐는 오늘 결정에 달렸다. 편집장은 방송국 국장과 식사를 마친 후 사무실로 왔고 양 기자도 지방 취재를 마치고 늦게 돌아왔다.

"그 양반도 참, 무슨 놈의 대화가 연예부 국장의 불륜으로 시작해 기업 비리로 끝나는지. 주제가 미친년 널뛰듯 해."

편집장은 국장 흉을 한참 동안 보았다. 본격적인 회의에 앞선 그만의 워밍업이었다. 60대 중반을 훌쩍 넘겼지만, 여전히 수장 역할을 충실하게 해내는 편집장은 의자에 앉자마자 불룩 튀어

나온 배를 까고 벅벅 긁었다.

"이놈의 짬밥은 날이 갈수록 감출 수가 없네."

그는 복부의 크기가 기자의 경륜이고 언론 직필의 올곧은 상징이라고 입버릇처럼 말했다. 그때마다 이기우는 웃음을 참기 힘들었다. 하지만 스폿 앤 클릭을 최고의 기획 르포 전문 미디어로 키운 편집장을 누구도 뒷방 늙은이로 여기지 않는다. 이만큼 자리매김한 것도 다 그의 탁월한 추진력 때문이다. 창업 이후 함께한 이기우는 이제 눈빛만 봐도 편집장의 위장 밑바닥까지 들여다볼 정도가 됐다.

편집장은 드립 커피를 머그잔에 가득 부었다. 다리를 책상 위에 턱 걸치고 의자 등받이에 몸을 실었다. 거대한 상체를 움직일 때마다 면바지 끝단의 풀린 실밥 하나가 대롱거렸다.

"자, 그럼, 마이 브라더 이 기자부터 시작해 볼까."

이기우는 그동안 조사 정리한 자료를 대형 모니터에 펼쳤다. 깡촌 양아치가 어떻게 검찰, 정계, 재계에 막강한 영향력을 가진 이앤김 파트너스 회장으로 변모했는가를 시작으로 해서 현재의 사업 현황, 경쟁 조직과의 이권 다툼에 관한 설명으로 끝을 냈다. 편집장은 최근 면도칼 사건에 관해 물었다.

"그쪽 분위기는?"

"김철규는 금촌파를 의심하는 것 같대요."

"경찰은 자살로 결론 내렸잖아?"

"믿지 못하는 것 같아요. 하지만 물증이 없어서 섣불리 보복도 못 할 테고. 뭔가 일을 꾸미는 것 같긴 한데 현재로서 그게 뭔지 모르겠어요."

"어제 사건도 관련이 있는 것 같은데?"

"무슨 사건요?"

"기자란 놈이 뉴스도 안 보냐? 금촌파와 칼리코파 꼬붕끼리 시골 논길에서 칼부림한 사건."

"예? 정말이요?"

"타이밍상 칼리코파의 보복처럼 보이긴 하지만 자세히 살펴보면 뭔가 이상해. 칼리코파가 완전 나체로 공격했거든?"

"알몸이라고요?"

"음. 놈은 실오라기 하나 없이 홀랑 벗은 채 논두렁에 숨어 있다가 갑자기 뛰어나와 정차 중이던 금촌파의 차로 달려갔어. 그러고는 차 밖에서 담배 피우고 있던 금촌파의 뒤통수를 내리쳤어."

"뭐로요? 야구방망이? 쇠 파이프?"

"아니. 꽃으로."

"허허허."

"고랑 옆에서 자라던 들꽃을 한 움큼 꺾어 손에 쥐고 그걸로 때렸어. 모두 근처 CCTV에 고스란히 찍힌 거야. 습격 아닌 습격을 당한 칼리코파는 본능적으로 사시미 칼을 꺼내 휘둘렀어. 그러다 뒤엉켜 몸싸움을 벌였고 둘 다 심각한 상처를 입었어. 칼리코파는 그 자리에서 뒤지고 다른 놈도 치료받다가 응급실에서 죽었다더군."

"대낮에 훤히 트인 시골길에서, 논바닥에 벌거벗은 채로 숨어있다가 꽃을 휘두르며 달려드는 습격이라. 아주 제대로 돌았구먼."

"부검 결과 약에 취한 상태도 아니었어. 그러니 더 희한하지."

"역시 제 예상대로군요."

양 기자가 씩 웃으며 대화에 끼어들었다. 편집장은 가뜩이나 작은 눈을 더욱 가늘게 뜨고 그를 쳐다봤다.

"그렇겠지? 우리를 어여삐 여기는 착한 귀신님이 나란히 황천길로 끌고 갔겠지?"

힘을 모아도 시원찮은 판에 엉뚱한 것에 정신 팔려있는 신참을 향한 직격탄이었지만 순진한 것인지 눈치가 없는 것인지 양기자는 계속 살을 붙여나갔다.

"맞습니다. 이 사건도 사실 같은 맥락에서 볼 수 있죠. 자, 이젠 제 차례인가요?"

그 건은 오늘 회의 대상이 아니니 다음에 하자고 이기우가 말렸지만, 편집장은 들어나 보자고 했다. 양 기자는 자료를 화면에 올렸다.

경찰 보고서부터 출처가 미심쩍은 찌라시까지, 부검 의사의 과학적 설명부터 어느 무당의 근거 없는 주장까지, 종류도 다양했다. 지난 3년간 미스터리 자살 사건을 정리한 엑셀 시트를 모니터에 뿌렸다. 일전에 메일로 받은 자료의 업데이트 판이었다. 하나같이 살인, 강간, 유괴 납치 등 사회적으로 지탄받는 사건의 피의자다, 일부는 형을 살고 나왔고 일부는 무죄로 풀려났다, 모두 죽기 전 미스터 X를 만났다, 시간과 장소, 외형 등을 종합해 볼 때 미스터 X는 한 명이 아닌 것 같다고 양 기자는 주장했다. 편집장이 물었다.

"결론은?"

"우리 사회에 자경단이 있습니다. 어둠 속에서 강력 범죄자들을 처단하는 정의로운 존재. 바로 검은 옷을 입은 자!"

편집장은 아무 말도 하지 않고 잔에 커피를 더 따라 부었다. 쭉 들이켰다. 마치 빈속에 소주를 들이켠 것처럼 인상을 구겼다. 양 기자는 힘주어 말했다.

"검은 옷에게는 우리가 모르는 어떤 능력이 있어요."

"…"

"목격자 말에 따르면 죽은 놈들은 죽기 직전 하나같이 잔뜩 겁에 질려있었대요. 귀신이나 유령을 본 것 같은 행동을 하면서요. 그러다 극도의 공포를 이기지 못하고 자살했고."

편집장은 턱을 괸 채 심드렁하게 물었다.

"하우?"

"예?"

"그래서 검은 옷 입은 양반이 어떤 식으로 놈들을 죽였냐고."

"그것은… "

"말로 죽였나? 잘 설득해서? 당신은 천인공노할 짓을 저질렀으니 얼른 옥상으로 올라가 뛰어내리세요, 아니면 이 칼로 배때기를 쑤셔주시면 감사하겠습니다. 이렇게?"

양 기자는 눈만 끔쩍하였다.

"인마, 어디서 귀신 씻나락 까먹는 소리를 하고 있어. 여기가 슈퍼 영웅 찾으러 다니는 곳이냐? 아니면 도시 괴담 생산 공장이냐? 적어도 팩트에 근거한 심층 탐사 보도 전문이라는 타이틀은 지켜야 할 것 아니야."

"…"

"그리고 도깨비감투? 아니, 고뿔 감툰가? 당신 정보원. 그런 오컬트 히어로 덕후한테 무슨 빨대를 꽂아? 그놈은 틀림없이 방구석에 종일 처박혀 연예인 악플이나 달고 세상이 이따위인 이유는 다 너희들 탓이다, 그런 소리만 해대는 히키코모리야."

아니나 다를까 편집장은 적나라하게 핀잔을 줬다. 양 기자는 가방에서 무언가를 주섬주섬 꺼냈다. 사진이었다.

"이건 정리되면 나중에 말씀드리려고 했는데…"

편집장과 이기우 앞으로 내밀었다.

"죽은 자들의 옷, 가방, 차 안에 이런 것이 있었대요. 미스터 X가 건네준 거겠죠. 아는 경찰 형님이 증거품이라며 슬쩍 보여준 건데 몰래 핸드폰으로 찍어 왔어요. 맘 같아서는 그냥 갖고 나오고 싶었지만."

사진 속에는 작은 나뭇조각이 있었다. 겉면에 붉은 한자가 새겨져 있었다.

"무슨 골동품 같은데?"

사진을 본 이기우의 눈이 커졌다.

며칠 전, 이기우는 전 칼리코파 조직원을 만났다. 한때 중간 보스까지 올라갔던 자였지만 천사 같은 여자를 만나 현재 치킨집 주인으로 살아가는 남자다. 물론 조직 탈퇴의 대가로 새끼손가락을 그곳에 두고 오긴 했지만. 지금은 이기우의 정보원이 된 그에게서 흥미로운 이야기를 들었다. 행동 대장인 흑곰에 대한 것이었다. 전설처럼 내려오는 장대동 오거리 13 대 1의 주인공인 흑곰의 약점은 뜻밖이었다. 그는 미신을 지나칠 정도로 믿었다. 수십 가지의 터부를 조금이라도 어기면 아예 밖을 나서지도 않았다. 면도칼의 자살을 목격한 후 정도가 더 심해졌다고 했다. 사무실은 물론 집, 영업장, 식당, 심지어 화장실에 들어갈 때도 그것이 어디 숨어있지 않은지 눈에 불을 켜고 찾았다고 했다.

"그게 뭔데?"

"무슨 한자가 적힌 쪼만한 나뭇조각이라고 하던데요?"

이기우는 사진을 들고 자세히 들여다봤다. 표면에는 붉은색으로 '귀방'이라고 적혔다. 정보원이 말한 것이 바로 이것일까.

"편집장, 양 기자하고 함께 더 살펴보겠습니다. 고뿔 감투라는 사람도 한번 만나보고요."

편집장은 어이없어했다.

"너까지 이러기냐?"

"제 기획안하고 연관이 있어 보여요. 조직 간 칼부림도 그냥 우연히 터진 것 같진 않고. 노랑붓꽃 언덕에서부터 시작해 볼게요."

"노랑붓꽃 언덕?"

"범죄 피해자 모임입니다. 조사원이 말하기를, 거기 오는 사람 중 하나가 면도칼의 피해자 가족이랍니다."

"어떤 일을 당했는데?"

"여자애를 유괴 강간했어요. 딸 아버지와 면도칼은 전에 채무 등으로 얽혀있던 사이였고요. 겉으로는 보복성처럼 보이지만 원래 면도칼이 소아성애 취향인 것 같아요. 아이는 정신과 치료를 받다가 작년에 자살했어요. 애 아빠한테 인터뷰를 딸 수 있을지는 모르겠어요. 아무래도 아픈 기억을 상기하고 싶진 않을 테니까."

편집장은 혼잣말처럼 중얼거렸다.

"그래도 조금 마음의 짐은 내려놓았겠네. 면도칼이 천벌을 받았으니까. 하늘도 무심치는 않은 모양이야."

이기우는 피식 웃었다.

"왜 웃어?"

"편집장이 그런 소리를 하니까 놀라워서요."

"뭔 소리야?"

"바보 같은 말이지만요. 사실은 우리 모두 그렇게 믿고 싶어 한다는 거죠. 죄를 지은 자는 반드시 하늘이 벌을 준다고."

자신의 편을 들어주는 것 같아 양 기자의 표정이 환해졌다. 이기우는 짐짓 퉁명스러운 말투로 양 기자에게 말했다.

"하지만 자네 추론에 동의한다는 뜻은 아니야. 조폭 깍두기들 조사하다 보니 뭔가 교집합이 있는 것 같아 같이 뛰어보자는 거지."

"아무튼 고맙습니다, 선배님."

"'님' 자 붙이지 말라고 했지! 기자라는 놈이 아직도 권위주의에 찌들어서는."

"네, 선배."

"고뿔 감투랑 약속은?"

"어젯밤에 메일로 답장이 왔어요."

"퍽 빨리도 왔네."

"그래도 대답은 포지티브에요. 취재비를 선불로 주면 만나겠답니다."

편집장은 결국 이기우에게 힘을 실어주었다. 경찰 출입 기자 시절부터 반짝이던 그의 촉을 믿기 때문이다. 이기우는 아는 전문가에게 나뭇조각에 관해 알아보겠다고 했다. 노랑붓꽃 언덕의 방문은 양 기자 일정에 맞추어 조정했다.

이제 기사의 방향은 정해졌다. 이기우와 양 기자는 뚝심 있게 달려가기만 하면 된다. 귀신과 조폭의 멋진 콜라보를 기대하면서 말이다. 혹시 누가 알겠는가. 세계 최초로 귀신의 존재를 증명한 기자로 퓰리처상을 받게 될지. 주필은 이기우가 맡기로 했고 부필로 양 기자와 다른 신참 기자를 넣었다. 배의 조타륜은 이기우의 손에 쥐어졌다. 수많은 탐사 보도 기사를 썼지만, 이번만큼 묘한 흥분감을 불러일으킨 적은 없었다.

데이비드 권은 소파 의자에 몸을 기댔다. 등받이가 뒤로 기울어지자, 몸이 드러누운 것처럼 됐다. 빗어 넘긴 머리카락이 몇 갈래로 흩어졌다. 엄지로 미간을 연신 문질렀다. 생각에 잠길 때마다 나타나는 그의 버릇이다. 신경질적으로 중얼거렸다.

"병신 같은 놈! 면도칼이 죽은 지 겨우 한 달 전인데 또 경찰의 이목을 끌다니."

대낮 국도 길에서 금촌파를 피습한 애송이 이름은 기웅이었다. 갓 십 대를 벗어난 그를 몇 번 본 적은 있다. 코가 뭉툭하고 주근깨가 잔뜩 있는 덩치였다. 그날 아침만 해도 평소와 다름없이 모시는 지부장의 수발을 들었다. 시골에 있는 동생을 만나러 잠깐 다녀오겠다고 하더니 그 사달을 저질렀다. 지부장은 어떤 지시도 내리지 않았다고 했다. 기웅도 이상한 낌새를 보이지 않았다.

심리학자 코넌은 사람은 자살 직전에 통상 36번의 신호를 보내고 300번이 넘게 살려달라는 무언의 몸짓을 한다고 했다. 예상된 죽음 앞에서는 어떤 인간도 태연할 수 없는 법이다. 면도칼과 기웅, 그들은 느닷없이 죽음과 마주친 것이다.

전화를 걸었다.

"오 경정님?"

잠시 대답이 없었다. 시끄러운 전화벨 소리만 들렸다. 오 경정은 낮고 빠르게 대답했다.

"이 전화로 하지 말라고 했잖아."

"죄송합니다, 형님. 긴히 말씀드릴 것이 있어서요."

"뭔데?"

"전에 댁으로 보내드린 사과는 잘 받으셨지요? 산지에서 금방 딴 거라 싱싱할 겁니다. 물론 바닥에 깔아둔 돈 봉투 속의 것이 제일 맛있겠지만요."

"젠장, 그 말 하려고 전화한 거야?"

"그럴 리가요? 부탁 하나 드리려고요. 김종식 이사 사건과 유사한 건의 자료를 봤으면 해서요."

"비슷한 사건?"

"예. 몇 년째 미스터리한 자살 사건이 계속 일어난 것 같던데요."

"그건 A1 사건이야. 나도 접근하기 어려워."

"A1 사건이 뭐죠?"

"최고 비밀 등급으로 분류된 특별 수사 대상 건. 이것 때문에 특수부가 꾸려졌다는 소문도 돌고 있어. 너희 같은 부류가 접근할 수 있는 정보가 아니야."

"그렇군요. 그럼, 저 같은 미천한 자는 힘들겠군요."

"알았으면 끊어."

"정보부에서 제일 잘나가는 오 경정님께서도 빼낼 수 없는 정보가 있다니 놀랍군요. 그런데 이걸 어쩌죠? 그동안 받아 쳐드신 선물 목록이 다른 곳으로 가야 할지도 모르겠군요. 예를 들면 경찰 인트라넷 같은 곳?"

"지금 협박하는 거냐?"

"협박이라니요. 비즈니스 협상을 하는 겁니다. 형님의 탄탄한 미래와 사건 자료의 거래."

"이 새끼가…"

"강 차장 성 접대 사건. 그때 우리 애들 몇 명만 구속되는 것으로 마무리된 일, 기억하시죠? 과연 이번에도 그리될까요?"

"…"

"아직도 감을 못 잡으셨나? 호텔 방에서 딸 같은 여자들하고 쓰리 썸 하는 동영상도 같이 뿌려줄까?"

"이, 이 봐. 권 실장. 내 말은 그런 뜻이 아니라…"

"오 경정님. 내년에는 총경 다셔야지요. 그리고 경무관까지 쭉쭉 올라가셔야 하고. 그죠?"

주말까지 자료의 사본을 받기로 했다. 이번 주말은 무척 바쁜 시간이 될 것 같다.

이앤김 파트너스의 오구진 회장과 썬 인베스트먼트의 김철규 회장은 서로 마주 보고 앉았다. '논두렁 피습 사건'을 마무리 짓기 위해서라는 명목을 들어 어렵게 자리를 만들었다. 장소는 시내 중심부 고급 일식집이다. 동석자는 측근 두 명으로만 제한했다. 우두머리 간의 독대는 거의 3년만이었다.

요리가 나오고 술이 몇 순배 돌았다. 분위기는 나쁘지 않았다. 둘은 우발적 충돌로 그렇게 된 것이고 조직 차원의 지시는 전혀 없었음을 확인했다. 사건은 적당한 선에서 덮기로 했다. 어차피 처음부터 일개 조무래기의 죽음 따윈 양측 다 신경 쓰지 않았다. 그보다는 경찰의 감시와 언론의 주목이, 각자의 사업이 더 중요했다. 갑작스러운 충돌을 방지하기 위해 일정 구역을 비무장지대로 두는 것도 합의했다. 겉으로 보기에는 봉합이 이루어진 것처럼 보였다.

하지만 시간이 지나자, 김철규는 슬슬 부아가 치밀기 시작했다. 면도칼 사건이 자꾸 마음에 걸렸기 때문이다. 그것은 말단 칼받이의 죽음과는 차원이 다른 일이었다. 의심의 씨앗에 먼저 불을 지른 것은 오구진이었다.

"얼마 전 안 좋은 일이 있었다는 말을 들었습니다. 측근이 사고를 당했다면서요? 국밥집에서 귀신을 봤다던데."

"그건 어떻게 아셨습니까?"

"어떻게 모를 수 있소? 신문에 나고 뉴스에도 나왔는데."

"귀신을 봤다는 보도는 나온 적이 없을 텐데요?"

김철규는 의심스러운 눈으로 그를 봤다. 오구진 곁에 있던 측근의 표정이 순간 경직됐다. 오구진은 껄껄 웃었다.

"이 바닥에서 소문 하나는 엄청나게 빠르잖소."

새 잔에 사케를 가득 따라 김철규에게 건네주었다. 김철규는 술잔을 내려놓았다. 대신 물을 마셨다.

술자리 내내 데이비드 권은 오구진을 관찰했다. 그의 관심사는 대화 내용이 아니었다. 데이비드 권은 상대의 보디랭귀지에 오롯이 집중했다. 심리 생리 검사는 물론 화자의 언어적, 비언어적 변화를 관찰해 거짓말 여부를 파악하는 행동 분석은 범죄 심리 전문가인 데이비드 권에게 매우 익숙하다.

몸은 말보다 많은 것을 알려준다. 특정 상황, 예상 못 한 상황과 마주치면 보통 사람은 감정을 숨기기 힘들다. 과장되게 웃거나 안면근육을 부자연스럽게 움직이는 것이 그 대표적인 행동이다. 거짓말을 할 때 뇌는 일종의 두려움을 느끼는 상태가 되어 아드레날린 분비되고 심박이 빨라지고 혈압이 상승하고 땀이 난다. 자신의 상태를 숨기기 위해 얼굴을 손으로 가리거나 시선을 분산시키기 위해 다리를 꼰다든지 머리를 긁적이기도 한다. 거짓말을 하는 동안에도 뇌는 쉴 새 없이 새로운 거짓말을 만들어야 하므로 질문에 대한 반응 속도가 느려진다. 시선 또한 중요한 정보다. 자주 왼쪽 위를 보면 과거의 체험 또는 예전에 본 풍경을 떠올리는 것이며 오른쪽 위는 지금까지 본 적 없는 광경을 상상하는 경향이 높다. 왼쪽 아래는 시청각적 이미지를 생각할 때고 오른쪽 아래는 특정 신체적 이미지를 떠올릴 때다. 이렇듯 훈련받지 않은 사람은 어떤 질문이나 상황을 마주쳤을 때 30초 이상 진짜 감정을 감추기 힘들다. 데이비드 권 같은 전문가 앞에서는 더욱 그렇다.

면도칼의 죽음이 처음 화제에 올랐을 때 오구진 눈썹 끝이 미세하게 씰룩였고 입술 한쪽이 떨렸다. 시선은 아주 짧은 순간 오른쪽 위로 향했다. 잔을 쥐고 있는 손가락의 불규칙한 움직임. 뒤로 몸을 젖히며 목을 좌우로 흔드는 동작… 레코딩하듯 그의 움직임을 기억했다. 하지만 그런 일반적인 놀람 반응 외에 특이점은 없었다. 오구진은 면도칼 사건과 아무 관계도 없을 것이라는 생각이 강하게 들었다.

물론 술자리에서의 관찰만으로 섣부른 결론을 내리진 않았다. 만남 두 시간 전 데이비드 권은 평범한 손님으로 변장한 채 식당에 갔다. 보스급 모임 장소에 측근이 사전 답사를 하는 것은 이 바닥의 상식이다. 모여앉은 금촌파 조직원들은 면도칼 사건에 관해 떠들고 있었다. 그가 죽은 진짜 이유는 평소 약을 많이 해서 그렇다, 아니다, 전날 여자랑 너무 해서 기가 빨려 골로 간 것이다, 같은 이야기를 킬킬거리며 해댔다. 그들은 배후는커녕 사건 내용조차 제대로 알지 못했다.

회장 집으로 돌아가는 차 안이었다. 여전히 의심을 풀지 못하는 김철규는 중얼거렸다.

"재수 없는 새끼. 언젠가 껍데기를 홀딱 벗겨 창자를 다 끄집어내고 말겠어."

모임 내내 김철규는 권하는 술은 입에 대지도 않았다. 독을 탔을지도 모른다는 생각 때문이었다. 김철규는 데이비드 권에게 넌지시 물었다.

"자네 생각은 어떤가?"

"제 생각에도 금촌파와 모종의 관계가 있는 것 같습니다. 여러 가지 정황상."

"그렇지? 그렇겠지?"

데이비드 권의 거짓 대답에 김철규는 흡족해했다.

적당한 의심과 적당한 평화, 지금은 모두 필요할 때다. 돌멩이 하나로 두 마리의 새를 잡을 기회는 자주 오는 것이 아니다. 표면적 합의와 더 깊어진 반목, 두 바퀴는 한동안 그렇게 굴러가야만 한다. 하지만 사건의 진실은 여전히 중요하다. 혹시 누가 알겠는가? 면도칼 죽음 뒤에 정말로 엄청난 비밀이 존재할지. 그리고 그 비밀이 나만의 날카로운 검이 될지. 어쩌면 좋은 기회가 될 수도 있겠다는 생각이 문득 들었다.

데이비드 권은 차창 밖으로 스쳐 가는 도시의 화려한 불빛을 조용히 바라봤다.

오 경정은 USB를 건물 실외기 안쪽에 두고 갔다. 전달 방법이 마약 판매상의 던지기 수법과 닮았다. 범죄자를 답습한 자가 경찰이라니. 짭새나 약쟁이나 결국 똑같은 인간이라는 불변의 진리가 맞기는 하군. USB 내용은 사무실에서 바로 확인하지 않았다. 사무실 PC는 안전하지 않다는 것을 잘 안다. 김철규 회장은 자신 외에 모든 사람을 의심하는 자다. 몰래카메라가 있을 수도 있고 PC에 수상쩍은 감시 소프트웨어를 설치했을지 모른다.

퇴근 후 집에 오자마자 서재 컴퓨터에 USB를 꽂았다. 총 여덟 건의 사건 폴더가 있다. 안에는 사건 보고서, CCTV 영상이

저장되었다. 투신 두 건. 음독 두 건. 가스 질식사 한 건. 자상 사망 두 건. 분신 한 건이다. 보고서를 하나씩 살펴봤다. 어찌 된 일인지 실제 사건 관련 영상은 세 건뿐이었다. 나머지는 나중에 구해주겠다고 오 경정이 폴더 안에 글을 남겨놨다. 빨리 가져다 바치는 것이 신상에 좋을 텐데. 데이비드 권은 중얼거렸다.

영상은 옥상 투신 사건, 분신 사건, 기웅의 논두렁 피습 사건 관련이었다.

제일 먼저 투신 영상을 보았다. 죽은 자는 채무자 일가족을 살해하고 20년을 살다 나온 자였다. 폴더에는 그가 이동한 경로를 따라 찍힌 일련번호 붙은 영상이 있었다. 순서대로 플레이했다. 남자는 상가에서 저녁 먹거리를 사 들고 나왔다. 그러다 어느 건물로 들어갔다. 그는 엘리베이터 안에서 거울을 보며 머리를 매만졌다. 옥상에 도착하자 난간을 넘었고 한 치의 주저함도 없이 뛰어내렸다. 추락하는 장면은 아파트 반대편 카메라에 찍혔다. 자살하려는 자의 행동치고는 모든 게 부자연스러웠다.

두 번째 사건 영상을 확인했다. 어느 빌딩에서 도로 방향으로 찍은 것이다. 젊은 남자가 도로변을 걷다가 멈춰 섰다. 손에 플라스틱 통을 들었다. 뚜껑을 열더니 내용물을 몸에 뿌렸다. 불을 붙이고 4차선 도로로 뛰어들었다. 반대편에서 오는 트럭에

받히고 즉사하는 장면이 이어졌다. 그가 주유소로 들어가 난방용 등유를 사서 나오는 영상도 살펴봤다.

　마지막으로 논두렁 피습 사건 영상을 보았다. 삼거리의 도로 교통 감시카메라에 찍힌 것이다. 주변이 논밭뿐인 길에 차가 섰다. 차에서 내린 이는 기웅이었다. 입고 있던 옷을 모두 벗어 던진 후, 마치 춤을 추듯 몸을 기괴하게 움직였다. 지갑에서 돈을 꺼내 허공에 마구 뿌렸다. 그러다 논두렁 아래로 내려갔다.

　잠시 후, 금촌파의 차가 나타났다. 기웅 차 뒤에 멈췄다. 운전자가 나와 앞차를 살폈다. 주변을 두리번거리다가 떨어져 있는 돈을 줍기 시작했다. 논두렁 아래서 기웅이 살금살금 기어 나왔다. 손에는 잡초와 꽃을 들고 있었다. 금촌파의 머리통을 꽃으로 때렸다. 놀란 상대는 칼을 꺼내 들었다. 둘은 부둥켜안고 난투를 벌였다. 먼저 쓰러진 쪽은 금촌파였다. 자기 칼에 자기 옆구리를 찔렸다. 차 문을 열고 들어가려다 그대로 쓰러졌다. 바닥에는 피가 홍건했다. 난자당한 기웅도 똑같이 비틀거렸다. 그는 허공을 향해 계속 주먹을 휘둘렀다. 마치 무언가를 향한 필사의 방어처럼 보였다. 그러다가 논두렁 아래로 굴러떨어졌다.

　훤한 대낮, 논밭에서 기습. 매복 피습이라고 하기에는 어설 펐다. 죽은 금촌파 조직원은 다른 일로 그곳을 우연히 지나가는 중이었다고 보고서에는 적혔다. 그는 그저 떨어진 돈을 줍기 위해 차를 세운 것뿐이었다.

기웅 사건의 폴더에 지나온 경로에서 찍힌 영상들이 많았다. 전부 살펴봤다. 스치듯 지나간 것을 제외하고 나니 남은 것은 점심을 먹으러 들린 휴게소 영상뿐이었다.

휴게소 영상을 플레이했다. 기웅은 푸드 코트에서 음식을 받아 입구 쪽 자리에 앉았다. 핸드폰을 보면서 식사했다. 특별한 것은 없었다. 다른 각도에서 찍은 실내 영상도 모두 보았다. 한적한 국도변 간이 휴게실이라 그런지 손님은 많지 않았다. 주문하고 음식 먹고 테이크아웃 커피를 들고 나가는 등 평범한 장면이 이어졌다. 2배속, 3배속으로 빠르게 넘겼다.

무언가 눈에 걸렸다. 뒤로 돌려 보통 속도로 화면을 봤다. 검은 코트를 입고 있는 남자가 있었다. 그는 기웅의 자리에서 두 테이블 건너 대각선 방향에 앉아있었다. 한 손은 커피를 들고 다른 한 손은 테이블 위에 올려놓은 채였다. 덩치가 컸다. 얼굴 부분을 확대했다. 각진 하관, 거뭇거뭇한 턱, 굵은 목. 전형적인 상남자 상이다. 그는 기웅에게서 눈을 떼지 않고 있다. 기웅이 식사를 마치고 나가자, 남자도 곧 자리를 떴다.

어딘지 남자의 모습이 눈에 익었다. 컴퓨터에 저장된 국밥집 실내 영상을 찾아 플레이했다. 면도칼과 같이 있던 가게 안 손님을 하나씩 살폈다. 카메라에서 제일 먼 구석에 한 남자가 있었다. 큰 키. 짙은 수염 자국. 검은 코트. 할머니가 국밥을 가져다주었지만, 그는 수저도 들지 않았다. 두 손을 테이블 위에 올려놓은 채 미동도 하지 않았다. 흑곰이 심부름하러 나간 후에도 그저 면도칼을 쳐다보고 있기만 했다. 얼마 지나지 않아 일어났고 계산을 한 후 가게를 나갔다.

국밥집과 휴게실 영상 속 남자의 정면 얼굴이 찍힌 장면을 양쪽 모니터에 띄웠다. 확대해 비교했다. 얼핏 보기에도 흡사했다. 영상 분석 소프트웨어를 이용해 영상을 로딩 후 다시 플레이했다. 유사도 적용 옵션을 걸고 두 영상을 비교했다. 안면 일치율 95퍼센트가 나왔다. 오 경정에게서 받은 세 개 사건의 모든 영상을 다 뒤졌다. 하지만 다른 곳에서는 찾을 수 없었다. 남자가 나온 두 개의 영상에서 해당 프레임만을 잘라 클립 영상을 만들었다. 먼저 국밥집 영상만 반복해 플레이시켰다. 남자가 나타났다 사라지는 장면이 쳇바퀴 돌 듯 흘러갔다.

"아!"

데이비드 권은 자기도 모르게 신음을 내뱉었다. 뇌세포에 박하사탕을 으깨 마구 문지른 것처럼 머릿속이 번뜩거렸다. 영상을 멈추었다. 느린 속도로 재생했다.

덩치가 자리에 앉는다. 면도칼을 바라본다. 왼손을 테이블 위에 올려놓는다. 데이비드 권은 영상 플레이어의 진행 시간을 확인했다. 1초, 2초, 5초… 15초… 시간이 흐르는 동안 덩치는 오른손에 찬 손목시계를 자주 쳐다보았다. 35초가 지나자, 왼손을 주머니에 넣었다. 일어나 자리를 떴다. 영상을 정지했다.

이번엔 휴게소 영상을 플레이했다. 남자가 왼손을 테이블 위에 올려놨다가 아래로 내릴 때까지 32초 걸렸다.

다시 국밥집 영상으로 돌아왔다. 남자 손 부분을 확대했다. 왼손과 오른손의 모양이 달라 보였다. 전자 스케일러를 이용해 높이와 너비, 길이를 측정했다. 오른손과 비교해 왼쪽 손등이 위로 1.5센티미터 높고 테이블 바닥에서 조금 올라가 있었다. 휴게소 영상의 왼손도 비슷한 차이를 보였다. 손 아래 무언가가 있다는 뜻일까.

국밥집 영상 속 왼손을 확대했다. 해상도가 흐려져 뿌옇게 나왔다. 손바닥 밑에 손으로 가릴 수 있을 정도의 작은 상자가 보였다. 붉은색과 흰색 바탕에 무언가가 적혔다. 그 옆에는 긴 줄이 여러 개 세로로 그려졌다. 그 부분을 ROI(Region of Interest)로 선택하고 텍스트 OCR(Optical Character Reader/Recognition) 기능을 이용해 스캔했다. 글자가 화면에 흐릿하게 나타났다.

Marlboro… MEDIUM… 경고… 흡연은 폐암 등…

말보로 담뱃갑이었다. 남자는 담뱃갑을 왼손으로 움켜쥔 채 피해자를 노려보고 있었다. 이미지 화질 개선 프로세싱을 했다. 검은 줄과 그 아래 작은 숫자가 선명하게 나타났다. 그것은 바코드였다.

데이비드 권은 화면을 뚫어지게 바라보았다. 붉고 가는 입술에 미소가 걸렸다.

"찾았다. 첫 번째 열쇠를."

서재의 동쪽 창문은 서서히 밝아지고 있었다.

이기우는 송 선배의 사무실을 찾았다. 비가 추적추적 내리는 늦은 오후였다. 대학 졸업 후 한동안 그와 만나지 못했다. 이기우가 바빴던 탓도 있지만 송 선배가 자주 해외를 나가 더 그랬다. 골동품 수집가인 그는 1년의 반을 중국, 일본, 동남아 등지에서 오래된 물건을 찾는 데 쓴다. 한국 고고학회에서도 도움을 받을 정도로 실력 하나는 인정받고 있다. 열정이 지나쳐 외국의 보물급 문화재를 들고 나오다 감옥에 갈 뻔하기도 했지만 말이다. 송 선배는 학자와 도굴꾼, 그 중간쯤에 있는 사람이었다.

5층 건물과 편의점 사이 골목 끝에 있는 사무실 문 앞에 섰다. '골동품, 서적 감정 및 매매'라고 쓴 허름한 간판 아래, '용건이 있으신 분은 뒤로 들어오시오'라는 매직으로 쓴 종이가 붙어 있었다. 좁은 골목을 지나서 뒤쪽으로 들어갔다. 반이 나무판자로 막힌 미닫이가 나타났다. 문을 옆으로 밀려고 했지만 잘 열리지 않았다.

"세게 밀어!"

안에서 큰 소리가 들렸다. 용을 썼더니 덜컥거리며 조금씩 열렸다. 고물 같은 문짝도 송 선배의 꼬장꼬장한 성격을 닮았다.

실내는 퀴퀴했다. 오래된 종이 냄새, 나무 냄새, 곰팡내, 축축한 풀 냄새가 섞여있었다. 서랍장, 그릇, 도자기, 불상, 벼루, 그 밖의 정체가 불분명한 것들이 7단 진열대를 빼곡히 채웠다. 바닥부터 천장까지 켜켜이 쌓인 고문서 때문에 창문이 막혀있어 마치 도둑의 비밀 창고처럼 보였다.

선배는 스탠드 불빛 아래 구부정하게 앉아 무언가를 들여다보고 있었다. 책상 옆에는 찻그릇이 놓여있었는데 다가가자, 진한 차향이 올라왔다.

"송 선배. 저 왔습니다."

그는 느릿하게 뒤를 돌아봤다. 자글자글한 입가 주름이 활짝 펴졌다.

"기우! 정말 오랜만일세."

"네. 뵙기 참 힘듭니다."

"그러게."

"잘 지내시죠?"

"늘 똑같지, 뭐."

"예전에 왔을 때보다 가짓수가 많아진 것 같아요."

"손님들 취향이 워낙 다양하다 보니 그렇게 됐어."

"이런 고물 팔아도 손자 용돈은 나오나 보네요?"

"그럼. 네 눈깔에는 고물이지만 어떤 사람에게는 보물로 보이니까, 껄껄껄."

익숙한 호탕한 웃음소리였다. 소소한 대화가 오간 후 본론을 꺼냈다. 나뭇조각 사진을 꺼내 보여주며 이것이 뭔지 알겠냐고 물었다.

송 선배의 표정이 순식간에 바뀌었다. 핀 조명을 더 밝게 했다. 확대경으로 사진을 들여다보았다. 음각된 글자를 자세히 살폈다.

"이거 어디서 찍은 거냐?"

"후배가 무슨 사건을 취재하다가 구한 거예요."

기사화 전에는 입을 다무는 것이 이 바닥의 룰이기 때문에 자세한 설명은 하지 않았다.

"실물도 봤나?"

"아니요."

"이걸 직접 보게 될 줄은 몰랐네. 이게 진짜 비시적(非示跡)이라면 좋으련만."

"비시적?"

"글자 그대로 해석하면 '보이지 않는 발자국'이란 뜻이야. 글자는 중의적 뜻을 담고 있어. 시(示)가 '보인다'라는 뜻이기도 하지만 '땅귀신 기'로 쓰기도 하거든."

"이게 뭐에 쓰는 거지요? 무슨 목적으로? 누가 사용하는 건가요?"

"한 번에 하나씩 물어. 헷갈리니까."

송 선배는 일어나 책장에 수북이 쌓인 책더미를 뒤적였다. 표지가 낡은 책 한 권을 꺼내 툭툭 털었다. 먼지가 뿌옇게 올라왔다. 제목도 흐릿해 잘 보이지 않았다. 하단에는 일련번호가 적힌 포스트잇이 붙어있었다. 안을 펼치자, 한자가 잔뜩 적혀있었다. 전서체라 읽기도 힘들었다.

"이 책은 뭔가요?"

"묵자에 관한 것."

"말씀하신 묵자가 내가 아는 묵자가 맞나요?"

"네가 아는 묵자가 누군데?"

"공자, 맹자 시대 사상가. 겸애. 서로 사랑하라."

"옳거니, 제법일세."

책을 한참 뒤적이다가 한 곳을 집었다.

"여기 있구먼. 비시적에 관한 것."

송 선배가 해석해 주었다. 비시적에는 특별한 힘이 있다, 귀방은 천자의 뜻을 담고 있다, 이는 하늘과 땅과 사람을 이롭게 한다는 내용이었다. 관련 구절은 겨우 세 줄뿐이었다. 이기우는 실망스러운 표정을 숨기지 못했다.

"30년 넘게 골동품 장사꾼으로 지내다 보니 주워들은 것이 꽤 많아. K대 역사학과 한 교수가 비시적이 이런 모양이 아닐까, 하며 그림까지 그려 보여준 적이 있어. '귀방'이라고 각인된 조각. 이것과 꽤 흡사했지."

그는 책장을 넘기며 말을 이었다.

"이 책은 묵자의 여러 가르침 중 하나인 명귀론을 후대 익명의 학자가 풀어 서술한 것이야. 나도 읽어봤는데 사실 좀 황당하긴 해. 출처가 불확실해서 학술 사료로서의 가치도 없고. 하지만 뭔가 돈이 좀 될 것 같아 여태 가지고 있어. 혹시 누가 알겠나? 사라진 묵자 20여 편 중 하나가 이 책일지. 허허허."

"으흠."

"사실 비시적의 진짜 용도는 아무도 몰라. 학자에 따라 여러 가지 설만 있을 뿐이지. 암시장 같은 곳에서 쓰던 비밀 화폐다, 귀부인이 지니는 부적이다, 아이들 노리개였다 등등. 치유귀를 불러 환자를 치료했다는 이야기도 있고. 아무튼 비시적에는 주술적, 초자연적인 것이 엮여있어. 그러다 보니 과장되거나 덧붙여진 것도 많겠지. 이 바닥이 뻥이 좀 심하니까. 묵자의 제자 중 한 명이 처음으로 비시적을 만들었다는 설은 그래도 믿을만해."

가게 안으로 누가 들어왔다. 밑에 두고 가르치는 젊은 직원이었다. 그는 송 선배가 들고 있는 사진을 보자마자 놀란 표정을 지었다.

"어? 또 비시적? 요즘 뭔 일 있나요?"

"무슨 말이야?"

"요즘 이것에 대해 문의하는 사람이 많네요."

"음?"

"어제 어떤 남자가 찾아와서 이게 뭔지 알고 싶다고 했어요. 선생님."

이기우가 물었다.

"이것과 같은 사진을 들고 왔나요?"

"아니요. 사진이 아니라 실물이었어요."

촉이 번뜩 섰다. 가방을 열어 자료철을 꺼냈다. 김철규 회장, 면도칼 김종식, 데이비드 권이 함께 찍힌 사진을 보여줬다.

"혹시 이 사진 속에 그 손님이 있나요?"

"…이 사람 같은데요."

지목한 이는 데이비드 권이었다.

"음, 맞아요. 아주 미남이라 똑똑히 기억해요."

"뭘 물어봤나요?"

"이게 무엇인 것 같냐고 했어요. 그래서 그냥 아는 대로 설명했죠. 묵자에 관한 것도요."

"그랬더니요?"

"묵묵히 듣기만 했어요. 그리고 고맙다며 저기 있는 벼루와 붓을 사 갔지요."

먼지가 덕지덕지 쌓인 지필묵이 가득 쌓여 있는 선반을 가리켰다.

오늘의 수확은 뜻밖이었다. 송 선배에게서 들은 옛날이야기보다 더 큰 소득이 아닐까 싶다. 데이비드 권, 그는 뭔가 알아낸 것이 틀림없다. 어쩌면 면도칼의 죽음이 단순 자살이 아니라는 방증일 수도 있다.

늑대의
추격

　무언가를 제대로 알기 위해서는 그 배경을 오롯이 이해해야
한다. 데이비드 권은 시중에 나온 제자백가 관련 책을 모두 샀
다. 공자, 맹자, 노자, 묵자 같은 춘추전국 시대 사상가에 관한
내용이 주다. 생 대부분을 미국에서 지낸 터라 동양 사상은 낯
설었지만, 새로운 분야의 학습은 범죄 설계 다음으로 그가 잘하
는 것이다.

　오늘 드디어 묵자 평전의 마지막 장을 다 읽었다. 책을 덮었
다. 포스트잇이 잔가시처럼 책장마다 붙어있었다. 책을 들고 한
쪽 벽면을 가득 채운 책장 앞으로 갔다. 철학 서적이 있는 칸에
꽂아 넣었다.

골동품 전문가에게 들은 정보는 뜻밖의 수확이었다. 나뭇조각을 들고 갈 때만 해도 괜한 걸음이 아닐지 싶었다. 비시적이라 불리는 이 작은 조각은 말보로 담뱃갑만큼 중요한 단서가 될 것이다. 닌하이드린 용액을 조각 표면에 뿌려서 지문채취를 시도했다. 하지만 예상대로 심하게 오염되어 무엇 하나 발견하질 못했다. DNA 조사 의뢰도 마찬가지였다.

거구의 턱수염 남자, 그의 얼굴을 몽타주로 만들기 위해서는 더 많은 데이터가 필요했다. 부하들을 시켜 국밥집 반경 500미터 내의 사설 감시카메라 영상을 모두 구해 오게 했다. 적당히 거짓말을 하고 돈을 질러주면 대부분은 군말 없이 줬다. 준법정신이 투철한 것인지, 경찰 외에는 줄 수 없다는 이도 가끔은 있었다. 하지만 부하 몇 명이 가게를 휘저어 놓은 후엔 다른 사람과 같아졌다.

그렇게 모은 CCTV 영상은 수천 건이나 되었다. 모수는 충분해졌다. 이제 ARC-II를 이용할 때다. FBI와 CIA에서 사용하는 ARC-II는 범죄 수사 분석 플랫폼이다. 여러 가지 기능 중 특히 영상 처리 기능이 뛰어나다. 미국 주요 도시의 실시간 CCTV 영상을 AI로 분석해 용의자를 특정하고 몽타주를 만드는 데 사용한다. 보안상의 이유로 외국에서 사용은 엄격히 제한되지만, 플랫폼 개발 당시 데이비드 권도 연구원으로 참여했던 덕에 아직 B등급 사용 권한을 가지고 있다.

영상을 모두 업로드 후, 국밥집 영상 속 덩치의 정면 모습을 기준점으로 잡았다. 얼굴, 상반신, 서있는 모습, 옆과 뒷모습 등을 레퍼런스로 지정했다. 소프트웨어는 모든 CCTV 영상 속에서 비슷한 인물을 찾기 시작했다. 유사도 80% 이상으로 필터링했다.

수십 명을 후보로 찾아냈다. 각각의 배경을 지우고 인물만 뽑아냈다. 외곽선의 특징점을 찾아 수치로 변환했다. 얼굴의 형태를 특정하는 눈, 코, 입을 기준으로 상호 간의 거리와 높이를 분석했다. 인식도가 떨어지는 이미지는 딥 페이스 안면 인식 기술을 활용했다. 여러 개의 비디오 프레임 정보로부터 단일 특징점을 추출하는 딥 네트워크 NAN(Neural Aggregation Network)을 이용해 다중 특징 벡터를 구성하고 재계산했다. 좀 더 자연스러운 얼굴을 만들기 위해 적응형 가중치도 두었다. 피부색, 주름, 흉터, 점 등의 정보를 조합해 재가공했다. 공학적으로 복잡한 과정이지만 실제로는 몇 번의 클릭과 수치 조정만으로 수행되었다.

얼마 걸리지 않아 최종 결과물이 산출됐다. 넓고 툭 튀어나온 이마, 부리부리한 눈과 짙은 눈썹, 좁은 미간과 주름, 대각선으로 벌어진 광대뼈, 사각에 가까운 턱과 듬성듬성한 굵은 수염, 짧은 목. 전형적인 전사의 얼굴이다. 신체 정보도 나왔다. 그림자 길이, 각도, 빛 반사 정도 등을 기반으로 추정한 것이다. 키 190센티미터에 몸무게 120킬로그램이 넘었다.

ARC-II가 모델링한 덩치의 사진을 오 경정에게 보내 신원 확인을 부탁했다. 전과자 DB에서 비슷한 외모를 가진 자가 수십 명이 검색됐다. 신체 정보를 더 한정했다. 현재 한국에 없거나 수감된 자도 제외했다. 다섯 명으로 압축되었다. 그들 정보를 하나하나 살펴봤다. 대부분 단순폭행, 강도, 사기 같은 잡범으로 전부 별을 서너 개씩 달고 있었다.

그중 하나가 눈에 띄었다. 구오성이라는 남자였다. 10대 때부터 폭행 등으로 감방을 들락거렸고 미필적 살인으로 7년간 복역한 후 3년 전에 출소했다. 감호 관찰 기록란에 '우수 자원봉사자 상 수상'이라고 적혀있었다. 노인복지관, 청소년 쉼터, 노랑붓꽃 언덕 등 시설 기관에서 다수 봉사 활동… 구오성의 최근 모습이 담긴 사진을 살펴봤다. 하나같이 검은색 옷을 입고 있었다. 예상대로였다.

흑곰을 불렀다. 주소가 적힌 종이와 구오성의 사진을 건넸다.

"누굽니까?"

"김종식 이사의 죽음에 대해 아는 자."

그는 놀란 표정을 감추지 못했다. 눈에 띄지 않게 며칠 관찰하라고 지시했다. 흑곰은 아둔하긴 하지만 누구보다도 사람을 잘 찾아낸다. 사진 한 장만으로 돈 떼먹고 섬으로 달아난 채무자를 잡아 온 이도 흑곰이었다. 사실 그는 흑곰이라는 별명보다 사냥개가 더 어울렸다.

흑곰은 기대를 저버리지 않았다. 얼마 지나지 않아 상세한 정보를 알아냈다. 흑곰은 어떻게 행방을 쫓았고 어떻게 정보를 수집했는지 조리 있게 설명하려고 애썼다. 거기에는 면도칼의 죽음은 자신과 전혀 관계가 없으며 자신은 여전히 조직에 충성을 다하는 자라는 심정이 고스란히 깔려있었다.

구오성, 나이 34세, 직업 목수, 싱글, 거주지는 따로 없고 자신의 목공소에서 숙식을 해결, 거의 매주 청소년 보호센터, 노인복지관, 범죄 피해 가족 단체를 방문, 무료 가구 제작 및 수리 같은 재능 기부를 함, 딱히 친분이 있거나 주기적으로 만나는 사람은 없어 보임. 그 밖에 사소한 것들에 관해 보고했다. 데이비드 권이 물었다.

"담배를 피우나?"

"안 피웁니다. 제가 20대에는 폈는데…"

"당신 말고 이자가 담배 피우냐고."

"…아. 그건 아닐 겁니다. 담배를 사거나 피는 모습을 한 번도 본 적 없어요."

데이비드 권은 고개를 끄덕였다. 목공소는 경기도 외곽에 있다. 반경 몇백 미터가 논밭뿐인 한적한 곳이다. 카메라도 없고 인적 또한 드물다. 이런 경우를 하늘은 스스로 돕는 자를 돕는다고 했던가. 흑곰에게 두 번째 지시를 내렸다.

"오늘 밤, 그를 내 앞으로 데려와라."

흑곰의 눈빛이 사냥을 앞둔 늑대처럼 변했다.

"애들 몇 명 데리고 가. 눈에 띄지 않게 조용히 처리하고. 케타민을 쓰면 아기처럼 얌전해질 거다. 100킬로그램이 넘는 놈이니까 최소 15cc 두 개는 준비하도록. 그리고 가게 안에 담배가 있는지 찾아봐. 특히 말보로. 있으면 가지고 오고."

흑곰은 고개를 갸우뚱했지만, 곧 알겠다고 했다.

"사무실로 데리고 오면 되겠습니까?"

"아니. 별장으로 와라."

"회장님 별장 말씀입니까?"

"그래. 회장님께는 내가 직접 말씀드리겠다."

면도칼 죽음의 비밀은 이제 바로 눈앞에 있다. 이번 일이 운명의 방향을 180도 바꿀 천우일 것이다. 데이비드 권은 수염이 깨끗이 정리된 매끈한 턱을 문지르며 만족스러운 미소를 지었다.

～～～～～～

김철규의 별장은 강원도 깊은 산속에 있다. 삼면이 산으로 둘러싸여 있는 고립된 지역에 있고 진입로는 오직 한 곳뿐이다. 가까운 인가도 수십 킬로미터나 떨어졌다. 5층 건물은 고풍스럽고 아름다웠다. 얼핏 보면 어느 부자의 호화로운 별장처럼 보이지만 실상 그곳은 칼리코파의 모든 사업이 시작되는 아지트다. 불법적인 사업 계획, 상납 관리 장부, 세탁을 앞둔 검은돈이 숨겨져 있다.

1층에는 접객실, 다이닝룸, 실내 골프 연습장, 피트니스 센터가 있고 2층에는 영화관, 바, 세 개의 회의실 갖춰져 있다. 3층과 4층에는 은밀한 접대를 위한 노래방, 폐쇄형 침실, 사우나실, VIP의 다양한 성적 취향을 만족시킬 시설이 준비되어 있다. 맨 꼭대기 펜트하우스는 소수의 측근과 김철규 회장만 들어갈 수 있는 집무실과 간부 회의실이 있다. 지하실에는 취조실, 소각장, 창고 등이 자리 잡고 있다. 그 모든 걸 외부인으로부터 보호하기 위해 충성스러운 부하가 별장 주변을 24시간 감시한다.

비명이 지하실을 가득 메웠다. 피비린내가 물씬 났다. 벌거벗겨진 남자가 양손이 천장에서부터 내려온 줄에 묶인 채 매달려 있다. 까진 무릎과 시퍼렇게 변한 허벅지를 따라 검붉은 액체가 흘러내렸다. 바닥에 겨우 닿은 엄지발가락까지 피가 뚝뚝 떨어졌다. 한쪽 눈은 퉁퉁 부었고 입과 코에는 마른 소똥처럼 피딱지가 달라붙어 있다. 근육질 상체의 찢긴 피부 사이에서 누런 진물이 부풀어 올랐다. 그 위로 굼벵이같이 생긴 벌레가 기어다녔다. 피를 하도 빨아 먹어 가운데가 불룩했다.

흑곰은 찬물이 담긴 양동이를 들고 남자의 얼굴에 끼얹었다. 바닥은 도축장 바닥처럼 붉게 변했다. 남자는 겨우 눈을 떴다. 알아듣기 힘든 말을 중얼거리며 몸을 이리저리 비틀었다. 정신이 들 때마다 그런 행동을 반복했다. 거구를 붙잡아 놓은 두 개의 굵은 밧줄이 그때마다 출렁였다.

남자가 실토한 것이라고는 이름과 나이뿐이다. 나트륨아미탈이나 메스칼린 같은 진실 주사도 소용없었다. 자백제에 취해 자기도 모르게 실토하지 않으려고 그는 끊임없이 반복적인, 아무 의미 없는 단어를 계속 지껄였다. 제대로 훈련받은 자다. 구오성이 면도칼 죽음과 관계있다는 이보다 더 확실한 증거가 있을까. 무고한 자였다면 지하실로 끌려오자마자 자신의 결백을 어떻게든 증명하려 했을 것이다. 하지만 그는 마치 이런 날을 대비한 것처럼 행동했다. 털투성이의 입은 어떠한 외압에도 견고한 자물쇠처럼 채워져 있다.

고문하던 부하 한 명이 구오성의 뺨을 후려쳤다. 철썩 소리와 함께 고개가 휙 돌아갔다. 다시 때리려는 순간 김철규가 손을 저었다.

"됐다. 이제 그만해라."

김철규는 지팡이에 의지한 채 의자에서 일어났다. 앞으로 걸어갔다. 몸을 구부려 구오성의 눈을 바라봤다. 옆에 쌓인 그의 옷가지를 지팡이로 뒤적였다. 질긴 검은색 바지, 반소매 검정 티, 내복과 양말, 심지어 팬티까지 검정이었다. 하나같이 연탄 공장에 들어갔다 나온 것만 같았다.

"쯧쯧. 옷 입는 센스하고는."

"…"

"이름이 구오성이라고 했지? 우연도 참 희한한 우연이군. 젊은 날 모셨던 형님 이름도 오성이었어. 김오성."

"…"

"나도 너처럼 고문당한 적이 있었어. 라이벌 조직에게 붙잡혀 어느 폐가에 갇힌 채 말이야. 놈들은 오야붕이 있는 곳을 불라고 했어. 하지만 난 한마디도 하지 않았어. 진짜 건달이라면 그래야 한다고 철석같이 믿었거든. 오야붕은 내게 항상 말했어. 어떻게든 버티면 반드시 구해줄 거라고. 우린 식구니까. 생사고락을 함께하는 식구.

하지만 내 생각은 틀렸어. 온몸이 너덜너덜해질 때까지 버렸지만 누구도 날 구하러 오지 않았어. 내 목숨은 그들에게 하나도 중요하지 않았던 모양이야. 그렇게 시간을 끄는 동안 오야붕 김오성이는 비자금을 챙겨 필리핀으로 달아나 버렸어. 그래, 꼬붕 하나 뒤져도 뭐 하나 아쉬운 것 없었겠지. 나 같은 새파랗게 어린 칼받이는 세상에 널렸으니까."

지팡이로 바닥을 두 번 쿵쿵 쳤다. 바닥의 피 웅덩이에 작은 파문이 일었다.

"남들은 내가 그때 고문을 심하게 당해 이렇게 지팡이 신세를 진다고 생각하지. 하지만 그게 아니야. 난 놈들로부터 탈출한 후 우여곡절 끝에 필리핀으로 갔어. 그리고 김오성을 찾아내 죽여버렸지. 다리는 그때 싸우다 다친 거야. 허벅지에 총을 맞았는데 근육이 다 찢겨졌어. 돌팔이에게 야메로 치료받았지만 그래도 죽진 않았지. 큭큭큭."

구오성은 김철규를 바라봤다. 하지만 초점을 잘 맞추지 못했다.

"난 네가 누군지 모른다. 하지만 두 가지는 확실히 알고 있지.

네가 아무리 버텨봤자 너희 조직은 널 구하지 못할 거라는 것. 그리고 버티다가 뒤지면 이곳 소각장에서 한 시간 안에 한 줌 재로 변할 거라는 것. 1,700도가 넘는 고열을 내고 밖으로 연기가 나지 않게 특수 필터가 장착된 지하 소각장에서 말이야."

김철규 회장은 구오성의 귀에 입을 가까이 댔다. 조용히 속삭였다.

"어떻게 면도칼을 죽였지?"

"…"

"오구진이가 시켰나?"

"…"

"너 정체가 뭐야?"

구오성의 입술이 조금 벌어졌다. 목소리가 작아서 거의 들리지 않았다. 김철규 회장은 귀를 가까이 댔다.

"나, …나는…"

"…"

"…니 애미 따먹은 니 애비다."

김철규는 지팡이를 거꾸로 들었다. 그의 벌거벗은 몸을 미친 듯이 때렸다. 구오성은 그대로 실신했다.

지하실 문이 조심스럽게 열렸다. 바닥을 긁는 철문 소음이 구오성 귀에 들렸다. 자정 전인지, 그보다 더 지났는지, 동이 트는 새벽인지, 시각은 알 수 없었다. 분명한 것은 누군가 안으로 들어왔다는 사실이다.

쇠창살 처진 좁은 창문을 통해 들어오는 달빛에 실루엣이 어렴풋이 보였다. 후드 티를 뒤집어쓴 남자였다. 그는 주위를 살피며 조심스럽게 문을 닫았다. 자세를 낮추고 살금살금 다가왔다. 현실인지 꿈인지 구별할 수 없었다. 남자는 구오성의 어깨를 잡고 흔들었다.

"구오성 씨?"

"…"

"당신을 구하러 왔습니다."

남자를 자세히 봤다. 처음 보는 얼굴이다. 누굴까.

"구오성 씨 맞지요?"

그는 안주머니에서 무언가를 꺼내 눈앞에 보여주었다. 붉은 두 글자가 적힌 나뭇조각, 비시적이었다. 그 또한 결자였다.

"어, 어떻게, 날 찾았소?"

"지금은 길게 말할 시간 없어요. 여길 빠져나가는 게 먼저요."

후드 티는 손목에 연결된 밧줄을 칼로 잘랐다. 줄이 끊어지자, 앞으로 푹 고꾸라졌다. 바닥을 짚고 일어나려 했지만, 다리에 힘이 없어 다시 주저앉았다. 후드 티는 구오성을 일으켜 세웠다. 허리를 잡고 추어올리자, 지독한 고통이 몰려왔다. 악다문 이빨 사이로 신음이 새어 나왔다.

"별장 아래쪽에 차를 숨겨놓았으니까, 거기까지만 가면 돼요."

후드 티는 출입문을 조금 열고 계단 쪽을 살폈다. 사람이 없음을 확인한 후 구오성을 부축한 채 지하실을 빠져나왔다. 1층 거실 쪽으로 움직였다. 다행히 불 꺼진 실내에는 아무도 없었다.

주방 뒷문으로 나가 정원으로 이어지는 오솔길을 따라갔다. 위치를 바꿀 때마다 순찰자의 위치를 확인했다. 후드 티는 이미 별장 구조를 다 파악한 것 같았다. 건물이 만든 그늘을 따라 빠르게 이동했다.

구오성은 땅을 디딜 때마다 입술을 깨물었다. 맨발바닥은 잔돌과 가시에 찔려 피범벅이 되었다. 울타리 있는 곳에 도착했다. 커다란 수목으로 가려진 작은 쪽문이 보였다. 문 근처에 양복 입은 사내가 담배를 피우고 있었다. 후드 티는 큼직한 돌멩이를 집어 들었다. 양복 남자 뒤로 살금살금 다가갔다. 뒤통수를 후려갈겼다. 남자는 소리도 지르지 못하고 쓰러졌다.

후드 티는 문 앞에 서서 전자자물쇠 비밀번호를 눌렀다. 문이 열렸다. 좁고 가파른 내리막길이 까마득하게 이어졌다. 기어가 다시피 내려갔다. 검은 자동차 한 대가 나타났다. 뒷좌석에 구 오성을 앉히고 재빨리 운전석으로 들어갔다. 라이트를 켜지 않 고 시동을 걸었다. 전기차라 소리가 크게 들리지는 않았다. 출 발했다.

구오성은 조심스럽게 주변을 살폈다. 칠흑 같은 어둠뿐이었 다. 저 멀리 산 중턱의 별장 불빛만이 반짝였다. 후드 티가 재빨 리 말했다.

"고개 숙여요! 근처에 놈들이 아직 많아요."

구오성은 뒷좌석에 몸을 깊숙이 파묻었다. 차는 달빛을 라이 트 삼아 구불구불한 비포장도로를 천천히 달렸다. 지금 상황이 부디 꿈이 아니길. 구오성은 속으로 빌었다. 얼마나 지났을까. 차의 흔들림이 줄어들었다. 논밭 한가운데를 가로지르는 포장 도로를 달리는 중이었다. 후드 티는 사이드미러로 주변을 살펴 본 후 입을 열었다.

"이제 괜찮은 것 같아요."

구오성은 상체를 세우고 바로 앉았다. 도로변 시골 인가의 불 빛이 드문드문 보였다. 안도의 한숨을 쉬었다. 구오성은 거자의 안위가 염려되었다.

"거자께선 무사하신 거지요?"

후드 티는 대답했다.

"저도 그러길 바라요. 하지만 불행히도 본거암 위치가 발각됐어요. 지금 두 번째 거처로 피신 중이십니다."

두 번째 거처. 본거암 말고 다른 아지트가 만들어졌다는 것은 보통 일이 아니다.

"거자께선 밤잠을 못 이루실 정도로 구오성 씨 걱정을 하고 계세요."

묵가의 규율을 어기면서까지 날 구하려 하시다니… 구오성은 목이 메었다.

"그분은 항상 말씀하셨죠. 구오성 씨는 결자 중 제일 귀한 자라고."

눈물이 뺨을 타고 흘러내렸다. 함께했던 시간이 오래된 영사기 필름처럼 아련히 흘러갔다. 후드 티는 계속 말을 이었다.

"상황이 지금 좋지 않아요. 칼리코파는 생각보다 우리에 관해 많은 것을 알고 있는 것 같아요."

구오성은 머리를 감싸 쥐었다.

"이, 이제 어떻게 하면 좋겠소?"

"그건 지금 어디 있죠?"

"예?"

"담뱃갑."

"귀수 말씀이요?"

"예."

"명귀의 의식을 마친 후 돌려줬소."

"누구에게?"

"당연히 수족자시죠. 선원 때 보셨을 것 아니오?"

문득 수족자 최 선생의 안녕도 걱정스러웠다.

"수족자 최 선생도 거자님과 함께 계시는가요?"

반대편 차선에서 자동차 한 대가 쌩하고 지나갔다. 놀란 구오
성은 목을 움츠렸다. 후드 티는 후사경으로 멀어지는 승용차의
뒤꽁무니를 노려봤다. 삼거리가 나왔다. 핸들을 꺾어 오른쪽으
로 방향을 틀었다. 다시 비포장도로로 들어갔다. 후드 티가 말
했다.

"자세를 낮춰요. 여기도 놈들 지역이니까."

구오성은 옆으로 바짝 몸을 뉘었다. 후드 티는 말을 이었다.

"지금 당장은 우리가 먼저 살길을 찾아야 해요. 그러니 내게
말씀해 주시오."

"무엇을요?"

"명귀에 관한 것."

구오성은 무슨 말을 하는지 몰라 어리둥절했다.

"아직도 상황이 이해가 안 돼요? 거자님은 물론, 혜자, 수족

자, 다른 결자, 모두 뿔뿔이 흩어진 비상사태란 말이요. 만에 하나 다 죽고 우리만 남는다면 묵가의 비기, 명귀에 관한 것은 영영 묻힐 수 있어요. 난 묵가인이 된 지 얼마 되지 않아 아는 것이 거의 없어요. 남은 자라도 비급을 공유해야 후일을 도모할 수 있지 않겠어요?"

구오성은 자기도 모르게 목소리가 커졌다.

"아니, 선회를 통과한 자가 금언의 묵계를 모른단 말이오? 묵가인 간에도 결코 할 수 없는 말이 있소. 특히 귀신을 다루는 명귀에 관한 것은 금언임을!"

흥분한 구오성은 벌떡 몸을 일으켜 세웠다. 후드 티가 다시 소리 질렀다.

"숙이라니까!"

길가 가로등 불 아래 몇 명의 무리가 서있었다. 급하게 오른쪽 골목길로 방향을 바꿨다. 계속 뒤를 살폈다. 자동차 한 대가 따라붙었다. 탈출한 것을 알아차린 것일까.

마을 안으로 방향을 틀었다. 주차된 트럭 사이에 차를 세웠다. 차폭등을 끄고 자세를 낮췄다. 뒤를 쫓던 차가 쌩하고 앞을 지나갔다. 잠시 가만히 있었다. 주변이 조용해진 것을 확인한 후 다시 차를 몰았다.

"일단 놈들부터 따돌립시다."

미로처럼 얽힌 골목길을 이리저리 돌았다. 차 한 대 겨우 오갈 수 있는 좁고 가파른 언덕길로 들어섰다. 덜컹거리며 올라갔다. 그는 하던 말을 다시 이어갔다.

"구오성 씨. 남은 시간이 별로 없어요. 어서…"

"말했잖소? 어떤 상황에도 묵계를 지켜야 한다고! 묵가의 비밀을 술과 고기 한 점에 발설한 구청의 고사를 모른단 말이오?"

"빌어먹을! 지금 그런 게 무슨 소용이에요? 당장 저놈들로부터 지켜야 할 것은 바로 명귀인데!"

구오성은 퉁명스럽게 답했다.

"난 아무것도 모르오."

"구오성 씨!"

"내가 무엇을 알겠어? 한낱 결자인 내가. 아니, 안다 해도 말할 수 없소!"

"이런! 젠장!"

후드 티는 핸들을 꺾었다. 차는 사람 키만큼 큰 갈대를 뚫고 나갔다. 바닥이 거칠어 차가 부서질 듯이 흔들렸다. 수풀을 빠져나오자, 위로 올라갔다가 오른쪽으로 방향을 틀었다.

갑자기 주위가 어두워졌다. 급브레이크를 잡았다. 차바퀴가 비명을 지르며 멈춰 섰다.

앞이 환해졌다.

구오성은 눈을 똑바로 뜰 수 없었다. 손바닥으로 빛을 가리며 주변을 살폈다. 정면에 세워진 네 개의 스탠드 조명에서 나오는 강한 빛이 차를 향해 쏟아졌다. 남자들이 차를 에워쌌다. 누군가 뒷문을 열고 구오성을 끌어냈다. 구오성은 바닥에 나뒹굴었다.

남자는 그의 다리를 잡고 앞으로 질질 끌고 갔다. 지나간 자리에 붉은 핏자국이 이어졌다. 남자 둘이 다가와 양팔을 잡고 일으켜 세웠다. 바닥에 꿇어앉혔다. 스탠드의 불이 서서히 약해졌다. 구오성은 눈을 가늘게 뜨고 정면을 바라보았다.

양주와 과일이 놓인 테이블이 있었다. 그 뒤에 남자가 앉아 있었다. 얼음과 술이 들어있는 크리스털 잔을 손으로 빙글빙글 돌리며 재미있다는 듯이 바라보고 있었다. 단숨에 잔을 비웠다. 수박 한 조각을 이쑤시개로 찍어 입에 넣었다. 남자는 김철규 회장이었다.

운전석 문을 열고 후드 티가 내렸다. 머리에 쓴 후드를 뒤로 넘겼다. 밝은 조명 아래 얼굴이 드러났다. 빛나는 눈, 오똑한 콧날, 긴 목과 날렵한 턱선의 미남. 헝클어진 머리를 뒤로 가지런히 넘겼다. 마네킹 같은 표정으로 구오성을 내려다봤다. 그는 데이비드 권이었다.

"이놈은 정말 아무것도 모릅니다. 회장님."

김철규는 오물거리며 씨를 옆에 있는 재떨이에 뱉어냈다.

"그러게, 내가 뭬랬나. 더 알아낼 것이 없다고 하지 않았어."

김철규는 구오성을 소각장에서 태워버리라고 지시했다. 하지만 데이비드 권이 말렸다. 실마리라도 얻어낼 테니 아침까지 시간을 달라고 했다. 구오성은 반나절의 생명을 더 허락받았다. 데이비드 권은 흑곰을 데리고 지하실로 가려 했다. 흑곰은 식은 땀까지 흘리며 안절부절못했다.

"시, 실장님. 저, 죄송하지만 말입니다."

"뭐?"

"동이 트면 신문하는 것이 어떨지…"

"왜?"

"지금 축시(丑時)라…"

"…"

"새벽 한 시부터 세 시까지, 이때가 귀신의 기가 왕성한 시간이라. …귀신을 자극하는 짓은 삼가는 것이…"

"…"

"그, 그러니까 제 말은 매사 조심하는 게 좋지 않을까 해서요."

"그러고도 네가 건달이냐?"

흑곰은 고개를 푹 숙였다. 그는 끝까지 지하실로 내려오지 못했다.

지하실의 벽에는 늘 피 냄새가 진하게 배어있다. 누구의 피인지는 중요하지 않다. 벽은 사람들의 고통을 기억하며 밤낮으로 역한 냄새를 뿜어낼 뿐이다. 악취는 이곳에 끌려온 모든 이에게 견딜 수 없는 공포를 안겨주었다. 서늘하고 비릿한, 축축하고 욕지기나는 죽음의 향은 민들레 씨처럼 떠다녔다. 그것은 이곳이 완전히 불타 버리기 전까지 영원할 것만 같았다.

데이비드 권은 지하실 철문을 열고 들어왔다. 손에는 술병과 잔이 들렸다. 구오성은 손을 뒤로한 채 의자에 묶여있다. 이따금 몸을 뒤척일 때마다 미약한 삶의 의지가 보이긴 했지만, 아무 소용도 없었다. 그는 천천히 죽어가는 중이었다. 데이비드 권은 전면의 비디오카메라 전원을 껐다. 구석에 세워놓은 접이식 철제 의자를 가져와 마주 앉았다. 병뚜껑을 따고 양주를 잔에 부었다. 구오성의 입에 가까이 댔다. 구오성은 입술을 꽉 다문 채 노려보기만 했다. 데이비드 권이 먼저 마셨다. 다시 잔을 채워 건넸다.

"마셔라. 고통을 덜어내는 데 도움이 될 거다."

구오성은 잠시 머뭇거리다 술을 받아마셨다. 이내 기침을 했다. 피와 섞인 침이 흘러나왔다. 한 잔 더 줬다. 또 마셨다. 데이비드 권이 말했다.

"나는 회장님께 이렇게 말했어. 넌 아무것도 모른다, 그저 시키는 대로 한 양아치일 뿐이다, 조직에 속한 자도 아니고 돈만 주면 뭐든 다 하는 자다, 자기를 고용한 사람이 누구인지조차 모른다고. 물론 널 살려주기 위해서지. 왜냐고? 넌 비시적에 관해 아는 유일한 자니까."

데이비드 권은 웃었다.

"후후후. 궁금하겠지. 도대체 어떻게 날 찾아냈을까? 묵가인에 관해 어떻게 이리 잘 알고 있을까?"

구오성은 데이비드 권을 노려봤다.

"그래, 좋아. 이제부터 하나씩 설명해 주지. 난 네놈들이 벌인 사건의 영상들을 꼼꼼히 살펴봤어. 그리고 너의 존재를 알아냈지. 또한 다른 이라면 무심코 지나갈 법한 아주 작은 것으로부터 사건의 단서를 찾아냈어. 바로 국밥집 CCTV 영상에 찍힌 담배 말이야.

손 아래 감추고 있던 말보로 미디엄 담뱃갑. 그것은 정말 정교하게 만들어졌어. 누가 봐도 평범한 담뱃갑이었으니까. 하지만 말이야, 어색한 부분이 하나 있었어. 판매하는 모든 공산품에는 바코드나 QR코드가 있어. 담배는 측면에 바코드와 함께 한글로 쓴 경고문이 적혔지. 한국에서 파는 담배는 EAN-8라는 표준 바코드 규칙을 사용해. 숫자 자릿수가 여덟 자리지. 하지만 네가 들고 있는 담뱃갑의 바코드는 열두 자리였어. 미국 상품에서 보편적으로 사용하는 UPC-A라는 바코드 형식이야."

구오성은 이해하지 못하는 표정을 지었다.

"더 알기 쉽게 설명해 줄까? 네가 가지고 있던 말보로는 한글이 적힌 미국산, 미국에서 유통되는 담배라는 뜻이고 그런 담배는 세상에 존재하지 않는다는 말이야. 그건 담뱃갑으로 위장한 다른 무엇이라는 뜻이기도 하지. 함께 차를 타고 도주하면서 난 의도적으로 네게 담뱃갑에 관해 물었어. 넌 그것을 귀수라고 불렀어. 귀수. 귀수라. 특별한 이름이 붙어있다는 것은 아주 중요한 물건이라는 말이겠지.

묵가에 관한 옛 문헌에는 귀수(鬼手)를 하늘과 땅과 사람을 잇는 영험한 손이라 했어. 널 납치해 오면서 목공소 안을 샅샅이 뒤졌지만, 말보로 담뱃갑, 즉, 귀수는 어디에도 없었어. 명귀의 의식을 수행할 때만 몸에 지니고 평상시에는 다른 어딘가에 있어야 하는 귀수. 과연 그게 뭘까?"

"마, 말도 안 돼."

구오성은 쥐어짜듯 대답했지만 목소리는 꺾인 풀잎처럼 연약했다.

"난 국밥집 영상 속 흐릿한 네 모습을 분석했어. 다른 사건 속

네가 찍힌 영상들과 함께 말이야. 몽타주 만들어 내는 것은 그리 어렵지 않았어. 인공지능을 이용한 첨단 영상 분석 기술을 이용하면 됐으니까. 하지만 몽타주만으로 널 찾기는 쉽지 않았어. 경찰의 전과자 DB를 검색했더니 비슷하게 생긴 인물이 무려 수십 명이나 나왔어. 하지만 아무리 무식한 조폭이라도 모조리 납치해 물어볼 수는 없는 노릇 아니겠어? 후후후.

난 암살자의 속성을 아주 잘 알아. 그쪽 연구를 오래 한 덕이지. 히트맨의 제일 중요한 조건은 사람을 죽여본 경험이 있어야 한다는 거야. 그리고 칼로 찌르면서 죽어가는 자의 눈을 똑바로 바라볼 만큼 강심장이어야만 하지. 그 점은 입이 무겁거나, 어느 조직에도 속하지 않아야 한다는 기타 선결 조건보다 더 중요해.

후보 중 살인 전과가 있는 자는 너뿐이었어. 고아 출신. 다수 폭력 전과와 한 건의 살인 전과. 출소 후 작은 목공소를 운영. 독신. 가구 제작과 수리법을 무료로 가르치는 재능 기부. 주기적으로 범죄 피해자 모임에서 봉사 활동을 함. 목공소 거인 아저씨, 아낌없이 내어주는 털보, 주변 사람들은 그렇게 입을 모아 칭찬하더군. 10대 때부터 감방을 들락거린 자가 갑자기 삶이 확 바뀌었다? 평생을 쓰레기로 살던 자가 어떻게 그리 변할 수가 있을까. 드라마틱한 계기가 없다면 불가능한 일이겠지.

너는 일을 할 때나, 외출할 때나, 자원봉사 나갈 때나 항상 검은색이나 무채색 옷을 입었어. 머리는 대충 묶고 늘어뜨린 수염은 네 줄로 다듬어 늘어뜨려 마치 큰 대 자처럼 기르고 말이야. 그 모습은 한비자와 여씨춘추에서 묵가인을 묘사한 내용과 매우 흡사해. 게다가 네 직업은 목수야. 참 희한한 우연이지? 묵자의 묵(墨)자도 목수들이 직선을 긋는 데 쓰는 연장인 먹줄을 의미하니까.

난 너희 조직의 기원을 공부하면서 많은 것을 알게 됐어. 관련 서적을 샅샅이 뒤진 덕이지. 집단의 우두머리인 거자(鋸子), 전략 전술가인 혜자(慧子), 수공 무기 설계를 담당하는 수족자(數鏃子), 조폭으로 비유하자면 행동 대원인 결자(結子). 춘추전국시대의 사상가 묵자를 추종하는 무리인 묵가인은 당시 공자, 맹자 같은 다른 학파와 구별되는 독특한 성격을 지닌 집단이었지.

잘 짜인 조직과 엄격한 규율을 가진 그들을 여러 고서에서 언급했어. 《회남자(淮南子)》에 이런 구절 있더군. '묵가는 불 속에도 뛰어들고 칼날 위에도 올라설 뿐 아니라 죽는 한이 있더라도 발길을 돌리지 않는다'라고. 맹자는 묵자를 금수와 같은 존재라고 욕하면서도 '머리끝부터 발뒤꿈치까지 온몸이 다 닳도록 천하를 이롭게 하려고 노력한다'라고 했고. 참 대단한 극찬이야."

데이비드 권은 차가운 미소를 지었다.

"이제 이해가 되겠지? 너를 속이기 위해 했던 내 말과 행동은 그저 고서에 나온 것을 연기한 것뿐이야."

긴 설명은 그렇게 끝냈다. 구오성은 한마디도 못 하고 그저 거친 숨만 몰아쉬었다.

"수천 년 전의 올드한 사상을 맹종하는 네놈이 누군지, 왜 범죄자를 처단하는지, 무슨 꿍꿍이로 우리를 상대하는지, 사실 난 하나도 관심 없어. 알량한 신념에 따라 짚단을 지고 불더미 속으로 뛰어드는 멍청이는 세상 어디에나 있으니까."

"..."

"어둠과 빛, 흑과 백, 질서와 혼돈, 정의와 불의, 이런 이분법은 순진한 바보에게 들려주는 한낱 판타지에 불과해. 생각하기도 쉽고 설명하기도 쉽지. 하지만 말이야, 현실은 모든 게 혼재된, 서로 먹히고 먹는 정글이야. 수면 위에서 햇빛을 받으며 찬란한 떠있는 고귀한 것을 우리 같은 자가 떠받들고 있는 세상. 우린 그들이 추한 꼴 보이며 아래로 가라앉지 않도록 성심껏 도와주고 있어. 그렇지만 대개는 우리의 존재를 몰라. 안다 해도 부정하기 일쑤지. 왜? 정의롭고 올곧은 것만이 칭송받는 세상이니까. 그래도 높은 곳에 계신 분은 우릴 함부로 하대하지 못해. 그들도 잘 알고 있어. 우리 때문에 원하는 바를 얻었지만, 우리 때문에 나락으로 떨어질 수도 있다는 것을.

나는 어둠과 빛의 세계를 우아하게 조율하는 일을 맡고 있지. 여긴 자연 생태계처럼 아주 복잡해. 정계, 재계, 경찰, 검찰, 심지어 다른 라이벌 조직까지 선수로 뛰어. 이건 가위바위보 같은 게임이야. 어떤 놈도 절대 강자가 되지 못하게 하지. 누군가 딴마음을 먹으면 뒤에 있는 놈이 바로 먹어 치워버리게 하는 게임.

이런 에버레스팅 게임에서 진정한 승자는 최후의 1인이 아니야. 게임 룰을 만드는 사람이지. 잘 돌아가는 머리, 조직 관리와 위기 대응 능력, 거기에 지능 범죄 양태에도 익숙한 자, 주기적으로 향응과 뇌물을 제공하면서 그것을 영상과 장부로 남기고, 당신 목을 옥죄는 증거가 있다는 점을 잊지 않게끔 가끔 은근슬쩍 보여주는 자, 힘 있는 놈들을 쥐락펴락하는 자, 바로 나 같은 사람.

하지만 말이야. 지금 내가 하는 일은 내 빅 픽처에 비하면 아주 사소해. 원래 계획대로였더라면 이앤김 컨설턴트는 진작에 내 수중에 있어야 했어. 나는 우리 조직의 비밀 장부를 금촌파에게 넘기기로 했거든. 김철규 회장을 저세상으로 보내주는 대가로. 동시에 그동안 수집한 금촌파의 약점을 검찰에도 넘길 계획이었어. 그렇게 양대 조직을 흔들어 놓고 힘을 뺀 후 M&A 할 생각이었어. 물론 안전 보호막은 다 준비해 놨어. 힘 있는 친한 친구들이 범죄자 특별 관리 대상에서 나를 흔적도 없이 빼주기로 했거든."

구오성의 호흡이 더 거칠어졌다. 숨결에 역겨운 피 냄새가 났다. 데이비드 권은 인상을 구기며 잠시 얼굴을 돌렸다. 다시 말을 이어갔다.

"자, 이제 내가 왜 이런 무식하고 천박한 것들 밑에서 쥐 죽은 듯이 지내는지 알겠나? 김철규, 오구진, 어차피 둘 다 보스감이 아니야. 이앤김 파트너스라는 법인, 썬 인베스트먼트라는 투자자문 회사를 차려놓고 회장 놀이하며 거들먹거리는 꼴이란. 근본 없는 양아치가 상류층, 지도층, 성공한 CEO 흉내를 내는 것만큼 꼴불견이 또 있을까. 한때 호형호제하던 둘이 견원지간이 된 것도 내가 정교하게 설계한 이간질 때문이야. 그렇게 자기들끼리 치고받고 싸우다 지쳐 서로 등을 보일 때, 난 조용히 가 목덜미에 칼을 박아버리기만 하면 끝이었는데. 하지만 뜻밖의 사건으로 틀어졌어. 바로 면도칼의 죽음이지. 언론이 사건에 관심을 가지자, 김철규는 물론 오구진까지 몸을 잔뜩 움츠렸어. 더는 어떤 사업도 벌이지 않았고 하던 일도 잠정 중단했어. 그러다 보니 돈줄이 말라버렸고 공들여 만들어 놓은 윗선과의 연결고리까지 약해졌지. 설상가상 경찰도 움직이기 시작했어."

구오성의 눈빛은 이미 세상의 모든 희망을 잃은 듯했다.

"난 말이야. 꽤 긍정적인 사람이지. 생각해 보니 지금은 이게 전화위복이 될 수 있겠다 싶어."

"…"

"네게는 두 가지 초이스가 있어. 여기 소각장 불구덩이로 들어가든가, 아니면 살아서 이곳을 나가든가. 너 하나쯤 죽이고 살리는 것은 내게 일도 아니야."

"…"

"내 관심사는 딱 하나뿐, 어떻게 손끝 하나 대지 않고 사람을 죽일 수 있는가 하는 거야. 어때? 그 방법을 내게도 좀 알려주겠나? 그러면 무사히 나가게 해주지. 보너스로 두툼한 돈 봉투까지 챙겨서. 자네 그 코딱지만 한 그 목공소, 한번 제대로 키워봐야 하지 않겠어?"

구오성의 눈동자가 흔들렸다. 한동안 입술만 다셨다. 한참 후 힘없이 물었다.

"…정말 약속할 수 있겠소? …비기를 보여주면 …날 살려 보내준다는 말."

데이비드 권은 고개를 끄덕였다.

"맹세하지. 세상의 모든 귀신들 앞에서."

그는 기어들어 가는 목소리로 말했다.

"…비시적을 …가져다주시오."

그래, 결국 너도 한낱 인간일 뿐이다. 죽음 앞에서 신념 따위는 아무것도 아니다. 삶은 언제나 죽음보다 가치가 있으니까. 배신으로 얻은 삶이라도 말이다. 오랜 세월이 흐르면 이곳에서 벌어진 일은 아무것도 아닐 것이다. 언제나 살아남은 자가 승리자지. 데이비드 권은 서늘하게 미소 지었다.

구오성은 양손을 자유롭게 해달라고 했다. 발목 족쇄와 사슬을 연결해 벽 붙박이 고리에 건 후 손목에 묶인 줄을 풀었다. 발은 묶였지만, 상체는 이제 자유로워졌다. 구오성은 몸을 세워 바닥에 앉으려 했다. 슬개골이 부서진 상태라 똑바로 앉는 것도 힘들어했다. 그런데도 기어코 무릎을 꿇고 앉았다. 비시적을 조심스럽게 앞에 내려놓았다.

데이비드 권은 새 메모리 카드를 녹화 카메라에 삽입했다. 지금부터 촬영하는 영상은 자기만 가질 요량이었다. 녹화가 잘 되는지 확인했다.

"이제 시작하지."

구오성이 물었다.

"동쪽이 어디요?"

오른쪽을 가리켰다. 구오성은 그쪽을 향해 큰절을 올렸다. 다시 상체를 세워 앉았다. 이어 입을 열었다.

"천하지인 개불상애면, 강필집약 부필모빈 귀필오천 사필기

우요. 강불집약 부불모빈고, 범천하 화찬원한 기소이기자 이불
상애생야이다.”

그는 알아들을 수 없는 말을 천천히 읊조렸다. 똑같은 구절
을 한 번 더 되뇄다. 잠시 숨을 가다듬었다. 바닥에 놓인 나뭇조
각을 집었다. 양쪽 엄지로 귀퉁이를 잡고 가만히 바라보기만 했
다. 한참을 아무것도 하지 않았다. 턱을 손에 괴고 그의 행동을
관찰하던 데이비드 권이 재촉했다.

“귀신은 도대체 언제 오는 거냐? 이러다 먼저 늙어 죽겠다.”

구오성은 고개를 들었다. 자신을 찍고 있는 카메라를 물끄러
미 바라봤다. 뺨을 따라 굵은 눈물이 뚝뚝 흘러내렸다.

“…거자님. 거두어 주신 은혜, 잊지 않겠습니다.”

양쪽 엄지에 힘을 줬다. 나뭇조각이 딱 소리와 함께 반으로
쪼개졌다. 혓바닥으로 잘린 단면을 핥았다. 구오성의 눈동자가
순식간에 한쪽으로 돌아갔다.

데이비드 권은 벌떡 일어났다. 철제 의자가 뒤로 넘어지며 요
란한 소리를 냈다. 구오성에게 달려들었다. 입을 강제로 벌리려
했다. 그는 어금니가 부서지도록 꽉 다물었다. 입술 사이로 허
연 거품이 나왔다. 그것은 수염투성이 턱을 타고 흘러내려 목과
가슴을 적셨다.

구오성의 눈이 뒤집혔다. 팔다리를 사시나무처럼 떨었다. 발

목에 연결된 쇠사슬이 철그렁거렸다. 그러다 바람 빠진 풍선 인형처럼 사지가 축 늘어졌다. 사타구니 사이에서 오줌이 흘러나왔다. 피비린내와 지린내가 지하실의 습기에 더해져 지독한 악취를 풍겼다. 하지만 잠긴 자물쇠처럼 다문 입은 끝내 벌어지지 않았다.

데이비드 권은 구오성의 코에 손을 대고 숨기를 확인했다. 목 경동맥을 짚어봤다. 피식 웃었다.

"이 새끼, 진짜 웃기네?"

뺨을 손끝으로 툭툭 쳤다.

"야, 야."

뺨을 손바닥으로 쳤다.

"누가 죽으래!"

계속 때렸다.

"귀신 불러준다며? 그런데 네가 귀신이 돼버려?"

뺨을 때릴 때마다 머리통이 좌우로 휙휙 돌아갔다. 구오성의 머리카락을 움켜쥐고 얼굴을 바닥에 세게 내리찧었다. 피가 사방으로 튀어 올랐다. 다시 내리쳤다. 눈알이 빠지고 코가 무너졌다. 뚫린 구멍마다 피가 쏟아져 나왔다. 데이비드 권은 자세를 바꾸려다가 바닥에 고인 분비물 때문에 미끄러져 넘어졌다.

다시 일어났다. 그의 명품 옷이 더럽혀졌다. 구오성의 머리통을 거칠게 잡았다. 지하실 바닥이 깨지도록 계속 내리쳤다. 사방으로 피와 살과 뼈가 튀어 올랐다.

"누가!"

쿵.

"허락도 없이!"

쿵, 쿵.

"네 마음대로, 뒤져?"

쿵, 쿵, 쿵.

소리를 듣고 흑곰이 황급히 내려왔다. 지하실 광경을 목격한 그의 눈이 휘둥그레졌다. 하지만 감히 데이비드 권을 말리지 못했다. 그저 주변만 두리번거렸다. 혹시 이 안에 숨어있는 귀신이 자기까지 해하는 것은 아닌지, 그것이 두려웠다. 척추를 따라 식은땀이 흘러내렸다. 다리에 힘이 풀린 흑곰은 계단 위에 그대로 주저앉았다.

녹화 카메라는 모든 과정을 처음부터 끝까지 붉은 램프를 깜빡이면서 무심하게 촬영하고 있었다.

묵자
비염

책 속에 잠든 평온.

나무 간판에 멋진 휘호로 쓴 글자가 새겨져 있다. 산을 타고 오는 바람에 처마 끝에 매달린 서점 간판이 한가롭게 흔들거렸다.

누군가 조언했다. 내비게이션에도 없어 찾기 힘들다, 제대로 장사를 하려면 검색 포털에 상호와 주소를 올리고 입구에 이정표 정도는 세워야 한다고. 그런 충고를 들을 때마다 서점 주인은 부드러운 미소와 함께 고개를 저었다. 그래서 이곳은 늘 한가했다. 일부러 오는 단골을 제외하고는 아름다운 건물 외관을 보고 찾아온 사진작가나 등산객이 손님의 전부였다.

숲속의 서점, '책 속에 잠든 평온'은 도심에서 멀리 떨어진 장소에 있다. 마을 몇 개를 지나 구불구불한 비포장도로를 따라 산속으로 한참 들어가야 한다. 건물은 깎아지른 절벽에 둘러싸여 있다. 외벽의 색과 형상은 암벽을 닮아 멀리서 보면 마치 산자락의 일부처럼 보였다. 새하얀 자갈이 깔린 넓은 마당에는 서점 출입문까지 소용돌이 모양으로 놓인 붉은 받침돌이 길게 이어져 있다. 연못에서 나온 물길이 마당을 휘돌며 흘러갔다. 물길 주변으로는 쓸어 모은 낙엽이 군데군데 산처럼 쌓였다. 높고 울창한 나무가 마당의 경계를 따라 담벼락을 이루었다. 건물 앞, 볕이 잘 드는 곳에는 두 개의 의자와 낡은 테이블이 있고 그 위로 빛 가리개 차양이 세워져 있다. 저물녘, 하루를 마무리하면서 찻잔을 기울일 법한 소박하고 안락한 공간이다.

서점 문을 열고 안으로 들어가면 제일 먼저 손님을 맞이하는 것은 맞은편 벽 위에 걸린 커다란 현판이다. 거기에는 묵자비염(墨子悲染, 소염 편에 나오는 구절로 묵자가 물들이는 것을 슬퍼한다는 뜻)이라고 적혔다. 현판을 중심으로 좌우 벽을 따라 똑같이 생긴 5단 책장이 있고 많은 서적이 칸칸이 꽂혀있다. 통유리로 만든 창문이 삼면으로 뚫려 빛이 실내로 잘 들어왔다. 중앙에는 매대 네 개가 있는데 세 군데에는 주제별로 모아놓은 책이 가격표와 함께 진열되어 있고 다른 곳에는 검색용 컴퓨터와 모니터가 있다.

서점은 지상과 2층, 두 개 층을 모두 쓴다. 3층은 서점 주인이 머무는 공간이다. 각 층은 난간 없는 나선형 계단으로 연결되었는데 가운데가 뚫린 ㅁ자형의 회랑 구조다. 어느 층에서나 위아래의 상황이 훤히 보였고 개방형 구조 덕에 실내는 넓어 보였다. 2층의 회랑 통로는 한 사람이 옆으로 몸을 돌려 걸어가야 빠져나갈 정도로 좁았다. 통로 벽을 따라 고서가 가득해 더욱 그랬다.

서점 주인은 정원 벤치에 앉았다. 지팡이를 자리 옆에 기대어 놓았다. 자리는 종일 받은 햇빛 덕에 따듯했다. 하지만 어제와 같은 온기는 아니었다. 서점 안에서 백발노인이 다구를 가지고 나왔다. 둘은 마주 보고 앉았다. 남자는 노인이 따라 주는 차를 받았다.

보통 키, 처진 눈매와 뭉툭한 코, 둥근 얼굴을 한 유약해 보이는 50대 초반의 남자, 그는 묵가의 수장, 거자 이규석이다. 검은 뿔테 너머 보이는 두 눈에는 슬픔이 가득했다. 이따금 바람 맞은 여린 나뭇잎처럼 입술이 떨렸다.

맞은편의 키가 작고 통통한 노인은 수족자 최 선생이다. 그는 머리카락뿐만 아니라 길게 기른 염소수염까지 눈처럼 하얘 마치 도인처럼 보였다.

"거자님."

최 선생이 불렀지만, 이규석은 아무 말도 하지 않았다. 앞에 놓인 찻잔만 두 손으로 감싸 쥐었다. 뺨을 타고 눈물이 흘러내렸다. 턱밑에 잠시 고였던 눈물은 찻잔 안으로 뚝뚝 떨어졌다.

삭히다 못해 곪아 터져 버린 비통함으로 그는 숨조차 쉬기 힘들어했다. 야윈 어깨가 심하게 떨렸다. 자리 옆에 세워놓은 지팡이가 잔디 위로 쓰러졌다. 세월의 흔적이 그대로 남은 나무 손잡이와 군데군데 흠집이 난 금속 몸통이 저녁놀에 말없이 반짝거렸다. 멀리 있는 이름 모를 새가 거자 이규석과 같이 울었다.

최 선생은 연락이 닿지 않는 구오성을 만나러 목공소를 찾았다. 가게는 한참 동안 문을 열지 않았던 것 같았다. 안으로 들어갔을 때 한기가 가득했다. 작업장 가운데 있는 목공 테이블 위에서 곱게 포장된 상자를 발견했다.

"거자님, 조만간 봅시다."

위에 붙여놓은 포스트잇에는 그렇게 쓰였다. 문장 끝에는 웃는 아이콘이 그려져 있었다. 상자를 열었다. 구오성의 오른손이 들어있었다. 중지는 세워져 있고 나머지는 모두 말려있어 손가락 욕을 하는 것처럼 보였다. 신체를 절단해 상대에게 보내는 남미식 갱단의 경고 방식이었다. 증거를 보내도 경찰에 신고할 수 없다는 것을 그들도 잘 알고 있었다. 잘린 손 아래에는 메모리 카드가 있었다. 안에는 구오성의 마지막 모습이 영상으로 담겨있었다.

그가 선원의 맹세를 읊는 장면을 보았다. 한자로 된 긴 문장을 외우지 못해 항상 세 번째 구절부터는 대충 웅얼거렸던 그였지만 죽기 전에는 한 자도 틀리지 않고 암송했다. 비시적 속에 숨겨놓은 독극물을 먹자마자 그 커다란 덩치는 썩은 나무처럼 쓰러졌다.

"어찌 손이 이리 굳었소. 이 손으로 어떻게 목수 일을 하겠어요."

이규석은 구오성의 차갑게 변한 손을 보듬으며 울먹였다.

그와 처음 만난 때를 지금도 생생히 기억한다. 노숙자 재활을 돕는 어느 봉사 단체에서였다. 구오성은 우락부락한 외모와 성마른 성격 때문에 쉽게 다가갈 남자가 아니었다. 하지만 조금씩 친해지면서 그에 관해 이런저런 것을 알게 되었다. 어릴 적부터 길거리를 전전하며 교도소를 제집처럼 들락거렸다, 잘하는 것이라고는 목공일뿐이지만 그럭저럭 입에 풀칠은 한다, 이젠 단골도 제법 된다, 같은 이야기였다. 시간을 쪼개 이곳에 봉사하러 오는 이유를 물었더니 구오성은 뒤통수를 긁적이며 이렇게 답했다.

"어느 날 문득 그런 생각이 들더라고요. 단 한 명이라도 그 친구 괜찮은 사람이다, 그놈 덕 좀 봤다, 뭐 이런 말 좀 들어보면 좋지 않을까 싶더라고요. 죽기 전에요."

구오성은 봉사 회원 중 제일 열심히 활동했다. 정기 모임에 한 번도 빠진 적이 없고 궂은일에도 늘 앞장섰다. 그는 이규석을 잘 따랐다. 스무 살이 넘게 나이 차가 났지만, 항상 큰형님이라 부르며 깍듯이 대했다. 아비 없이 커서 잘 모르겠지만 만일 아버지가 있다면 이규석 같은 사람이면 좋겠다고 했다.

"자넨 내가 만난 이들 중 제일 좋은 사람인 것 같아."

"아이고, 형님도 참, 저 같은 전과자가 좋은 사람일 리가 있겠어요?"

전과자 대부분이 그렇듯이 그의 죄는 굶주림에서 시작됐다. 가난은 유전병과 같았다. 술만 먹으면 주먹을 휘두르는 아비와 집 나간 어미로부터 내려오는 지독한 병이었다. 하지만 그의 타고난 심성은 선했다. 출소 후 자신 때문에 고통 속에 사는 사람을 찾아가 목을 내놓고 용서를 빌었다. 보이지 않는 곳에서 물심으로 그들을 도왔다. 대부분 그의 진심을 받아들였다. 하지만 마지막 한 명은 그를 용서하지 않았다. 구오성과 술집에서 시비가 붙어 몸싸움을 벌이다 뇌진탕으로 죽은 자의 아들이었다. 구오성은 미필적 고의에 의한 살인으로 형을 살고 나왔다. 나중에 죽은 이의 아들이 난방도 들어오지 않는 반지하 방에서 고독사했다는 소식을 듣고 대성통곡했다. 구오성은 고인의 장례부터 화장까지 자리를 지켰다.

유난히 하늘이 높고 푸르던 가을날이었다. 이규석은 그를 조용히 불렀다.

"자네, 내가 서점 운영하는 거 알지?"

"그럼요. 알고 지낸 지가 벌써 몇 핸데."

"혹시 책 좋아하나?"

"아휴. 제가 원체 그런 것하고는 친하지 않아서요."

"묵자라고 들어는 봤나 모르겠어."

"먹자?"

"아니. 묵자. 먼 옛날에 살았던 사상가야. 공자, 맹자 같은. 겸애, 서로 사랑하라고 설교한 철학자."

구오성은 고개를 저었다.

"모르긴 해도 뭔가 중요한 말을 한 것 같긴 하네요."

"오성 씨."

"예. 형님"

"이제부터 나와 함께 큰 뜻을 품어보는 것이 어떻겠나?"

최 선생도 구오성을 식구가 되기에 부족함이 없다고 생각했다. 묵가가 되기 위한 선원(禪圓)의 제안은 그렇게 시작되었다.

그는 잠시의 고민도 없이 이규석의 뜻을 따랐다.

결자가 되기 위해서는 지난한 시간이 필요했다. 두려움을 극복하는 법. 비밀의 계를 지키는 법. 고문을 견디는 법. 귀신을 불러오는 의식인 고령(告靈)을 행하는 법. 시신 처리 방법. 은밀하게 미행하는 법… 그는 혹독한 육체적, 정신적 훈련을 견뎠다.

구오성은 묵가에서 제일 믿음직한 결자가 되었다. 그는 열 사람의 몫을 했다. 바위 같은 신념을 지녔고 누구보다 규율을 잘 지켰다. 구오성처럼 완벽한 묵가인을 또 만날 수 있을까. 이규석은 그런 자문에 조용히 고개를 저었다.

그의 빈자리는 서점의 넓은 마당보다 더 컸다. 그는 이제 평생 그리워할 귀신이 되었다. 최 선생은 불안했다. 거자 이규석이 어느 때보다도 흔들리고 있기 때문이었다. 거자가 판단력을 잃고 감정에 휘둘리면 우리 존재 자체가 위태로워질 수 있다. 구오성의 죽음은 예정된 일이었다. 거자도 그걸 모르진 않았을 것이다. 안타깝지만 이것은 묵가인의 운명이었다. 결자는 물론 혜자, 수족자 누구도 예외는 아닐 터. 수천 년 전 선배들처럼 말이다. 하지만 이규석은 다르다. 그는 어떻게든 살아남아야 한다. 거자가 살아야 묵가가 산다.

숲에서는 해의 걸음이 빠르다. 저녁놀이 지는 듯하더니 금세 어두워졌다. 오늘따라 달도 구름에 가려 더욱 그랬다. 서점 건물 외벽의 조명만이 수줍게 주변을 살필 뿐이었다.

이규석은 바닥을 쓸고 책에 쌓인 먼지를 털어냈다. 진열 매대를 정리했다. 서점 건물 바깥문과 중간 문을 잠근 다음 안에서 셔터를 내렸다. 창문 커튼도 모두 쳤다. 주변을 한번 둘러본 후 매대 위에 올려놓았던 차가 담긴 텀블러를 들었다. 한 모금 마셨다. 옆에 놓아둔 태블릿도 집어 들었다.

오른쪽 첫 번째 책장으로 걸어갔다. 맨 아래 칸, 용 모양으로 생긴 수석을 잡았다. 앞으로 잡아당겼다. 철컥 소리가 나면서 고정되었다. 이번에는 두 칸 건너 책장으로 가 섰다. 맨 위 칸에 있는 나신 조각상을 책장 안으로 밀어 넣었다. 둔탁한 소리와 함께 멈춰 섰다. 동쪽 문으로 갔다. 벽에 있는 전원 스위치를 내렸다. 실내는 어둠으로 채워졌다.

문을 열고 창고로 들어갔다. 자동으로 천장의 비상등이 켜졌다. 안에서 문을 잠갔다. 재고 상자, 쓰지 않는 가구와 잡동사니가 쌓여있는 구석으로 갔다. 샌드위치 패널 벽 앞에 섰다. 곰팡이가 잔뜩 슬었고 군데군데 파인 흔적도 보였다.

벽에 손바닥을 댔다. 손을 댄 자리가 푸르스름하게 빛났다. Authorization Grant. 반투명한 글자가 패널 벽을 뚫고 잠시 나타났다 사라졌다. 패널이 옆으로 천천히 밀리면서 벽 안으로 들어갔다.

뚫린 구멍 속에서 회전 계단이 나타났다. 밑으로 내려갔다. 몇 걸음 가니 들어온 비밀 입구가 다시 닫혔다. 저 아래 불빛이 보였다. 이규석은 어둡고 구불구불한 층계를 저벅저벅 내려갔다. 철문이 앞을 가로막았다. 문을 밀고 안으로 들어갔다.

지하실은 온갖 장비로 가득했다. 천장에서 바닥을 향해 설치된 정체불명의 기계가 제일 먼저 눈에 들어왔다. 원추 뿔처럼 생긴 그것은 금속과 세라믹으로 만든 거대한 샹들리에처럼 보였다. 화살 과녁처럼 생긴 바닥 그림을 중심으로 크고 작은 전자장치들이 에워쌌다. 컴퓨터와 모니터, 계측 장치, 분석 장치, AWG(Arbitrary Waveform Generator), 전력 장치, 선반과 랙, 그것 간에 연결된 케이블 다발이 얽히고설켜 있었다. 출입문 맞은편, 3미터쯤 되는 높이에 전면이 통유리로 되어있는, 사람 한둘 정도 들어갈 수 있는 부스가 있다. 하지만 두꺼운 커튼이 내려져 있어 안이 보이지 않았다.

최 선생은 구석에 있는 책상에 앉아있다. 시끄럽게 돌아가는 기계 속에 파묻혀 무언가에 몰두 중이다. 녹색, 적색, 황색의 신호가 끊임없이 흘러가는 모니터를 구부정한 자세로 들여다보고 있었다. 이규석이 기척을 내자 그제야 뒤를 돌아봤다. 얼굴에 피곤이 가득했다. 이규석은 최 선생의 어깨를 주무르며 말했다.

"힘드시지요? 선생님."

"뭘요, 괜찮습니다. 제가 비록 나이는 많지만, 거자님보다 신체 나이는 적을 걸요? 아직은 며칠 밤새도 까딱없어요."

"어련하시겠어요."

"허허허. 그런데 이 시간에 어찌 내려오셨어요?"

이규석은 손에 든 태블릿으로 무언가를 보여주었다. 화면에는 스폿 앤 클릭 홈페이지가 나왔다.

"처음 보는 곳이군요. 여긴 어딘가요?"

"인터넷 언론사입니다."

최 선생은 메인 기사 목차를 스크롤 했다. 마피아의 기원. 한국의 마피아. 조폭 연대기. 그들만의 검은 커넥션…

"기획 르포를 전문적으로 하는 곳입니다. 이쪽 분야에서 꽤 유명하지요. 얼마 전부터 국내 조폭에 관한 탐사 취재 보도를 연재하고 있고요. 이기우라는 기자가 주필인데 상당히 깊이 조사를 한 것 같더군요. 이 회사를 잘 아는 사람이 귀띔해 주길 칼리코파에 관한 고급 정보도 많이 가지고 있답니다."

"그래요?"

"하지만 기사가 최근 중단되었어요. 뭔가 관심사가 바뀐 것 같아요. 조폭에서 우리로. 추측건대 우리를 범죄조직과 어떤 관계가 있다고 생각하는 것 같습니다. 악어와 악어새 같은 관계로요."

"으흠. 우리에 관해 어디까지 알고 있을까요?"

최 선생의 표정을 읽은 이규석은 웃으며 답했다.

"그리 걱정하진 마세요. 이미 통제에 들어갔으니까."

"혜자 장우영 씨 말씀인가요?"

"예."

"다행이군요."

"그보다는 이 언론사에서 칼리코파의 자료를 빼낼 수 있을까 해서 보여드리는 겁니다. 쓸만한 정보라면 큰 도움이 될 테니까요."

"글쎄요. 확실하진 않지만, 가능할 것 같긴 합니다. 이런 작은 곳이라면 사이트 보안 체계가 그리 높진 않을 테니까."

"부탁 좀 드리겠습니다."

"알겠습니다."

"그리고 이기우라는 기자, 이 사람도 언젠가는 한번 만나야 할 듯합니다."

"왜요?"

"이기우라는 이름, 기억 안 나십니까?"

"이기우. 이기우라. 혹시 이 사람…"

"예. 맞습니다. 기요틴이 지목한 그자입니다."

최 선생은 깜짝 놀랐다. 이자가 정말로 기요틴이 말한 자인가. 사이트에 올라와 있는 이기우 기자의 사진을 다시 보았다.

이규석은 한쪽 벽면에 붙여놓은 커다란 화이트보드 앞에 섰다. 거기엔 범죄자들의 얼굴과 죄명, 현재 거주지 등이 붙어있었다. 몇 명의 얼굴에는 사(死)라고 쓰여있었다. 그 아래 비시적을 전해준 일시와 그들이 자살하기 전 보인 행태가 적혔다. 월별로 빼곡하게 적힌 일정표로 눈을 돌렸다. 보고 있자니 마음이 조급해졌다. 우리에게 남은 시간은 고작 이것뿐이다. 손에 들고 있던 텀블러를 입술에 댔다. 미지근한 찻물이 입안을 한 바퀴 휘돌고 목구멍 너머로 넘어갔다. 씁쓸한 향이 코끝을 간지럽혔다. 달력을 몇 장 넘겼다. 한 곳을 손가락으로 짚었다.

"이날 정말로 가능할까요?"

최 선생은 이규석이 가리킨 곳을 바라보며 대답했다. 거기에는 '귀신들의 축제'라고 쓰여있다.

"축제를 제대로 벌일 수 있을지 저도 걱정입니다. 아직까진 문제가 많아서요."

"일전에 말씀하셨던?"

"예. 하지만 더 큰 고민은 '천자의 두건'입니다."

"천자의 두건?"

"귀신으로부터 거자님을 보호하기 위한…"

"아! 그걸 천자의 두건으로 명하신 건가요?"

"예."

"명귀와 참 잘 어울리는 이름이군요. 근데 제게는 존 롤스의 '무지의 베일'처럼 들리네요."

"그런가요? 허허허. 생각해 보니 그럴 수도 있겠군요. 둘 다 옳은 길을 위한 어쩔 수 없는 선택이라는 점 때문에. 아무튼 두건이 귀신들의 축제에서 제일 큰 걸림돌이에요. 제대로 작동하지 않으면 위험할 수 있다 보니 검증에도 시간이 걸릴 테고요."

"조만간 오수철 박사님이 합류하면 길이 보이겠지요."

"저도 그러길 바랍니다. 하지만 적어도 수개월은 더 필요할 텐데."

이규석은 차를 한 모금 더 마신 후 담담하게 말했다.

"불행히도 우리에겐 그만큼의 시간이 없군요."

보이지 않는
정의

오늘 아침도 어김없이 태양은 떴고 빌어먹을 햇살은 동쪽 창문을 시끄럽게 두드렸다. 시간은 빛보다 빠르게 흘러갔지만, 생각의 속도는 거북이처럼 느렸다. 밤샘의 수고로 얻은 것이라고는 헝클어진 머리카락과 벌겋게 충혈된 눈뿐. 이런 흐트러진 데이비드 권의 모습은 낯설었다.

구오성이 죽어가는 영상을 반복해 봤다. 사정을 모르는 이가 보면 스너프 물에 빠진 사이코패스로밖에는 보이지 않을 것이다. 구오성은 죽기 전까지 알 수 없는 말을 중얼거렸다. 그것은 그들만의 오메르타일까? 아니면 어떤 의식의 일종일까? 고대 주술 같은 그의 어조는 기묘한 느낌을 주었다. 책을 다 뒤져 답

을 찾아냈다. 그의 마지막 말은 묵자의 겸애 편에 나오는 구절
이었다.

"천하지인 개불상애(天下之人 皆不相愛), 강필집약 부필모빈
귀필오천 사필기우(強必執弱 富必侮貧 貴必傲賤 詐必欺愚)"
　사람들이 서로 사랑하지 않는다면 강자는 반드시 약자를 억
누르고, 부자는 반드시 가난한 사람을 능멸하며, 귀한 사람은
반드시 천한 사람에게 오만하고, 간사한 사람들은 반드시 어리
석은 사람을 속이게 될 것이다.
　"강불집약 부불모빈(強不執弱 富不侮貧)"
　강자는 약자에게 강요하지 않고, 부자는 빈자를 욕보이지 않
는다.
　"범천하 화찬원한 기소이기자 이불상애생야(凡天下 禍簒怨恨
其所以起者 以不相愛生也)"
　무릇 천하의 재앙과 찬탈과 원한이 생겨나는 원인은 서로 사
랑하지 않기 때문이다.

　하도 들어 외워버린 일갈이 귓속에서 유령처럼 돌아다녔다.
데이비드 권은 자리에서 벌떡 일어났다. 방 안을 서성였다. 다
시 컴퓨터 앞으로 와 그의 마지막 순간을 재생했다. 소리에 귀

를 기울였다.

"…거자님. 거두어 주신 은혜, 잊지 않겠습니다."

구간 설정을 하고 반복 플레이했다. '거자님' 앞에 불명확한 단어가 들렸다. 볼륨을 최대로 올렸다. 이… 구… 승 거자님. 이… 규… 성 거자님. 때론 '이교선'이나 '이선'처럼 들리기도 했다.

그래, 적어도 이들은 우리 같은 족속이 아니다. 죽음을 목전에 두고도 오야붕에게 예를 갖추고 작별을 고하는 깡패 새끼 따위 세상에 없으니까. 식구니, 형제니, 의리가 어쩌니 떠들어 대도 결국 돈 때문에 상대의 멱을 따는 것들은 절대로 이해할 수 없는 세상이다. 이제는 살인 방법뿐만 아니라 그들의 실체까지 궁금해졌다. 비급을 알려주면 살려주겠다는 말이 거짓임을 눈치채고 자살한 것일까? 데이비드 권은 이내 고개를 저었다. 그건 아닐 것이다. 인간은 늘 최후까지 헛된 희망을 놓지 않는 법이니까. 특히나 말 같지도 않은 신념에 목숨을 건 놈이라면.

비시적 조각 안에 들어있던 약물 캡슐을 분석기관에 보냈다. 상부상조하는 자가 분석기관 대표이기 때문에 정식 서류는 꾸미지 않았다. 며칠 후 결과 보고서를 받았다.

— 스피팅코브라의 독인 포스폴리페이스 A2가 주성분. 0.001g만 먹어도

6초 안에 즉사하는 강력한 독극물. 국내에서 구할 수도 없을뿐더러 타액으로만 녹는 이중 캡슐 코팅 구조 등에 비추어 보아 전문가가 제조한 것으로 추정됨.

데이비드 권은 면도칼에 관해 혹시 놓친 것은 없는지 자료를 다시 자세히 살펴봤다. 협박, 살인미수, 감금 폭행… 화려했다. 이 정도 전력이 없었다면 이인자 자리에는 못 올랐을 테니 어쩌면 당연할지도 모르겠다. 검은 옷을 불러들인 문제의 사건도 읽어보았다. 미성년자 강간 사건으로 구속되어 5년 실형, 병 치료 등의 이유로 중간에 형 집행 정지. 피해 아동(김송이)은 정신과 치료 중 투신자살. 송이 아버지는 말기 암에 걸려 죽을 날만 기다리고 있다, 노랑붓꽃 언덕이라는 범죄 피해자 모임에 자주 나간다… 구오성에 관한 것도 다시 읽었다. 형을 마치고 작은 목공소를 운영. 노인복지관, 청소년 쉼터, 노랑붓꽃 언덕 등 시설 기관에서 다수 봉사 활동… 논두렁 피습 사건으로 죽은 기웅에 관한 자료도 뒤졌다. 고등학교 시절 학폭 사건의 주동자였다, 피해자는 정신병원에서 자살했다, 죽은 아이의 할머니는 범죄 피해자 모임을 작년까지 다녔다, 단체명은 노랑붓꽃 언덕…

작은 교집합이 보였다. 구글에서 '노랑붓꽃 언덕'을 검색했다. 사이트로 접속했다. 노랑붓꽃이 핀 작은 정원 사진이 나타났다.

메뉴를 하나씩 클릭해 읽었다. 설립 연혁. 지원 사업. 커뮤니티 일정. 지난 행사… 모임 대표의 인사말 메뉴로 들어갔다.

"당신의 아픔은 발아래 놓아두세요. 이제 우리가 치우겠습니다."

문구 아래 모임 대표의 사진이 있었다. 사람을 잘 믿게 생긴 여자였다. 이름은 주연이었다. 데이비드 권은 주연의 얼굴을 오래 바라봤다. 방 안에 커피 끓는 소리만이 요란했다.

───※───

이기우와 양 기자는 약속 장소로 갔다. 이태원 먹자골목에 있는 카페였다. 고삘 감투는 아직 오지 않았다. 양 기자는 이기우에게 재차 당부했다.

"선배, 그치가 워낙 괴팍해서 막 몰아세우면 안 됩니다. 기분 상하면 그냥 나가버릴지도 몰라요."

이기우는 인상을 구겼다.

"알았다니까. 잔소리 좀 그만해."

얼마 지나지 않아 고삘 감투가 나타났다. 코는 정면을 향해서 들렸고 눈은 자를 대고 금을 그어놓은 것처럼 작았다. 몸을 움직일 때마다 살집이 이리저리 출렁거렸다. 튀어나온 이마, 두꺼운 돋보기안경, 거기에 헤어 왁스를 마구 발라 바짝 세워놓은 앞머리 때문에 탐욕스러운 야생 수퇘지처럼 보였다. 더는 못난 이를 찾기 힘들 정도의 추남이었다.

그는 양 기자가 소개해 주기도 전에 먼저 명함을 꺼내 이기우에게 건넸다. '〈정의로운 길〉 대표 고뿔 감투'라고 쓰여있었고 맨 아래 유튜브와 SNS 주소가 적혔다. 장황한 자기소개를 시작했다.

"이미 말씀은 들으셨겠지만, 우리 정의로운 길은 사회의 온갖 비밀을 파헤치는 자생적 동호회에서 시작했지요. 당시 저는 동호회 회장이었고요. 전에는 학원에서 역사를 가르쳤는데 나름 잘나갔던 강사라 돈을 제법 모았어요. 덕분에 반강제적으로 파이어족이 되었다고나 할까요? 하하하."

주문받으러 종업원이 왔다. 이기우와 양 기자는 아이스커피를 시켰다. 고뿔 감투는 메뉴판을 뚫어지게 보면서 입맛을 다셨다. 양 기자가 말했다.

"드시고 싶은 것 마음껏 드세요, 취재비에 다 포함되어 있으니까."

고뿔 감투는 여섯 종류의 빵과 조각 케이크, 슈퍼 라지 사이즈 콜라를 시켰다. 그는 손가락 마디가 보이지 않는 통통한 손을 파리처럼 비벼댔다.

"제가 점심을 여태 먹지 못해서요."

먹거리가 나오자마자 빵 하나를 순식간에 먹어 치우고 콜라도 모두 비웠다. 양 기자가 물었다.

"정의로운 길은 어떤 곳인가요? 콘텐츠를 생산하는 곳인가요? 아니면 어떤 목적으로 비밀을 파헤치는 곳인가요?"

"둘 다 정확한 말은 아니죠. 콘텐츠를 만든다기보다는 감추어진 것, 평범함 속에 숨겨진 비범함, 베일에 싸인 실체를 조사, 분석해 새로운 시각으로 해석한다고 봄이 제일 옳을 겁니다. 여기에는 어떤 대가나 방향성도 없어요. 진실 그 자체에 대한 불같은 열정이랄까? 표현이 너무 오버인가요? 하하하. 아무튼 유튜브, 블로그, 뉴스 기사, 국내외 탐사 자료를 수집하고 가끔은 발로 뛰어 직접 조사하기도 하지요."

이기우는 그의 징징대는 듯한 말투가 몹시 거슬렸다. 어쩌면 음란해 보이는 눈매와 얼굴에 비해 지나치게 작은 입 때문에 더욱 그렇게 느꼈을지도 모르겠다.

"음모론 공장이니, 쓰레기 괴담 생산소니, 어쩌니 하며 엄청나게 까이긴 했어요. 하지만 음모론이란 단어는 제 입으로 한 번도 말한 적이 없어요. 저는 팩트를 모아 새로운 팩트를 제공할 뿐입니다. 검은 옷을 입은 자들? 그게 어떻게 도시 괴담이고 음모론입니까? 혜안이 있는 자만 볼 수 있는 진실이고 모두가 바라는 영웅 재래에 관한 이야기지요. 한마디로 우리 사회의 등대, 혹은 이정표 같은 존재에 관한 것. 안 그렇습니까? 음, 아무튼 전 그렇게 믿어요."

양 기자는 그의 궤변을 빠짐없이 받아 적었다.

"운영 비용이나 조사비 등은 어떻게 충당하시죠? 회원 회비인가요?"

"아니요. 회비는 없어요."

"그럼요?"

"세상에 우리의 고급 정보를 사려는 사람은 많아요. 생각보다."

작년 연말을 뜨겁게 달군 정계 유명 인사와 여배우 스캔들 사건, 그 실마리를 처음 밝혀낸 곳도 정의로운 길이라 그는 주장했다. 기요틴 연쇄 살인 사건에 관한 결정적인 증거를 경찰에 제공했다는 말도 했다. 자랑질은 더 듣고 싶지 않았다. 이기우는 본론으로 들어갔다. 감정이 상하지 않도록 최대한 부드럽게 물었다.

"요즘 쓰고 계신 미스터리 자살 사건에 관한 글은 다 읽어봤는데요. 무척 흥미롭더군요. '선한 사람은 세상에서 자신이 만든 천국을 경험하고 악한 사람은 자신이 만든 지옥을 경험한다'라는 사이트 대문 글이 꽤 인상적이었습니다."

"독일 시인 하인리히 하이네의 글입니다. 괴테와 실러 같은 독일 문학의 거장 중 한 명이에요. 그의 시는 슈만과 슈베르트에 의해 가곡으로 쓰이기도 했고요."

"그렇군요. 아무튼 운영 중인 사이트에는 흥미로운 내용이 참 많더군요. 미제 사건, 파묻힌 진실 등등. 특히 제가 관심이 가는 것은 조폭에 관한 겁니다. K파라 함은…"

"K파는 칼리코파, G파는 금촌파, D는 데이비드 권을 말하는 거지요."

"그런 것들을 어떻게 알아내셨죠? 더군다나 검은 옷과의 관계까지?"

고뿔 감투는 딴소리를 했다.

"아까 말씀드렸던가요? 제가 아직 식전이라고. 이거 좀 먹어도 될까요?"

대답을 듣기도 전에 다른 빵을 집어 한 입 베어 물었다. 가방에서 태블릿을 꺼냈다.

"그동안에 이 자료 좀 보고 계시면 좋을 것 같군요. 아직 누구에게도 공개하지 않은 따끈따끈한 소스인데 눈으로만 보세요. 드리는 건 아니고."

전에는 본 적 없는 미스터리 자살 사건들에 관한 것이었다. 자료를 읽는 동안 고뿔 영감은 그 많은 빵과 케이크를 먹어 치웠고 리필한 콜라를 또 깨끗이 비웠다. 옷에 묻은 빵가루를 툭

툭 털어냈다. 냅킨으로 번들거리는 입을 닦으며 말했다.

"사건들을 자세히 들여다보면 뭔가 감이 오지 않나요? 그들은 자살자라면 부지불식간에 드러내는 '생존 이상 시그널'을 전혀 보이지 않았죠. 그러다 사람들로 붐비는 장소에서 갑자기 목숨을 끊었고. 죽기 전에 누군가를 만났다는 것도 그렇고요. 아, 하나 더, 죽은 놈들은 하나같이 개새끼들이라는 점."

양 기자가 말을 끊었다.

"그런 공통점 정도는 우리도 이미 알고 있어요."

"하지만 이면에 기자님이 모르시는 진짜 중요한 것이 있죠. 일반인은 알 수 없는 비밀. 놈들을 죽음으로 인도하는 자, 검은 옷의 정체 그리고 암흑세계와의 관계. 두 분은 검은 옷의 실체가 뭐라고 생각하시나요?"

"자생적 자경단? 신흥 종교 집단? 아니면 정부의 비밀 조직?"

고뿔 감투는 고개를 저었다.

"그들은 수천 년 전 번성했던 묵자의 후예입니다."

기시감을 느꼈다. 골동품 가게 송 선배를 만난 후 검은 옷이 묵자와 어떤 관련이 있을 것이라고는 예상했다. 고뿔 감투는 묵자에 관해 아는 것이 있냐고 물었다. 양 기자는 고개를 저었다. 고뿔 감투는 조소와 연민의 중간쯤 되는 묘한 표정을 지었다.

"검은 옷의 정체를 제대로 알기 위해서는 먼저 그 기원을 이해해야 해요. 자, 그럼, 오랜만에 역사 강의 좀 해볼까요?"

태블릿에서 프레젠테이션 자료를 찾아 열었다. 묵가인, 그들은 누구인가? 촌스러운 궁서체의 제목이었다. 그와의 인터뷰는 그렇게 시작했다.

"본명은 묵적, 하지만 묵자라는 이름으로 더 알려졌죠. 묵자는 중국이 진나라로 통일되기 전, 그러니까 춘추전국 시대에 살았던 철학자이자 사상가입니다. 춘추전국 시대는 기원전 8~3세기 정도를 말해요. 주나라가 견융의 공격을 받아 천도한 뒤 기원전 221년 진(秦)에 의해 중국 최초의 통일 제국이 건국될 때까지의 시기죠. 통일 진나라가 등장하기 전이라고 해서 선진시대(先秦時代)라 부르기도 하지요.

그 시절은 농업 생산력이 비약적으로 발전하고 화폐가 만들어져 경제 활동의 틀이 만들어지는 때였어요. 더불어 부를 쌓는 호족이 생기고 지주 계급과 상인을 중심으로 시장 경제도 발전했고요. 영토 장악을 위해서 제후들 간에 잦은 침략 전쟁이 발생하는 시점도 이때부터였지요. 또한 인재 등용 방식도 서서히 바뀌어 갔어요. 신분이 변변찮아도 능력이 있으면 높은 자리에 올라갈 기회가 본격적으로 열린 겁니다.

이때 나타난 것이 바로 제자백가입니다. 제자백가에는 우리가 익히 잘 아는 사상가가 많아요. 공자, 맹자, 순자 등의 유가는 효제, 인의, 예를 바탕으로 해야 한다고 주장했고, 상양, 한비 같은 법가는 법치와 부국강병을 목표로 삼았지요. 노자, 장자 등의 도가도 있었고요. 그들 모두 나름의 방식으로 국가적, 사회적 정의를 주장했지요. 그리고 묵자가 있었습니다.

묵자는 많은 사상을 설파했어요. 전쟁을 반대한다는 비공(非攻), 운명론을 부정하는 비명(非命), 사치와 허례허식을 배척한 절용(節用), 그 밖에 절장(節葬)부터 겸애(兼愛)까지, 총 열한 편에서 세상을 바꾸려는 열 가지 주장이 있어요. 그중에 제일 유명한 것은 바로 겸애예요. 차별 없는 사랑 말입니다."

전직 역사 선생답게 설명을 잘했다. 양 기자가 불쑥 끼어들었다.

"묵자가 귀신에 대한 것도 말했었나요?"

고뿔 감투의 미간이 잠깐 일그러졌다.

"명귀론(明鬼論) 말씀하시는 거죠?"

"명귀론?"

"글자 그대로 귀신을 밝힌다는 말이에요. 그리고 죄송하지만 제가 말하는 중에 끊지 말아주시면 고맙겠습니다. 명귀론에 관해서는 뒤에 말씀드리죠."

양 기자는 머쓱해서 입을 다물었다.

"묵자에 관한 연구는 공자, 맹자에 비하면 상당히 부족합니다. 최근에야 연구가 좀 진행되는 정도니까요. 학자들은 묵자가 하층민 출신일 것으로 추측해요. 묵자라는 이름의 기원은 참 다양하죠. 피부가 검었기 때문이라는 설도 있고 죄인의 얼굴에 먹으로 글자를 새겨 넣는 형벌인 '묵형'에서 만들어졌다는 이야기도 있고요. 목수의 도구인 먹줄에서 유래했다는 말도 있죠.

묵자의 사상은 천민과 하층민을 옹호했기 때문에 당시로선 매우 위험한 주장이었어요. 또한 그들 세력은 군대 같은 조직 체계와 엄한 규율을 지켰어요. 그래서 다른 학파와 매우 구별되었지요. 《여씨춘추(呂氏春秋)》라는 제자백가 시대의 백과사전쯤 되는 책이 있는데요, 묵자의 뒤를 이은 거자 복돈에 관한 이야기가 있어요. 자기 외아들이 살인을 저지르자, 묵가의 규율에 따라 사형을 시켰다는 것. 엄격한 법도를 보여주는 아주 유명한 일화지요.

전성기에는 묵자를 따르는 제자들이 엄청나게 많아서 유가에 필적할 만큼 큰 학파였습니다. 그들의 사상이 당시 사회 대다수를 차지하는 하층 계급을 대변해서겠지요. 하지만 묵자는 오래가지 못했어요. 순식간에 세상에서 사라져 버렸거든요."

그는 갑자기 손가락을 위로 치켜세우며 물었다.

"여기서 돌발 퀴즈 나갑니다! 유가는 현대의 우리 사회까지 영향을 주고 있는 반면에 묵가는 왜 갑자기 없어졌을까요?"

양 기자는 고개를 갸우뚱했다.

"쇠퇴의 주원인은 유가를 근본으로 삼은 한나라의 의도적인 배척과 너무나 진보적인 그들의 사상 때문이었어요. 중국이 하나의 국가가 되기 전까진 급진적인 민초는 묵가의 사상을 열렬히 호응했지만, 통일 후 권력이 안정되면서부터 유가 외엔 다른 사상은 힘을 잃었던 거죠. 진나라가 망한 후 한나라의 무제는 모든 제자백가 사상을 물리치고 오직 유학만을 숭상한다고 선언했고 천하는 유학의 지배하에 들어갔습니다. 유가의 완승으로 끝난 셈이지요.

결국 묵가는 빠르게 몰락했고 근 2천여 년 동안 사실상 잊혔어요. 그래서 묵자의 사료는 제자백가 사상 중 가장 부족해요. 유가를 계승한 맹자가 묵자를 의도적으로 배척해 그렇기도 하지만 대나무로 엮어 만든 죽간에 써놓은 글을 그대로 방치했던 탓에 많이 소실되기도 했죠. 그러다 청나라 때 필원이라는 사람이 《묵자주(墨子注)》라는 책을 정리해 내놓으면서 다시 세상에 알려지기 시작했어요. 본격적으로 연구되기 시작한 것은 19세기에 손이양의 《묵자간고(墨子閒詁)》 열다섯 권이 나오면서부터고 현대에 들어와서는 양계초, 호적 같은 여러 학자의 해석과 주석으로 오늘날 우리가 아는 묵자가 정리된 것이라 볼 수 있어요."

고뿔 감투는 콜라를 길게 쭉 빨아 마신 후 말을 이어갔다.

"무엇보다 다른 학파와 차별된 그들의 사상을 꼽자면 바로 겸애(兼愛)입니다. 겸애란 차별 없는 사랑을 뜻합니다. 그러면 그들이 말하는 차별 없는 사랑이란 뭘까요? 남의 부모를 나의 부모처럼 여기고, 남의 집안을 나의 집안처럼 여기고, 남의 도읍을 나의 도읍처럼 여기고, 남의 국가를 나의 국가처럼 여기는 것. 나와 타인의 경계 없는 사랑을 의미합니다. 곧 조건 없는 사랑이지요.

그들은 세상에 혼란이 발생하는 원인이 서로 사랑하지 않기 때문이라 주장했어요. 백성의 고통을 돌보며 고뇌하던 묵가 사유가 현대에 와서 주목받는 이유는 조건적 사랑을 강조했던 유가와 달리 모든 인간에 대해 차별 없는 사랑을 설파했다는 점이에요. 승리자만 칭송받는 무한 경쟁의 각박한 현대 사회에서 새삼 조명을 받은 것이라 볼 수도 있고요."

열정적인 강의는 한참 계속되었다.

"…묵자를 따르는 무리는 어떤 사람들이었을까.《장자(莊子)》에서는 이렇게 묘사하고 있어요. '묵가의 무리는 짐승 가죽옷과 베옷을 입고 나막신이나 짚신을 신고서 밤낮을 쉬지 않았으며, 자신을 고통스럽게 하는 삶을 살았다. 반드시 해야만 한다고 확신하면 어떠한 고뇌도 감내하는 자들이다.' 묵자라는 인물을 묘사하면서 '살아서는 죽도록 일하고 죽어서도 간소한 장례로 박대를 받게 되니 그의 도는 너무나 각박하다. 하지만 그는 진실로 천하를 사랑했다'라고도 했지요. 아마도 묵가인을 가장 잘 설명한 말이 아닐지 싶네요.

묵자는 일흔한 편을 남겼지만 열여덟 편이 사라지고 현재까지 전해지는 것은 쉰세 편뿐입니다. 정확히는 5부 열다섯 권 쉰세 편. 1부는 사상의 개요, 2부는 묵가의 열 가지 주장이 담겼고, 3부는 제자들이 추가한 부분이라 알려진 논리, 물리, 기하, 생물학 등 주로 자연 과학과 관련된 것입니다. 4부는 묵자의 가르침과 행적에 관한 것이고 5부는 군사 기술에 대한 것이죠. 나머지 열여덟 편은 어디로 사라졌는지는 아무도 몰라요. 제자백가 시절에는 크고 작은 전쟁이 수도 없이 있었으니까. 난리 통에 불타버렸거나 도둑질당했을 수도 있고. 넓은 중국 땅덩어리 어디에 묻혀버렸을 수도 있겠지요. 아니면 소수에게만 전승되고 있든가."

그는 태블릿을 터치해 다음 화면으로 넘겼다.

"묵가인은 철학자인 동시에 행동하는 사상가이자 전사였어요. 또한 실력 좋은 엔지니어이기도 했고요."

화면에 기계 장치들이 나타났다. 이기우는 턱을 쓰다듬으면서 기묘하게 생긴 기구를 자세히 들여다보았다.

"묵가인은 에디슨 뺨치는 발명가였죠. 묵자 열한 편은 성을 방어하는 방법과 그 장비에 대한 것이에요. 사다리를 타고 넘어오는 적을 막는 법, 수공에 대비하는 법, 땅굴을 파고들어 오는 적을 막는 법 등 거의 모든 침입에 대한 방비책을 연구 고안했어요. 거기에는 여러 과학적 원리가 적용되었죠.

예를 들어, '앵청'이라는 탐지 기구는 진동 전파의 원리를 이용한 일종의 주파수 감청기였고요. 물리 역학을 활용해 당시 무기에 비해 긴 사거리와 높은 파괴력을 가진 '연노거'도 있지요. 그들은 과학 기술에 조예가 깊었어요. 논리학, 기하학, 역학, 광학, 독초학, 독충학 등등. 아쉽게도 구체적인 내용은 모두 전해지지 않지만.

아무튼 묵가에 관한 것은 많은 부분이 베일에 가려져 있어요. 어떤 학자는 유가가 지배하던 시절에도 묵가는 명맥을 이어왔다고 주장해요. 세계 곳곳에 자신의 흔적을 남겼다면서요. 예를 하나 들까요? 마태복음에 보면 예수가 예루살렘의 어느 마구간에서 태어났을 때 동방박사 무리가 별을 쫓아 그곳으로 갔다고 했지요. 주장인즉슨, 세 가지 보물을 바친 동방박사 중 한 명이 바로 묵가인이랍니다. 기독교의 서로 사랑하라는 가르침도 사실 겸애사상으로부터 전해진 것이고요."

"흥미롭군요."

"자, 그러면 이제 제일 궁금해하시는 귀신 이야기를 시작해 볼까요?"

그때까지 뚱하게 듣고만 있던 양 기자의 얼굴이 밝아졌다.

"묵가인은 자신들의 거친 삶을 유지하기 위해 강력한 실행 규범이 필요했습니다. 그래서 하늘과 귀신에 관한 것을 자주 언급했지요.

묵자의 명귀 편은 학자 사이에서도 의견이 많이 갈려요. 묵자가 정말로 귀신을 믿었을까? 공자가 귀신에 관해 언급하지 않았다는 것과는 배치되는 지점입니다. 하지만 묵자는 사상가지 종교 지도자는 아니니 그런 생각은 너무 앞서 나간 게 아닌가 싶어요. 일부 학자는 자신의 사상을 더 견고히 하기 위해 귀신이라는 존재를 끌어다 놓았다고 주장합니다. 이걸 '초월적 종교관'이라고도 말하지요.

묵자는 하늘과 조상과 귀신의 존재를 긍정함으로써 우리가 어떻게 살아야 하는지를 설파했어요. 겸상애(兼相愛), 하늘의 뜻을 따르는 사람은 서로를 사랑하며, 교상리(交相利), 서로를 이롭게 하라, 그러면 하늘이 상을 줄 것이며 반대로 하늘의 뜻에 반하는 사람은 반드시 벌을 받을 것이다, 귀신은 착한 이에게는 복을 주고 악한 이에게는 벌을 내린다, 귀신은 총명하기 그지없어 아무리 숨기고 거짓을 말하더라도 말 그대로 귀신처럼 찾아내고 그 대가를 치르게 한다, 그런 주장 말입니다."

양 기자가 참지 못하고 또 끼어들었다.

"귀신이 무서우면 무지몽매한 인간은 착하게 살아라, 이런 말이군요."

고뿔 감투는 주머니에서 휴지를 꺼내 코를 풀었다. 어찌나 소리가 큰지 주변 사람들이 다 돌아보았다.

"대개는 그렇게 생각하지요. 하지만 저는 좀 다르게 봐요."

그는 상체를 앞으로 숙이고 목소리를 낮췄다.

"그들은 진짜로 귀신을 부릴 수 있다고."

"어떻게 그걸 확신하시죠?"

"물증이 있으니까요."

"물증? 비시적을 직접 봤다, 뭐 이런 이야기는 아니겠지요?"

고뿔 감투는 약간 놀란 표정을 지었다.

"비시적을 알고 계시네요?"

"우리도 나름 조사를 했으니까요."

"음, 그렇군요. 아무튼, 그런 한낱 나뭇조각이 무슨 증거가 되겠어요? 그보다 더 확실한, 아주 결정적인 게 있죠."

"그게 뭔데요?"

"맛보기로 유튜브에 조금 올릴지 말지 요즘 고민 중이긴 한데…"

고뿔 감투는 말을 빙빙 돌렸다. 이기우의 목소리가 약간 올라갔다.

"그래서 어떻게 죽었다는 거요? 칼리코파와는 도대체 무슨 관계고?"

고뿔 감투는 태블릿 화면을 껐다.

"자, 오늘 인터뷰는 여기까지!"

"예?"

"더 자세한 것을 알고 싶으시다면 걸맞은 대가가 있어야지요. 그게 세상 이치 아닙니까? 말씀드렸잖아요, 제 정보를 돈 주고 사는 사람은 세상에 많다고."

"취재비는 이미 드렸잖아요?"

"아휴. 그거 얼마 된다고. 그 비용으로는 여기까지입니다."

그는 씩 웃었다. 입술에 묻은 기름이 번들거렸다. "그 친구에게 쓸만한 정보를 얻으려면 돈이 더 들 것 같은데요?" 그렇게 편집장에게 말한다면 과연 어떤 표정을 지을까? 양 기자가 물었다.

"강의 내용에 관해 질문해도 됩니까?"

"그럼요. 그 정도는 서비스로 답변해 드리지요."

"자신의 모든 걸 내걸고 싸우는 그런 정의로운 사람들이 진짜로 존재한다면 왜 아직도 우리 사회는 이 모양일까요?"

고뿔 감투는 양 기자를 빤히 쳐다봤다. 대답 대신 쓴웃음만

지어 보였다.

사무실로 돌아왔다. 저녁에 데스크 회의를 열었다. 아니나 다를까, 편집장은 육두문자를 섞으며 고뿔 감투를 욕했다.

"개구라치고 자빠졌네. 세상천지의 어느 바보가 그런 말 같지도 않은 소스에 돈을 쓰겠어?"

양 기자는 그래도 포기하지 않았다. 친한 흥신소 사장에게 고뿔 감투의 뒷조사를 부탁했다고 말했다. 뭔가 약점을 잡고 딜을 하려는 속셈이었다. 이기우는 후배의 방법이 걱정스러웠다.

"그런 건 불법이라 위험해."

그 말에 양 기자는 이렇게 대답했다.

"합법적으로 일하려면 왜 기자가 됐겠어요?"

"아-주 나이스 가오십니다."

편집장은 한눈을 찡끗거리며 대꾸했다. 그는 며칠 전 들은 소문을 꺼냈다. 김철규 별장에서 누군가 고문을 받다가 죽었다, 죽은 자의 신원은 분명치 않지만 아마도 금촌파가 아닐까, 하는 것이었다. 만일 루머가 진짜라면 보통 큰일이 아닐 것이다. 오구진은 모욕당하고 가만히 있을 자가 아니다.

탐사 르포 기사의 타이틀은 〈보이지 않는 정의를 찾아서〉로 정했다. 첫 회부터 반응이 좋았다. 어둠 속에서 정의의 칼을 휘

두르는 검은 옷에게 독자는 열광했다. 댓글도 많이 달렸다. 초
능력 암살자, 슈퍼 닌자, 어둠의 기사라는 별칭이 붙었다. 덕분
에 광고 의뢰도 제법 들어왔다. 도시 괴담이든 다크 판타지든
회사에 돈을 가져다주니 편집장도 무시할 수는 없었다. 횟수와
지면은 조금씩 늘어갔다. 기사 소스 중 많은 수는 고뿔 감투의
자료를 인용했다. 내키진 않았지만, 현재로서 딱히 다른 쓸만한
다른 정보가 없었기 때문이다.

양 기자가 메일로 보내준 고뿔 감투에 대한 조사 내용을 읽
어봤다. 본명, 나이, 주소 등 인적 사항은 대충 보고 넘겼다.

– 가정용 전자기기를 판매하는 중소 업체에서 2년 반 근무. 공금 횡령으
로 기소당한 적이 있고 합의 종결. 그 후 다단계 회사로 이직. 거기서도
금융법 위반 등으로 집행 유예를 받음.

예상대로 사기꾼 냄새가 물씬 났다. 한때 학원에서 역사를 진
짜로 가르치긴 했었다. 어쩌다 이런 야바위꾼이 되었는지 궁금
했다. 최근 몇 년간의 행적은 없었다. 작년부터 '정의로운 길'을
운영하고 유튜브 방송을 시작했다. 거침없는 촌철살인 화법 때
문인지, 자극적인 콘텐츠 때문인지, 구독자 수는 꽤 되었다. 이
자는 비대면 사회가 낳은 관심종자일 뿐이었다. 이기우는 일말

의 기대도 접어버렸다.

　　둥글게 둘러앉은 사람들이 손뼉을 쳤다. 박수 소리는 좁은 방 안을 가득 채웠다. 남자 한 명이 일어나 깊이 고개를 숙이고 인사했다. 구부정한 어깨, 두꺼운 안경, 시골 미장원에서 한 것 같은 곱슬머리, 거기에 벌어진 앞니와 누리끼리한 피부색 때문에 남자는 순박한 농부 같은 인상을 주었다. 주연이 그를 소개했다.

　　"오늘 우리 '노랑붓꽃 언덕'에 새로운 분이 오셨습니다."

　　시선이 그에게 몰렸다.

　　"처음 뵙겠습니다. 조인권이라고 합니다."

　　그는 사람들 앞에서 서는 것이 어색하듯 손을 잠시도 가만히 두지 못했다. 주연은 웃으며 다독였다.

　　"편하게 말씀하세요."

　　조인권은 손수건을 꺼내 이마의 땀을 닦아냈다.

　　"에…, 제가 이곳에 온 이유는, 음, 제가 겪어온 것을 함께 나누기 위해서입니다. 여, 여러분과 함께요."

　　긴 한숨을 쉬었다. 고개를 떨군 채 말을 잘 잇지 못했다. 어깨가 가늘게 떨렸다.

"힘드시면 앉아서 하셔도 괜찮습니다."

그는 자리에 앉았다. 모두 낯선 남자의 말에 귀를 기울였다. 원목과 가구 등을 수입 판매하는 회사에 다닌다, 늦은 결혼을 했다, 시험관 아이로 어렵게 아들을 얻었다, 잔병치레가 많아 고생하며 키웠다, 아이가 초등학교 들어갈 때까지 몇 차례 사업 실패를 겪었다, 그런 지난한 자신의 삶을 이야기했다.

아이가 납치당한 후 범인 집에서 유기된 채 발견된 비극적 사건을 말할 때는 목이 메어 중간중간 멈췄다.

"겨우 6학년이었는데… 아이와 함께 새 학기에 입을 옷을 사러 가기로 했는데… 그날 이후 일상은 멈춰버렸습니다. 아이 방에 있는 벽걸이 시계처럼요. 남들은 다 내려놓고 잊으라 합니다. 하지만 저는 놈을 용서할 수가 없어요. 형기를 마치고 나와 다시 보게 된다면… 저도 제가 어떻게 변할지 모르겠어요."

"그런 놈은 틀림없이 하늘이 벌을 줄 겁니다."

휠체어를 타고 있는 남자가 말했다. 송이 아버지였다. 움푹 들어간 눈두덩 때문에 산송장처럼 보였다. 털로 짠 둥근 모자 뒤쪽으로 몇 가닥 남지 않은 머리카락이 듬성듬성 삐져나와 있었다.

"선생님 애와 제 딸아이가 비슷한 나이인 것 같군요. 살아있다면 한참 사춘기 투정을 부릴 때인데."

송이 아버지는 자신의 목숨이 얼마 남지 않았다고 말했다. 하지만 곧 딸을 하늘나라에서 다시 만날 생각하니 그리 슬프지만은 않다고 했다. 송이를 그렇게 만든 놈이 천벌을 받아 죽었으니 남은 여한도 없다 했다. 송이 아버지는 쓸쓸한 미소를 지었다.

"난 항상 꿈을 꿨어요. 인권이니 뭐니 따지며 흉악범을 보호하는 법 따윈 사라져야 한다고. 누군가 놈을 죽여준다면 어떠한 대가도 치르겠다고. 그런데 실제로 그런 일이 일어났지요. 하늘도 못난 아비의 심정을 그냥 지나치지 않은 모양입니다."

조인권은 측은한 눈으로 송이 아버지를 바라보았다.

모임이 끝난 후 조인권은 뒷마당 정원으로 갔다. 노랑붓꽃 언덕 대표를 만나기 위해서였다. 주연은 담벼락을 따라 새로 심은 꽃을 손보고 있었다. 그녀 옆 조금 떨어진 곳에 앉았다. 두꺼운 안경을 손으로 추어올리며 일하는 모습을 물끄러미 바라봤다. 주연은 흙을 고르며 물었다.

"오늘 어떠셨나요? 조 선생님."

"처음에는 어색했는데, 음, 이제는 좀 나아졌습니다."

"다행이군요."

"마음도 좀 가벼워진 것 같고."

"그렇죠?"

"…"

"아픈 경험을 겪은 이들끼리 함께 있어 봤자 내 안의 고통이 사라질까? 처음엔 저도 그렇게 생각했어요. 하지만 이런저런 이야기를 나누다 보니 이상하게도 마음이 편해지더군요. 마치 무거운 짐을 내려놓은 것처럼."

"…"

"여긴 자원봉사자가 참 많아요. 심리 상담사. 청소와 식사 봉사자. 전직 간호사. 의사. 무료로 변호해 주시는 분. 자기 시간과 노력을 들여 재능 기부를 하고 계시지요. 이 세상에는 좋은 사람이 참 많구나. 아직도 세상은 살만하구나. 그런 생각이 모여 지금의 날 어루만져 주는 게 아닐까, 싶어요."

조인권은 부드러워진 흙을 손바닥 위에 올려놓았다. 손끝으로 문질렀다. 향긋한 흙내가 봄날 아지랑이처럼 피어올랐다.

"뭐 좀 여쭤봐도 될까요?"

"말씀하세요."

"대표님도 잊고 싶은 과거가 있나요?"

주연은 쓸쓸한 미소를 지었다.

"큰아이를 잃었어요. 불행한 사건으로요."

"…괜한 것을 물었군요."

"…"

"…"

"꽃 좋아하세요?"

"그냥 뭐…"

"저는 꽃을 참 좋아해요. 생업으로 작은 꽃집도 하고 있지요."

"그래요?"

"이곳의 정원도 다 제가 직접 가꾼 거예요."

"대단하시군요. 바쁘실 텐데."

"그거 아세요? 꽃에도 진짜 꽃과 가짜 꽃이 있다는 사실?"

"처음 들어봅니다."

화단의 꽃을 가리키며 말했다.

"이게 산수국이에요. 안쪽에 작은 꽃이, 가장자리에 크고 화려한 꽃이 보이지요? 가장자리에 있는 것이 가짜 꽃이에요. 무성화라고도 하지요. 안쪽에 있는 것이 열매를 맺을 수 있는 유성화, 진짜 꽃이고요. 가짜는 암술과 수술이 없어요. 애들은 벌과 나비를 유혹하기 위해 존재할 뿐 정작 생식은 초라한 모습을 한 안쪽의 몫이죠. 꽃이 수정되고 나면 가짜 꽃은 모두 초록색으로 변하고 잎사귀의 역할을 하지요. 이때부터 가짜 꽃도 진짜 꽃도 아무 의미가 없게 돼요."

"신기하군요."

"꽃에 얽힌 이야기는 재미있는 것이 많아요. 작명법도 재밌죠. 우리나라 식물 이름에는 학술적인 분류와 상관없이 붙여진 경우가 많아요. 무슨 '개'로 시작하거나, '너도', '나도'로 시작하는 이름들이 그래요. 바람꽃이라는 꽃이 있는데 그 종과 닮은 식물이 발견되면 '너도바람꽃'이라는 이름을 붙이고 또 다른 비슷한 것이 발견되면 '나도바람꽃'이라는 이름을 붙이는 식이죠. 개다래, 개잎갈나무, 개밀 등 '개'가 붙은 경우도 마찬가지예요.

꽃 장사를 하면서 하나 깨달은 게 있어요. 진짜 꽃이니 가짜 꽃이니, 누가 더 예쁜 이름을 가졌는지, 누가 원조 이름인지, 그런 걸 규정하는 건 결국 인간이잖아요. 꽃은 하등 관심도 없을 텐데. 우리 사회도 쓸모 있는 삶과 쓸모없는 삶이 같이 존재하는 이유가 분명히 있을 거예요. 산수국 꽃잎처럼요. 각자 다른 이유로 존재하지만, 사실 같은 이유로 존재하는 것은 아닐는지. 우리가 여기 이렇게 모인 이유도 그렇고요."

"…"

"전 꽃에서 삶을 배워요."

"모임 이름을 노랑붓꽃 언덕이라고 지은 것도 다 이유가 있었군요."

"조 선생님. 앞으로도 자주 나오세요. 틀림없이 도움이 될 거예요."

조인권은 희미하게 고개를 끄덕였다.

"얼마 후에 '한마음 데이'가 있는데, 거기도 오시면 좋을 거예요."

"그게 뭐지요?"

"1년에 한 번, 자원봉사자와 모임 회원 간 친목을 다지는 날이에요. 같이 밥도 먹고, 사는 이야기도 하는."

"한번 생각해 보겠습니다."

주연은 바지런히 흙을 골랐다. 그녀의 모습을 바라보던 조인권이 문득 물었다.

"참, 혹시 여기 자원봉사자 중에 구오성 씨라고 있지 않나요?"

"가구 공방하시는 구 선생님요? 덩치 크신?"

"예. 사실 그분 소개를 받고 여길 찾아온 겁니다. 우리 회사 거래처 사람이라서요."

"어머, 세상 참 좁네요."

"지금도 수염을 무성하게 기르고 다니시는지 궁금하군요."

"호호호. 여전하겠어요. 하지만 근래 저도 얼굴 뵌 지 오래라. 요즘은 도통 오시질 않네요. 모임에 한 번도 빠지지 않고 제일 열심이었는데. 좀 바쁘신가 봐요."

"구오성 씨와 같이 오는 분도 있지 않나요?"

주연은 고개를 갸우뚱했다.

"함께 봉사 다니는 친한 분이 있다고 했어요. 성함이 뭐였더라? 이, 이구승? 아니 이교선 씨였나?"

주연은 잠깐 생각하다가 답했다.

"아, 이규석 선생님 아닌가요?"

"음, 그런 것 같군요."

"요즘은 거의 나오지 않으세요. 하지만 고맙게도 책은 여전히 보내주시죠."

"책이라면…"

"서점을 운영하신다고 들었어요. 작가시기도 하고. 재고를 많이 기증해 주셨어요. 거실에 있는 책의 반은 그분에게서 받은 거지요. 참, 두 분도 한마음 데이에 오신다고 일전에 말씀하셨으니까 그때 다 같이 뵈면 좋겠네요."

어느새 둘은 함께 정원 손질을 하고 있었다. 소소한 대화는 계속 이어졌다. 조인권은 의외로 말을 잘했다. 자신의 굴곡진 삶에 관해 많은 것을 이야기했다. 살아온 인생은 한 편의 영화 같았다. 주연은 그의 말에 귀를 기울였다.

조인권은 저물녘이 되어서야 노랑붓꽃 언덕을 나왔다. 주연은 건물 앞까지 나와 배웅했다. 아름답게 물들어 가는 언덕길을 따라 걸어 내려갔다. 조금 걷다가 뒤를 돌아봤다. 건물이 조그맣게 보였다. 주연은 여태 서서 바라보고 있었다. 조인권은 손을 들어 재차 인사했다.

노랑붓꽃 언덕 건물이 시야에서 사라졌다. 조인권은 조그맣게 콧노래를 부르기 시작했다. 큰길로 내려올 때까지 흥얼거림은 멈추지 않았다. 담벼락 옆에 있던 남자와 눈이 마주쳤다. 남자는 급히 고개를 숙이고 인사했다. 조인권은 손짓으로 그러지 말라고 했다. 남자는 주차해 놓은 차 뒷문을 열었다. 조인권은 뒷좌석에 올라탔다. 남자가 운전석에 앉은 후 뒤를 돌아보며 물었다.

"잘 끝나셨습니까?"

조인권은 고개만 끄덕였다. 입속에 손을 넣었다. 가짜 이빨과 잇몸을 뽑아냈다. 입가에 묻은 침을 휴지로 닦아냈다. 곱슬머리 가발을 벗었다. 안경을 벗었다. 구릿빛의 피부를 클렌저로 닦아냈다. 헝클어진 머리카락을 쓸어 넘겼다. 눈빛이 서늘하게 바뀌었다. 데이비드 권은 고개를 끄덕였다.

"그럭저럭 수확은 있었지."

잔인한 미소가 입가에 걸렸다. 조인권에서 데이비드 권으로 돌아오는 것, 빛에서 어둠으로 바뀌는 것은 일순간이었다.

이규석. 이규석. 이규석. 그 이름을 중얼거렸다. 수장의 이름을 알아낸 것만으로도 큰 성과다. 이 더럽고 구질구질한 세상, 루저들만 가득한 노랑붓꽃 언덕에서 검은 옷으로 가는 비밀 입구를 찾게 될 것이다. 오랜만에 연극을 했더니 꽤 피곤했다. 데이비드 권은 뒷좌석 소파에 몸을 푹 기댔다. 눈을 감고 말했다.

"출발하지."

차는 천천히 굴러갔다.

비밀의
저편

데이비드 권은 번화가를 걸었다. 늘 붐비던 곳이지만 오늘은 이상하게도 한적했다. 주말 낮이지만 문을 연 가게는 거의 없었다. 오픈한 곳도 손님은커녕 주인조차 보이지 않았다. 길거리 노점 역시 상품만 덩그러니 진열되어 있을 뿐 사람 흔적은 없었다. 아무도 없는 떡볶이 가게의 어묵 국물만이 보글보글 끓고 있었다. 데이비드 권은 주변을 자세히 살폈다. 만들다가 포기한 가상공간처럼 자신을 둘러싼 모든 게 부조리하게 느껴졌다.

누군가 어깨를 잡았다. 하얀 손이었다. 푸른 핏줄이 다 비칠 정도로 야위었다. 뒤를 돌아봤다. 처음 보는 금발 남자가 있었다. 파란 눈동자의 그는 말없이 데이비드 권을 바라보기만 했다. 그러다 고개를 아래로 떨구고 뭐라 중얼거렸다. 알아들을 수가 없었다. 한국어도, 영어도, 불어나 독일어도 아니었다.

목에 걸린 목걸이의 펜던트가 눈에 들어왔다. 귀방. 거기엔 분명히 그렇게 적혀있었다. 이자도 묵가인? 갑자기 불쾌해졌다. 데이비드 권은 남자의 손을 몸에서 떼기 위해 상체를 세차게 돌렸다. 그러자 붙잡고 있던 팔이 그의 어깨에서 빠지며 공중으로 날아갔다. 팔은 보도블록 바닥을 뒹굴었다. 뚫린 구멍에서 피가 분수처럼 뿜어져 나왔다.

남자는 다른 팔로 데이비드 권의 멱살을 잡았다. 놀란 데이비드 권은 뒤로 물러났다. 남은 팔도 썩은 뿌리처럼 툭 하고 바닥으로 떨어졌다. 양팔이 사라진 파란 눈의 남자는 데이비드 권을 노려보았다. 입을 크게 벌렸다. 검은 목구멍 너머 무언가가 보였다. 그것은 벌거벗은 작은 사람이었다.

"살려줘!"

작은 생명체는 공포에 질린 채 외쳤다.

"살려줘!"

얼굴이 눈에 익었다. 그는 바로 데이비드 권 자신이었다.

데이비드 권은 비명을 지르며 일어났다. 등이 흠뻑 젖었다. 침대 매트리스까지 땀으로 축축했다. 사타구니를 만져봤다. 다행히 오줌을 싸지는 않았다. 시곗바늘은 새벽 세 시를 가리켰다.

"빌어먹을."

잠이 싹 달아났다. 침실을 나와 서재로 들어갔다. 책상 스탠드 등을 켰다. 읽다가 덮어놓은 《묵자의 삶》이라는 책을 멍하니 쳐다보았다. 너무 사건 조사에 골몰해서일까. 계속된 악몽의 원인을 가늠하기 힘들었다.

며칠 동안 노랑붓꽃 언덕에 게시된 활동 영상과 사진을 살펴 봤다. 생각보다 자원봉사자가 많았다. 다들 시간이 썩어나는군. 데이비드 권은 중얼거렸다. 아무 대가도 없이 자기 시간을 낭비하는 이런 부류를 도무지 이해할 수 없었다. 사진을 샅샅이 뒤져봐도 구오성은 보이지 않았다. 얼굴조차 모르는 이규석은 당연히 찾을 수 없었다. 그들은 작은 흔적도 남기지 않았다. 구오성의 죽음 후 극도로 몸을 사리고 있는 것 같았다. 어쩌면 다른 계획을 준비하고 있을지도 모른다. 그렇지만 언제까지 노랑붓꽃 언덕과 연을 끊고 있으리라고는 생각지 않는다. 묵가는 자신의 안위보다 타인의 행복을 더 중히 여기는 자가 아닌가.

데이비드 권은 토요일마다 노랑붓꽃 언덕을 찾았다. 물론 조인권으로 변장한 상태였다. 자신도 여기서 봉사 일을 하고 싶다고 주연에게 말했다. 주연은 그의 경력에 걸맞게 모임 관리 일을 맡겼다. 노랑붓꽃 언덕의 영문 홍보부터 자질구레한 잡일까지 가리지 않고 성실히 일했다. 주연은 조인권이 마음에 들었다. 만나는 사람마다 그의 성실함을 칭찬했다. 직원들도 그를 중견 무역회사에 다니는 능력 있고 성실한, 자식 잃은 아픔을 딛고 어떻게든 일어서려는 사람으로 여겼다.

한마음 데이는 금요일 저녁에 열렸다. 올해는 예년보다 더 특별했다. 노랑붓꽃 언덕이 만들어진 지 5주년을 기념하여 그동안 이곳을 거쳤던 봉사자 모두를 초청했다. 피해자 가족, 직원, 자원봉사자가 모여 아침부터 행사 준비를 했다. 마당에 파라솔과 테이블을 펼치고 다과를 내놓았다. 오랜만에 보는 반가운 얼굴이 하나둘 찾아왔다. 건물 뒤쪽에서 바비큐 굽는 냄새가 났다. 부엌에서는 밥과 국을 준비하느라 분주했다. 음료와 음식을 테이블 위로 올려놓는 손길이 바빴다. 작은 정원에 이야기꽃이 한가득 피어났다. 데이비드 권도 사람들과 자연스럽게 어울렸다.

저녁 준비가 끝났다. 몸이 불편한 사람은 휠체어에 태워 정원으로 데리고 나왔다. 그중엔 송이 아버지도 있었다. 모두 접시를 들고 테이블 위에 준비된 음식을 담았다. 삼삼오오 모여 식사하며 이야기했다. 웃음소리가 끊이지 않았다. 이따금 흥에 겨운 노랫소리도 들렸다. 저물어 가는 아름다운 석양은 이곳과 잘

어울렸다. 더할 나위 없이 평화로운 저녁이었다. 노랑붓꽃 언덕
에는 어느새 슬픔이 사라진 듯했다.

"불이야!"

누군가 소리쳤다. 사무실 쪽에서 연기가 나기 시작했다. 부엌
과 가까이 있는 곳이었다. 안에서 불길이 보였다. 갈라진 붉은
혓바닥 같은 불은 순식간에 벽을 타고 올라갔다. 연기가 밖으로
새어 나왔다.

남자 직원이 소화기를 들고 달려왔다. 실내로 소화액을 쏘았
지만, 화마를 재우기에는 역부족이었다. 불은 벽과 천장을 타고
빠르게 번져갔다. 장식물에 불은 테이블과 의자를 집어삼켰다.
커튼 같은 가연성 소재에 옮겨붙으며 연기가 검게 변했다. 이제
는 밖에서도 열기가 느껴질 정도로 불길이 강해졌다. 밖에 있다
가 소식을 듣고 주연이 뛰어왔다. 숨을 몰아쉬며 물었다.

"모두 다 나온 거죠?"

직원 하나가 얼굴이 하얗게 되어 두리번거렸다.

"김복실 할머니, 어디 계세요?"

할머니는 마당 어디에도 없었다.

"어머! 어머! 어떡해! 안에 계신 것 같아요!"

모두 발만 동동 굴렀다. 혼자 거동조차 힘든 할머니의 이름을
밖에서 애타게 불렀다.

한 남자가 물이 가득 든 통을 들고 나타났다. 자기 머리 위로 쏟아부었다. 적신 수건을 얼굴에 칭칭 감았다. 남자는 연기 가득한 건물 안으로 뛰어들었다. 다리가 불편한지 절뚝거렸지만 한 치 망설임도 없었다. 멀리서 소방차 사이렌 소리가 들려왔다.

잠시 후 유리창이 와장창 부서졌다. 창문을 뚫고 나온 불붙은 의자가 정원 바닥을 뒹굴었다. 남자는 할머니를 등에 업고 나왔다. 온몸이 검댕으로 뒤덮인 상태였다. 할머니를 바닥에 내려놓자마자 그는 쓰러져 누웠다. 연신 기침하다가 구토까지 했다. 옆에 있던 직원이 남자를 부축했다. 모두 걱정스럽게 바라봤다.

"이규석 씨, 괜찮으세요?"

이규석은 겨우 고개만 끄덕였다. 하지만 대답과 달리 서질 못했다. 다시 무릎을 꿇고 엎드렸다. 검은 눈물과 콧물을 계속 쏟아냈다. 데이비드 권은 인파 속에서 모든 상황을 목도했다. 할머니를 불구덩이 속에서 업고 나온 남자를 무표정하게 바라봤다.

낭중지추. 주머니 속에 숨겨놓은 송곳은 가만히 있어도 반드시 뚫고 나온다는 사자성어. 동양 철학을 공부하다 보니 알게 된 말이다. 그들이라면 절대로 타인의 불행을 지나치지 않을 것이다. 설령 자기 목숨이 위태로울지언정. …예를 들면 저런 남자 말이다.

데이비드 권은 그을음투성이 남자의 얼굴을 똑똑히 기억했다. 이규석은 스스로 자신을 드러냈다. 검은 옷의 수장. 거자라 불리는 자. 그가 다시 나타났다. 아니, 나타날 수밖에는 없었을 것이다. 고통을 겪는 가련한 이들이 여기 다 모여있는데 어찌 선하디선한 당신이 오지 않을 수 있을까. 세상엔 이해할 수 없는 부류가 있다. 자신이 죽을지도 모르는 자리에 다시 오는 것들 말이다. 이유는 별처럼 많을 것이다. 방화 흔적 없이 불을 몰래 지르는 방법이 수백 가지인 것처럼.

바닥에 쓰러진 새까만 얼굴의 남자를 응시했다. 데이비드 권은 웃음을 참기 힘들었다. 입술 사이로 유난히 하얀 송곳니가 드러났다. 천사는 아무리 얼굴을 검게 칠해도 제 날개까지 숨기진 못하는 법이다.

화재가 완전히 진압된 것은 한 시간 만이었다. 발화점은 사무실이었다. 원인은 전기 누전인 것 같다고 소방관이 말했다. 낡은 콘센트 때문에 사용할 때를 빼고는 항상 코드를 뽑아 놓는데 이상하게도 현장에는 여러 전선이 문어발처럼 연결된 채 늘어붙어있었다. 주연은 자신의 실수라 자책했다. 사무실과 거실 일부 집기가 피해를 보았다. 그나마 다른 방으로 번지지 않은 것이 불행 중 다행이었다.

김철규는 데이비드 권을 회장실로 불렀다. 그의 표정이 좋지 않았다.

"권 실장, 자네 요즘 이상한 곳에 다닌다며? 무슨 …언덕?"

데이비드 권은 옆에 서있는 흑곰을 흘겨보았다. 흑곰은 시선을 피했다. 그토록 입을 조심하라고 일렀건만 떠벌리고 다니다니.

"김종식 이사의 죽음과 관련된 장소라 조사 중이었습니다."

"어떤 점에서?"

"죽은 구오성이 자주 가던 곳입니다."

"거기가 뭐 하는 곳인데?"

"범죄 피해자 모임입니다. 구오성이 자원봉사 활동을 했던 곳이기도 하고요."

"자원봉사? 지랄도 가지가지구먼. 그래서 뭘 알아냈어?"

"아직까진 없습니다."

거짓말을 했다. 김철규는 한심하다는 눈길로 쳐다봤다.

"구오성이는 일회용일 뿐이야. 진짜 뭔가 알고 있었다면 살기 위해 뭐라도 털어놨겠지. 그게 인간의 본능이니까."

흑곰이 끼어들었다.

"그래도 고문을 견디는 폼이 평범한 놈은 아닌 것 같습니…"

데이비드 권은 흑곰을 다시 쏘아보았다. 이내 입을 다물었다.

"그러니까 독종 새끼지. 예전에 필리핀 애들하고 일할 때, 다들 팬티 안쪽에 작은 주머니가 있더라고. 짭새에 잡히면 먹고 뒈지려고 그곳에 극약을 감춰둔다더군. 그렇게 자살하면 딸린 식구는 조직이 돌봐준다면서. 꽤 합리적인 선택이지. 조직도 살고 가족도 살고. 어차피 마약 밀매하다 총 맞아 죽는 게 다반사니 차라리 그런 보험이라도 하나 있으면 든든하겠지. 구오성도 마찬가지일 테고."

"…"

"권 실장. 쓸데없는 데 시간 낭비 말고 곧 론칭할 사업에나 집중하라고."

"알겠습니다. 회장님."

사무실로 돌아오자마자 흑곰을 호출했다. 얼마 지나지 않아 그가 왔다.

"부르셨습니까? 실장님."

"손 좀 줘봐라."

흑곰은 어리둥절하며 왼손을 내밀었다.

"손바닥이 보이게 위로."

굳은살이 밴 두툼한 손바닥이 하늘을 향했다. 데이비드 권은 책상 위에 있는 스테이플러를 집어 들고 손바닥을 찍어버렸다. 흑곰은 비명을 질렀다. 굵은 강철 심이 일자로 박혔고 두 개의 구멍에서 붉은 피가 흘러나왔다. 데이비드 권은 흑곰의 위아래 입술을 손가락으로 꽉 잡았다. 스테이플러를 입술에 끼워 넣었다.

"주둥이도 하나로 꿰매볼까."

양 손가락에 천천히 힘을 주었다. ㄷ 자 금속이 번들거리는 입술을 뚫고 반쯤 들어갔다. 철컥 소리와 함께 윗입술 아래쪽에 심이 박혔다. 힘을 더 줬다. 피가 잇몸과 이빨과 반으로 접힌 금속을 적시며 흘러내렸다. 흑곰은 비명도 지르지 못했다. 가쁜 숨을 몰아쉴 때마다 썩은 위장 냄새가 진동했다.

"회장님 앞에서 또 떠벌렸다가는 나머지도 다 꿰매버리겠다."

흑곰은 입술을 부여잡고 허둥지둥 사무실을 빠져나왔다.

이사분기 임직원 회의는 오후 두 시에 열렸다. 김철규는 회의 내내 불편한 심기를 숨기지 못했다. 테이블에 둘러앉은 간부 중 누구 하나 입을 열지 못했다. 스크린의 고꾸라진 매출 실적 그래프만 망연히 바라볼 뿐이었다.

대부 사업과 주류 사업의 수익은 날로 줄어들었다. 부동산 사업도 작년 대비 반 토막이 났다. '클린 앤 리사이클 에코 비즈니스'라는 그럴듯한 이름으로 벌인 불법 쓰레기 매립과 밀수출 일도 사정은 나을 것이 없었다. 모든 사업은 조직의 미래만큼이나 암울하게 변해버렸다.

몇 해 동안 승승장구했던 사업이 언제 그랬냐는 듯 처참하게 무너졌다. 김철규는 현실을 믿고 싶지 않았다. 올해의 벤처인, 우수 인재상, 착한 기업인상 등등, 한쪽 진열대를 가득 메운 상패를 다 때려 부수고 싶었다. 이마에 큰 점이 있는 대외 협력 부서장이 중얼거렸다.

"예전처럼 사시미 칼만 휘둘러도 잘 돌아가던 시절이 속은 편했어."

이어 김철규에게 말했다.

"아무래도 이 청장에게 우리 메시지를 제대로 보여주는 것이 좋을 것 같습니다. 회장님."

김철규는 아무 대꾸도 없이 그저 눈만 감고 있었다.

"작년 말 별장 접대 때 찍어둔 영상이 몇 개 있잖아요? 그걸 자기 눈으로 직접 보면 신경 좀 쓰지 않겠습니까? 그깟 사업 규제 하나 풀지 못하면서 그 자리에는 왜 있답니까? 허 참, 받아 처먹을 땐 언제고 이제 와 입을 싹 씻고, 지랄이야."

반대편에 앉아있는 팔에 화상 자국이 있는 남자가 점박이 부서장의 말을 잘랐다. 그는 건설 사업 책임자로 면도칼과 꽤 친분이 있었던 자다.

"이 청장, 그 양반 지금 뇌물 사건으로 내사 대상이래요. 설마 그것도 모르시는 건 아니겠지요? 그러게, 평소 신경 좀 쓰셨으면 좋았잖아요. 만날 밤마다 룸살롱만 돌아다니지 마시고."

점박이의 짙은 눈썹이 밟힌 벌레처럼 꿈틀댔다.

"너 많이 컸구나. 면도칼이 죽고 나니 네가 그 자리에라도 올라간 줄 알아!"

"그런 말씀 하실 처지가 아니실 텐데요. 금촌파랑 한 세트로 엮여 감시받는 지금 상황에 말이야. 까놓고 말해서 이 지경까지 온 것도 다 형님이 영감들 관리를 제대로 못 해서잖아요."

점박이는 얼굴이 시뻘겋게 달아오른 채 벌떡 일어났다. 의자가 뒤로 밀리면서 벽에 쿵 하고 부딪혔다. 흉터 남자도 지지 않고 일어섰다. 하지만, 김철규의 손은 그들보다 빨랐다. 책상 위 명패를 집어 던졌다. 날아간 명패는 뒤쪽에 걸린 호랑이 표구에 부딪혔다. 유리창 부서지는 소리와 함께 파편이 사방으로 날아갔다. 호랑이 눈알에 커다란 구멍이 생겼다.

전체 간부 회의는 난장판으로 끝났다. 간부들은 회의 내내 서로를 향한 독설을 내뱉었다. 하나같이 상대 탓만 했다. 면도칼이 죽은 후 다들 신경이 곤두선 차에 지지부진한 사업 실적이 불거졌고 금촌파와의 첨예한 갈등이 기름을 부었다.

데이비드 권은 그들을 조용히 보고만 있었다. 언제나 제 밥그릇만 찾는 놈들, 깡패 주제에 호인인 척하려는 놈들, 의리를 부르짖으며 뒤로는 빼돌리기 바쁜 놈들, 동료의 죽음으로 한몫 챙기려는 놈들, 다 똑같아 보였다. 이런 자들을 위해 일하는 나도 마찬가지라는 생각이 들자, 주먹이 부들부들 떨렸다.

데이비드 권은 퇴근 후 집으로 왔다. 삼합회에서 거래 답례로 준 최고급 보이차를 꺼냈다. 이 작은 상자 하나가 천만 원이 넘었다. 조금 덜어 차관에 넣고 끓였다. 그들이 마시는 방식대로 우려낸 후 첫 잔을 버렸다. 두 번째 것을 마셨다. 향이 미각 세포 하나하나에 스며들었다. 뭐랄까, 지나치게 차분해진다고나 할까. 익숙한 에스프레소와는 달랐다. 어딘지 불편했다. 마치 남의 맞춤 정장을 입은 느낌이다. 끓인 차를 모두 버렸다.

에스프레소를 내렸다. 트리플 샷을 단숨에 마셨다. 평정심은 천천히 돌아왔다. 회의실에서 마주한 불쾌한 현실이 객관적으로 보이기 시작했다.

서로 으르렁대던 간부들의 얼굴이 떠올랐다. 아둔한 것들. 태생적으로 열등한 놈은 데이비드 권에게 지옥이었다. 이빨을 드러낼 때는 딱 한 번, 오직 먹이의 숨통을 끊을 때만이다. 멍청한 그들은 시도 때도 없이 송곳니를 드러낸다. 여차하면 주인에게 이빨을 통째로 뽑힐지도 모르고 하는 짓이다. 지금은 본색을 철저히 숨겨야만 한다. 적어도 묵가의 비밀을 알아내기 전까지는 그래야 한다. 비시적은 전설 속 보검과 같다. 세상 어떠한 것도 잘라버릴 수 있을 만큼 날카롭고 강하지만 실제로 본 자는 없는 검 말이다. 데이비드 권은 중얼거렸다.

"그래. 다들 그렇게 지랄발광해라. 칼자루를 손에 쥐는 순간, 제일 먼저 목이 잘릴 놈들은 너희들일 테니까. 그때 그 뚫린 아가리에서 살려달라는 애원이 저절로 나올 것이다."

오 경정에게 이규석에 관한 조사를 부탁했다. 알아낸 것은 나이와 직업뿐이었다. 그것도 10년 전 국내에 잠깐 들어와 있을 때의 자료였다. 대부분 생을 중국, 일본, 동남아시아 등지에서 지냈는데 거기서 무엇을 하고 지냈는지는 파악되지 않는다.

인터넷 서점에서 이규석의 책을 찾아보았다. 《검은 정신은 살아있다》, 《기원전의 사랑》, 《귀신을 부르다》. 이렇게 세 권이 출간되었다. 모두 인문학 분야였다. 그동안 묵자에 관한 책을 다독했지만, 그의 책은 읽어보지 않았다. 《귀신을 부르다》가 제일 궁금했지만 오래전 절판되었다. 나머지 두 권만 주문했다.

적을 알기 위해서는 머리 뚜껑을 열고 뇌 속을 들여봐야 한다. 문제는 방법이었다. 묵가인의 수장 이규석을 납치하는 것은 어렵지 않다. 적당히 친해진 후 인적 드문 곳에서 차에 실어버리면 그만일 터. 하지만 잡아 족친다고 비밀을 알아낼 수 있을지는 미지수다. 일개 행동대원인 구오성조차 뻥끗하지 않았다. 하물며 오야붕이 입을 열까? 이규석도 자칫하다간 생각도 못한 방법으로 목숨을 버리려 들 것이다. 묵가인은 죽음을 두려워하지 않는다. 지금은 다른 방법이 필요하다. 누르스름한 실내등을 바라보면서 데이비드 권은 생각에 잠겼다.

노랑붓꽃 언덕에서 데이비드 권은 철저히 조인권으로 지냈다. 모임에도 빠지지 않았다. 의도적으로 이규석과 가깝게 지냈다. 기증 도서 관리, 강의 자료 수집 같은 잡일을 자주 도와주었다. 데이비드 권은 이규석에게 불길이 솟구치는 집으로 뛰어 들어가 사람을 구하는 일은 아무나 낼 수 있는 용기가 아니라고 칭찬했다. 그의 말에 이규석은 몹시 쑥스러워했다.

주말 봉사 활동이 끝난 후 둘은 근처 카페로 갔다. 차 한잔하자고 청한 쪽은 데이비드 권이었다. 이규석은 보이차를, 데이비드 권은 에스프레소를 시켰다. 이규석이 웃으며 말했다.

"조인권 씨는 커피를 좋아하시나 봅니다. 늘 드시는 걸 보면."

"예. 특히 에스프레소를 즐기죠. 하지만 차도 좋아합니다. 보이차, 공미차, 전홍차 등등. 향만 맡아도 마음이 차분해져서요. 특히 포랑산 보이차를 좋아합니다. 노반장 지역의 보이차는 첫맛의 강한 쓴맛과 끝의 미묘한 단맛 때문에 이무산이나 맹송 지역 것보다 더 매력적이죠."

"미국에서 오래 사셨다고 들었는데 중국차에 관해서도 해박하시군요."

"많이 아는 것은 아니지만 비즈니스 때문에 여러 나라를 돌아다니다 보니 차에 관해서도 좀 주워들었죠. 제가 생각하는 차의 맛이란, 뭐랄까, 나른한 오후에 창문을 통해 들어오는 햇살 같다고나 할까요."

"오호. 시적인 표현이군요. 혹시 문학도 좋아하시나요?"

"소설을 조금 읽은 게 전부입니다. 젊은 날에는 누구나 문학 소년 아닌가요?"

"깊이 공감합니다."

"작가님 앞에서 괜히 주름잡는 건 아닌가 싶네요."

"허허허. 별말씀을. …참, 주연 대표에게서 들었습니다만, 미국에서 특이한 일을 하셨다고요?"

"예. 대학에서 범죄학을 전공했고 한때 프로파일러로 일했습니다. FBI와 일한 경험도 있고요."

"현재는 가구 수입 업체에서 일한다고 하시지 않았나요?"

"맞습니다. 하지만 우리 회사가 외국 업체와 거래를 많이 하다 보니 다양한 분야의 경험자가 필요했던 모양입니다. 그래서 저 같은 사람을 뽑아준 게 아닌지."

"그렇군요."

"정확히 말하면 마피아에 관한 연구를 했어요."

"마피아라고요?"

이규석은 몸을 기울이며 흥미를 보였다. 걸렸구나. 데이비드 권은 속으로 회심의 미소를 지었다. 준비한 미끼 하나를 꺼냈다.

"네. 정확히는 조직범죄학. 범죄 단체에 관한 모든 것을 연구하는 분야라 보시면 됩니다. 역사, 계보, 사업 방식, 범죄 수법 등등. 그런 것들이 모여 체계적인 데이터가 만들어지면 조직범죄를 감시, 예방, 차단할 수 있는 실용적인 학문이 되는 거죠. 얼핏 생각하면 경찰 쪽에서나 유용할 것으로 생각하겠지만 일반 회사에서도 조직 관리나 사업 운영 등에 이 연구 기법을 활용하기도 합니다. 범죄자로부터 배우는 교훈? 비유하면 그렇겠군요."

"범죄자로부터 배우는 일반인이라. 참 아이러니한 말이네요."

"사람을 범죄자와 일반인으로 나눈다는 것, 글쎄요, 그보다는 장악한 자와 장악당한 자로 나누는 편이 더 합리적이지 않을까요? 마피아 역사를 살펴보면 그 점이 아주 선명하게 보이죠."

데이비드 권은 에스프레소에 각설탕을 두 개 넣고 막대 스틱으로 저었다.

"조셉 콜롬보라는 미국인이 있었어요. 1970년대를 주름잡던 유명한 마피아 보스였죠. 머리도 좋고, 말도 잘하고 인맥 만드는 데도 천재적이었던 자였어요. 이탈리아 태생인 그는 '이탈리안 아메리칸 시민권 연맹'이라는 단체를 만들었는데 회원이 무려 7만 명이나 됐어요. 뉴욕 한복판에서 보란 듯이 대규모 집회를 가질 정도로 힘이 셌지요.

당시 많은 셀럽이 조셉을 위해 힘을 모았습니다. 뉴욕시 부시장부터 하원 의원 같은 정치인까지. 심지어 가수 프랭크 시내트라도 이 연맹을 위해 자선 콘서트를 열 정도였으니까요. 조셉은 사실상 깡패 집단인 연맹을 자신의 권력 유지를 위해 이용했습니다. 더불어 사회 전반에도 영향을 끼쳤어요. 사법기관에서 마피아라는 단어를 삭제하게 만들었고 영화 〈대부〉의 각본에 마피아나 코사 노스트라 같은 단어를 쓰지 못하게 압력을 가했죠. 실제로 그런 단어는 영화 내내 한 번도 나오지 않아요.

하지만 다른 마피아는 그를 몹시 싫어했죠. 너무 시끄럽게 마피아 티를 냈거든요. 그때나 지금이나 언론의 주목을 받는 것은 어둠 속에서 먹고사는 자에겐 꽤 껄끄러운 법일 테니까요.

1971년 6월, 조셉은 연맹의 2차 연례 대회에서 총격을 받았습니다. 히트맨은 제롬 존슨이라는 흑인이었죠. 조셉이 사람들 사이로 걸어 연단으로 가려는 순간 제롬이 그의 머리에 두 발의 총알을 쐈습니다.

그런데 진짜 마피아식 처리는 그다음 벌어졌어요. 제롬이 경호원과 몸싸움을 벌이는 동안 누군가 제롬을 향해 권총 세 발을 쐈죠. 총을 쏜 자는 또 다른 암살자였어요. 고용된 히트맨 제롬을 영원히 침묵하게 만든 거였지요. 제롬은 현장에서 죽었고 마피아 보스 조셉도 식물인간으로 살다 7년 후에 사망했어요."

"무자비하군요."

"그렇지요. 그들 세계에서도 암살자는 특별한 존재예요. 대개 암살자는 특정 조직의 사람을 쓰지 않고 연고가 없는 외부에서 데려와요. 만일 어느 조직에 속한 자라는 것이 알려지면 전면전쟁으로 번질 수 있기 때문이죠. 하지만 암살자가 되기 위해 제일 중요한 조건은, 대상을 제거하고 나면 여생을 보살펴 주겠다는 말을 믿을 만큼 멍청해야 한다는 겁니다."

"허허허."

"하지만 어떤 이는 조셉 암살 사건에서 한 가지 교훈을 배웠다고 생각해요"

"어떤?"

"깔끔한 일 처리의 정석."

이런저런 이야기를 나눴다. 역사, 과학, 경제 등 주제는 다양했다. 이규석은 데이비드 권의 박식함에 감탄했다. 데이비드 권은 가방에서 책을 꺼냈다. 이규석이 쓴《검은 정신은 살아있다》였다.

"선생님이 쓰신 책은 거의 다 읽었습니다. 그중 제일 좋아하는 책이 이겁니다. 사실 오늘 자리도 팬으로서 뵙고 싶어서 청한 거예요."

사인을 부탁했다. 이규석은 얼굴을 붉혔다.

"저 같은 무명작가에게 팬이라니요. 얕은 지식으로 조금 끄적거린 것뿐인데."

"무슨 그런 겸손한 말씀을. 묵가의 사상을 현대의 우리가 어떻게 받아들일 것인가에 관한 부분이 특히 마음에 들었어요. 어떻게 이런 생각을 하셨는지 진짜 놀랐습니다."

데이비드 권은 정색하고 물었다.

"그런데 선생님 책을 읽다가 문득 궁금증이 생겼습니다."

"어떤 점이?"

"선생님께선 현대 사회에서도 여전히 공성전(攻城戰)이 이루어지고 있다. 거기에 우리 삶의 방향이 있다고 주장하셨죠. 그 속뜻이 알고 싶군요."

이규석은 부드러운 미소를 지으며 끄덕였다. 차를 한 모금 마신 후 대답했다.

"말씀하신 건 세 번째 챕터 끝에 쓴 구절이지요. 초나라 혜왕이 송나라를 치려 할 때, 그것을 말리러 간 묵자와 공수반의 일화가 있는 챕터. 묵자와 공수반, 그 둘은 지금으로 말하자면 워 게임, 전투 시뮬레이션을 혜왕 앞에서 펼쳤어요. 목숨을 내건 가상 전투라고 봐야겠지요. 묵자는 허리띠를 풀어 성 모양을 만들고 나뭇조각으로 성을 방어하는 장치를 만들어 아홉 번의 공격을 모두 막아냈습니다. 그래서 묵자는 초나라 혜왕으로부터 송나라를 공격하지 않겠다는 약속을 받아냈지요. 이건 워낙 유명한 일화니 잘 아실 테고."

데이비드 권은 고개를 끄덕였다.

"하지만 묵자의 참모습은 그 후일담에 있어요. 묵자는 왕을 설득하고 돌아가는 길에 송나라를 지나가게 됐지요. 비가 내려 비를 피하고자 성으로 들어가려고 했지만, 문지기는 들여보내 주지 않았어요. 그때 묵자는 이렇게 홀로 중얼거렸답니다. '나로 인해 이 성의 모든 이가 살아남았음에도 아무도 그것을 모르는구나' 돌이켜보면 그런 묵자의 생각이 선을 행하는 이의 진짜 모습이 아닐까, 싶군요."

"…"

"우리에게는 모두 지켜야 할 각자의 성이 있지요. 성은 최후의 보루라고 볼 수 있어요. 그래서 성이 함락되면 삶도 무너지게 되는 거고. 마음 안의 성은 모두 다를 겁니다. 저한테 성이란 동물과 구분 지을 수 있는 경계죠. 인간의 선한 본성. 이타적이고 자기희생적인 정신. 사람으로서 마땅히 가져야 할 살피. 그것이 깨지면 우린 동물과 다를 바가 없겠지요. 묵자가 말하고자 했던 참뜻은 어쩌면 거기에 있는 게 아닐지 싶군요."

데이비드 권은 조용히 고개만 끄덕였다.

"말씀을 듣다보니 얼마 전 누군가에게 들은 이야기가 생각나는군요."

"어떤 건가요?"

"지금 우리 사회에 초법적인 방법으로 사회 정의를 실현하는 존재가 있다는 것이었어요. '검은 옷을 입은 자'라고 불리는 그들은 초인적인 능력을 갖춘 비밀 암살 집단으로 수천 년 전의 묵자의 후예다, 라더군요."

데이비드 권은 이규석의 얼굴을 가만히 쳐다보았다.

"묵가가 지금도 정말로 존재할까요?"

눈썹의 미세한 씰룩임. 손의 부자연스러운 움직임. 자세를 고쳐 앉는 모습. 잠시 침묵이 흘렀다. 이규석 말했다.

"…글쎄요."

"…"

"잘 모르겠군요."

데이비드 권은 갑자기 고개를 푹 숙이고 얼굴을 감싸 안았다. 한참 가만히 있다가 겨우 입을 열었다. 목소리가 떨렸다.

"…그날 아이와 함께 있었더라면… 끔찍한 일도 없었을 텐데. …난 늘 꿈꿨습니다. …누군가, 아들의 원수를 갚아주기를요. 진짜로 검은 옷이 있다면…"

데이비드 권은 말을 잇지 못하고 눈물만 떨궜다. 이규석은 측은한 눈으로 그를 바라봤다.

"조인권 씨."

"…"

"만일 묵가인이 현존한다면 우린 어떤 세상에 살고 있을까요?"

"더 좋은 세상에 살고 있겠지요."

"왜 그렇게 생각하시지요?"

"수많은 악이 사라졌을 테니까요. 악을 처단해 선을 완성한다는 것, 그것은 다른 악처럼 보이겠지만 이면에는 우리 안에 숨어있던 착한 본성을 드러내는 것이 아닐지."

"세상에 모든 악이 사라지면 정말 더 아름다운 세상이 될 수 있을까요?"

데이비드 권은 선뜻 대답하지 못했다. 그런 질문은 미리 생각해 두지 않았기 때문이다. 이규석의 표정을 슬쩍 살폈다. 그는 창문 너머로 바삐 걸어가는 사람들을 쓸쓸히 바라보고만 있었다.

놀이 지고 있다. '책 속에 잠든 평온'이라 적힌 나무 간판이 붉고 노랗게 젖어갔다. 서점 외벽도 저녁 숲의 색으로 갈아입고 잠들 준비를 했다. 황톳빛으로 변해가는 마당 잔디 또한 고개를 숙인 채 차가운 밤을 기다렸다. 연못에서 흘러나온 물꼬에서 맑은소리가 났다. 이름 모를 새가 먼 산에서 지저귀었다. 화답하듯 건물 뒤쪽 큰 나무에 둥지를 튼 까치가 울었다.

최 선생과 이규석은 정문 옆의 휴식 공간에 앉아있었다. 최 선생은 차양을 접어 빛이 잘 들어오게 했다. 둘은 작별 인사를 고하려고 하는 햇빛을 마지막으로 만끽했다. 새로 우려낸 차로 각자의 잔을 채웠다. 숲 냄새와 차향이 섞여 몸과 마음은 여느 날처럼 편안해졌다.

가벼운 담소를 나눴다. 새로 입고된 서적에 관해서였다. 최 선생은 코 아래까지 잔을 들어 올려 향을 맡았다. 얼룩무늬 나비 한 마리가 둘 사이를 날아갔다. 종일 서점 정원에서 놀던 놈이다.

"저 녀석이 집으로 가는 길을 잃은 것은 아니겠지요."

최 선생의 농담에 이규석은 미소로 화답했다. 차를 마셨다.

잠시 입안에 가두었다. 향기가 입안 세포로 스며들었다. 체온과 비슷한 온도가 되자 조금씩 목구멍 너머로 흘려보냈다. 최 선생에게 물었다.

"고령은 잘 치르셨습니까?"

"그럭저럭요. 지시하신 대로 비시적은 월요일 오전에 전달했고요."

"고생 많으셨습니다. 그를 직접 보니 어떤가요?"

"세 명이나 사람을 죽인 자라 그런지 눈빛만으로도 오금이 저리더군요."

이규석은 미안한 표정을 지었다.

"죄송합니다. 그런 일까지 부탁드려서요."

"미안해하실 필요 없습니다. 지금 마땅한 결자가 없으니 어쩌겠습니까? 제가 서툴러 걱정을 많이 했어요. 피해자에게 사죄하라는 경고에도 불구하고 그는 일말의 죄책감도 보이지 않더군요. 희생자들이 먼저 자신을 도발했다면서. 심지어 가족까지 조롱했죠. 그자는 정녕 사람의 피가 흐르지 않는 모양입니다. 만일 구오성 씨였다면 더 잘하셨을 텐데…"

최 선생은 말끝을 흐렸다. 이규석의 표정이 금세 어두워졌기 때문이다. 그의 죽음 후 누구도 이름을 입에 담지 않았다. 죽은 묵가인은 오롯이 사라져야만 한다. 살아남은 자는 떠난 이를 가슴에 묻을 뿐이다. 그것은 수천 년을 내려온 묵가의 불문율이다. 이규석은 붉은 하늘을 바라보며 입을 열었다.

"오늘따라 매일 보던 놀이 달라 보이네요. 함께 있던 하늘과는 달라서 그런가 봅니다."

최 선생은 두꺼운 돋보기안경을 추어올리며 화제를 돌렸다.

"거자님, 좋은 소식이 있습니다. 귀신들의 축제 준비가 거의 끝나갑니다."

"벌써요? 두 달은 족히 걸릴 것이라고 하시지 않으셨나요."

"그리 말씀드리긴 했지만, 큰 골칫거리가 해결되어 계획보다 빨리 완성될 것 같습니다. 나머지 사소한 문제점도 그럭저럭 처리했고요. 덕분에 제 굽은 목이 더 아파져 오긴 했지만. 후후후. 그리고 무엇보다 빨리 진행해야만 할 이유가 생겼습니다. 칼리코파와 금촌파간 밀회가 조만간 있을 것 같습니다."

이규석은 조금 놀랐다.

"무슨 음모를 꾸미려는 걸까요?"

"아직 정확히 파악하지 못했습니다만 지금까지 본 적 없는 야합이 될 것 같습니다. 작은 밥그릇을 두고 칼부림하는 것보다는 파이를 키우는 편이 서로에게 유리할 테니까요. 칼리코파의 두뇌와 금촌파의 경제력이 더해진다? 생각만 해도 끔찍하군요. 이젠 우리에겐 남은 시간이 별로 없습니다."

"문제는 김철규가 숨어있는 장소를 모른다는 거지요."

"그래서 기호지과(騎虎之窠)를 준비하고 있습니다."

이규석은 걱정스러운 표정으로 물었다.

"그건 너무 위험하지 않겠습니까?"

"안타깝게도 다른 대안이 없어요. 김철규가 워낙 조심성이 많은 자라. 게다가 축제를 위해서는 그곳이 안성맞춤이니까요."

"예?"

"사방이 트인 수직 구조 말입니다."

그제야 이규석은 고개를 끄덕였다.

"일은 장우영 씨가 맡을 겁니다. 그전에도 비슷한 임무를 하신 적이 있으니. 장우영 씨는 이미 미끼를 만들어 놓으셨더군요. 지금은 거자님 명만 기다리고 있습니다."

혜자 장우영. 묵가의 온갖 궂은일을 도맡아 하는 그는 본디 쾌활한 사람이었다. 하지만 근래 말수가 부쩍 줄었다. 구오성의 죽음을 전해 들은 후 누구보다 슬퍼했던 그였다. 행여 장우영마저 잘못된다면… 상상하기도 싫었다. 수천 년이 흐른 지금까지 어찌 이리 변한 것이 없을까. 우린 언제나 이렇게 살아갔고 늘 이렇게 죽어갔다. 떠날 준비를 하는 삶은 오래 이어진 질긴 굴레와 같았다. 상념이 몰려왔다.

최 선생은 냉정하다 싶을 정도로 담담하게 말했다.

"거자님, 과업의 끝이 이제 보이기 시작하고 있어요. 지금은 마음을 다잡으실 때입니다."

"…예. 그래야지요."

"귀신들의 축제 전에 준비하셔야 할 것이 많습니다. 그리고 앞으로 노랑붓꽃 언덕에 가시는 건 삼가는 편이 좋을 듯싶습니다. 거사를 치르기 전, 조심에 조심을 더해야죠. 불난 집에 무작정 뛰어드는 일이 또 벌어져서는 안 되니까요."

이규석은 쓴웃음을 지었다.

"조나라의 십만 대군에 맞서 연나라의 양성을 지키던 혁리도 공성전을 앞두고 저와 같은 심정이었을까요? 살인즉활인(殺人卽活人), 사람을 죽이는 것이 곧 사람을 살리는 것이라는 말씀을 받아들이는 것이 참으로 힘듭니다. 흉악한 범죄를 저지르고 다니는 이도 태어났을 땐 누군가로부터 보살핌을 받았겠지요. 앞으로 착하게 자라 훌륭한 사람이 되라는 덕담도 들었을 테고. 올곧은 어른이 되라는 이야기를 들으며 컸겠지요."

"…"

"전 여전히 우리의 방향이 옳은 것인지 확신이 서질 않아요."

"범죄 때문에 피눈물을 흘리는 이는 모래알만큼 많습니다. 그들의 아픔을 냉소적으로 바라보는 사람 또한 많고요. 우린 그런 잔인한 세상 속에 살고 있지요. 거자님께서도 잘 알고 계시죠. 4대 강력 범죄의 70% 이상이 6%밖에 되지 않는 피의자가 반복해서 저지른다는 사실을. 그리고 그 6%의 다수가 조직범죄에 직간접적으로 연관된 자라는 것을. 소수의 악인으로 인해 세상은 피 울음으로 채워집니다.

우린 악의 근원에 주목해야 합니다. 선 제일주의, 고전적인 평화주의의 문제는 평화 의지만 있으면 선이 이루어진다는 것입니다. 착한 마음의 소리에 귀 기울이어야 한다고 말하는 것, 사람들에게 평화를 읍소하는 행위, 희생을 찬미하는 노래, 과연 그런 것으로 정의롭고 안전한 세상이 될까요. 쿠르트 투홀스키는 이런 말을 했지요. '평화주의자가 된다는 것은 여드름을 짜는 것과 비슷하다. 짜낸 자리는 덧나고 끔찍한 흉터만 남을 뿐이다.'"

이규석은 힘없이 웃었다.

"참 신기하군요. 조인권 씨도 그런 비슷한 말을 했는데."

"조인권 씨?"

"얼마 전에 좋은 사람을 만났습니다. 우연히 알게 된 분이죠."

"노랑붓꽃 언덕에서요?"

"네. 아들을 묻지 마 범죄에 잃은 안타까운 피해자예요. 하지만 지금은 어떻게든 살아갈 이유를 찾으려고 노력하는 사람입니다. 악을 처단해 선을 완성한다는 것, 그것은 악처럼 보이지만 사실 우리 안에 있는 착한 본성을 드러내는 것이다. 그분도 그리 말했지요."

"으흠."

"며칠 전에 같이 차를 마시며 담소를 나눴어요. 참 박식하더군요. 동양 사상의 이해도 깊고. 제 책도 다 읽을 정도로 관심도 많고."

"그분은 무슨 일을 하나요?"

"무역회사에 다닌답니다. 하지만 전공은 일과 상관없는 범죄심리학이래요."

"범죄심리학?"

"네. 미국에서 한때 프로파일러로도 일했다더군요."

"참 특이한 경력이군요."

최 선생은 이규석을 빤히 바라보다 물었다.

"…그런데, 거자님, 혹시 그를 점찍어 두신 건가요?"

"하하하. 역시 최 선생 눈은 못 속이겠군요. 약간은 그렇습니다."

"음. 하지만 좀 우려스럽군요. 직접적인 범죄 피해자가 묵가인이 된다는 것은, 글쎄요, 감정이 앞서 일을 그르칠 수도 있을텐데…"

"…"

"앞으로 어찌하실 생각인지요?"

"시간을 두고 보려고요. 그냥 보내기는 참 아까운 사람 같아요. 무엇보다 말에서 사람에 대한 애정이 깊이 느껴졌어요."

최 선생은 잠시 고민하다가 답했다.

"제가 그분을 한번 만나보겠습니다. 묵가를 담을만한 그릇인지 아닌지 살펴보지요."

이규석은 흡족한 표정을 지었다.

───～～ꝏ～───

데이비드 권은 당황했다. 애초 계획과 많이 어긋나 버렸기 때문이다. 이규석은 노랑붓꽃 언덕을 더는 찾아오지 않았다. 휴대전화조차 없어 안부 메시지도 보내지 못했다. 감이 좋지 않았다. 뭔가 낌새를 차린 건 아닐까? 데이비드 권은 어렵게 만들어 놓은 묵가와의 연결 고리가 영영 끊어질까 봐 불안했다.

흑곰이 사무실로 왔다. 오늘도 종이 뭉치 한 다발을 가져왔다. 실장님에게 꼭 필요한 정보입니다, 라며 하루가 멀다고 검은 옷 관련 자료들을 출력해 들고 왔다. 나중에는 숫제 바인더로 만들어 책상 위에 올려놓기도 했다. 데이비드 권에게 잘 보이고 싶어서인지 제법 성실한 모습을 보였다.

대충 훑어보았다. 그중 스폿 앤 클릭이라는 언론사의 연재 기사가 흥미로웠다. 타이틀은 〈보이지 않는 정의를 찾아서〉로 검은 옷에 관한 탐사 기사였다. 회사 홈페이지로 들어가 살펴봤다. 강력 범죄에 관한 것을 주로 다루긴 하지만 스포츠 스타나 연예인 스캔들 같은 가십거리도 많았다. 조회 수 높이고 광고 수익이나 뽑아내려는 그저 그런 회사로밖에는 보이지 않았다.

각주에 "'정의로운 길' 정보 제공"이라 쓰여있었다. 이게 뭐냐고 흑곰에게 물었다. 정의로운 길은 아주 유명한 음모론 사이트로 온갖 비밀 정보의 집합소다, 특히, 검은 옷 관련 자료가 많다, 이곳 대표 고뿔 감투와도 잘 알고 있다, 같은 설명을 신이 나서 했다. 흑곰은 그 사이트 VIP 회원이기도 했다.

"고뿔 감투와 연락이 닿나?"

"물론입니다, 실장님."

"한번 만나자고 전해라. 물어볼 것이 있으니까."

흑곰은 곤란한 표정을 지었다.

"그런데 말입니다. 그 사람이 신원이 확실하지 않은 사람은 만나지 않아서…"

"잘 안다며?"

"사실 저도 직접 본 적은 없거든요. 그냥 채팅 정도?"

데이비드 권은 인상을 구겼다. 흑곰은 당황해 얼른 말을 바꿨다.

"돈을 좀 준다면 가능할 겁니다."

카페에서 고뿔 감투를 만나기로 했다. 데이비드 권 대신 흑곰이 나왔다. 고뿔 감투는 회원 아닌 사람을 직접 만나는 걸 꺼렸기 때문이다.

잠시 후 뚱뚱한 남자가 들어왔다. 그는 혼자 앉아있는 흑곰을 향해 다가왔다. 조심스럽게 인사를 했다. '거리의멋진형님'이냐고 물었다. 자기 닉네임을 묻는 그를 보고 흑곰은 놀랐다. 날카로운 눈매로 세상의 모든 비밀을 꿰뚫어 보는 백발노인을 상상했건만 현실의 고뿔 감투는 미련해 보이는 돼지였기 때문이다.

고뿔 감투는 넉살이 좋았다. 보통 사람 같으면 흑곰 외모에서 풍기는 살벌함에 주눅이 들 법도 하건만 그는 달랐다. 마치 친한 친구인 양 이런저런 농담을 건넸다. 어쩌면 지나치게 눈치가 없는 것일 수도 있겠다. 흑곰은 거두절미하고 본론으로 들어갔다.

"스폿 앤 클릭이라는 신문사에 정보 제공을 하신다고 들었습니다."

"음. 그랬던가요? 워낙 여기저기 러브콜을 받은 곳이 많아서 가물가물하네요."

"보내드린 질문서는 읽어보셨지요?"

고뿔 감투는 코를 긁적거리며 말했다.

"예. 질의 대부분은 답변을 드릴 순 있긴 한데. 그게 좀…"

그는 곤란한 표정을 지었다.

"비밀은 지킬 테니 걱정하지 마십시오."

"그게 말입니다. 잘 아시겠지만, 이 바닥은 오픈하는 순간 값 어치가 뚝 떨어져요. 그래서 그만한 대가가 필요하죠. 못해도 한 장 정도는 더 주셔야 할 것 같은데?"

"뭐 그리 비싸요? 질문 몇 개에 백만 원이나 더 달라고 하다니."

"백이요? 허허허."

그는 천만 원을 요구했다. 그것도 현금으로. 흑곰은 부아가 치밀어 올랐다. 가격 협상을 했지만, 한 발짝도 물러나지 않았 다. 진척이 없자 그는 자리에서 일어나려고 했다. 불쾌했다. 알 아듣게 손을 봐주고 싶었지만 그러진 못했다. 조용히 처리하라 는 데이비드 권의 명령 때문이었다.

흑곰은 잠시만 기다려 달라고 말한 후 밖으로 나가 데이비드 권에게 전화를 걸어 사정을 설명했다. 데이비드 권은 직접 통화 하겠다고 했다. 고뿔 감투는 전화기를 건네받았다.

"요구 조건은 들었습니다. 알겠습니다. 원하시는 대로 드리 지요."

"저, 죄송하지만, 말씀하시는 분은 누구신지? …전 신원이 확인되지 않은 사람과는 대화하지 않아서요."

"앞 사람의 상사입니다."

"정보를 원하시는 분이 선생님인가요?"

"예."

"난 또 앞에 계신 회원분인 줄 알았네. 하하하. 그것참. …뭐, 어쨌든 돈을 주신다면야 답변해 드리지요."

"전에 먼저 한 가지 질문 좀 하겠습니다. 가지고 계신 정보가 믿을만한지 확인하는 차원에서요."

"그러시죠."

이규석이라는 이름을 그도 알고 있는지 물었다.

"검은 옷의 지도자는 누구입니까?"

"어, 그건 진짜 알짜 정보인데…"

고뿔 감투는 말끝을 흐렸다.

"앞에 있는 사람 좀 바꿔주십시오."

흑곰에게 준비해 간 돈을 건네라고 했다. 고뿔 감투는 건네받은 봉투를 열고 손가락으로 지폐를 세었다. 흑곰은 놈의 따귀를 갈기고 싶은 충동을 겨우 참았다.

"약소하지만 지금 질문의 대가로 먼저 드리는 겁니다."

고뿔 감투는 히죽거리며 대답했다.

"50대의 부유한 남자. 시골 어디에서 서점을 운영. 책도 몇 권 낸 작가. 중국과 동남아시아 등지에서 오래 지낸 동양 사상 전문가. 정보사용료를 넉넉히 주셔서 하나 더 알려드리지요. 곁에는 그를 돕는 브레인이 있어요. 일종의 모사인 최 선생."

이규석은 물론 측근의 존재까지 알고 있다. 그가 가지고 있는 정보는 확실해 보였다.

"어떻게 그런 걸 다 알고 계시죠?"

"하하하. 그건 영업 비밀이라서요. 믿을만한 소스로부터 받은 겁니다."

그의 말이 사실이길 바랐다. 그렇지 않으면 네놈 목숨은 부지하기 어려울 테니까.

"죄송하지만 저도 하나 여쭤봐도 될까요?"

"말씀하십시오."

"왜 그렇게 검은 옷에 관해 알고 싶어 하시죠? 궁금할 수는 있겠지만 이렇게 적극적으로 알려고 하는 이는 많지 않거든요. 처음 연락을 받고 사실 좀 의심스러웠어요. 그쪽도 저와 동종 업계에 계신 분이 아닌가 싶은데? 그렇다면 정보 재판매는 이 바닥에서 상도덕상 문제라는 것도 잘 아시겠지요?"

"그런 사람 아닙니다. 그저 궁금한 걸 참지 못하는 성격이라서요."

"그렇다면 다행이고요."

하지만 목소리에 의심스러움이 지워지지 않았다. 이어서 말했다.

"더불어 작은 부탁 하나 드려도 될까요?"

"예."

"제 이야기는 이런 사람 많은 곳에서는 좀 곤란할 것 같아요. 몰래 엿듣는 이도 있을 수 있고 하니. 어디 조용한 데서 직접 뵈었으면 좋겠는데…"

신원 확인을 하기 위한 술수인가. 흑곰 앞에서도 주눅 들지 않고 줄다리기를 벌일 수 있는 배짱은 어디서 나온 걸까. 한편으론 고뿔 감투라는 자가 궁금했다. 조용한 장소라. 신분이 노출될 사무실은 마땅치 않다. 별장이 떠올랐다. 다행히 김철규 회장은 지금 외국에 나가있다.

"혹시 민물회 좋아하십니까?"

"예? 예."

"괜찮으시다면 제 별장에서 뵙죠."

"별장이요? 뭐 그렇게까지…"

"앞에 있는 직원 차를 타고 오면 얼마 안 걸릴 겁니다. 저녁 시간도 가까워지고 하니 함께 식사하면서 천천히 말씀하시는 것이 어떨는지요."

"글쎄요."

"돌아가실 때도 원하는 장소까지 모셔다 드리겠습니다."

"…"

"별장 셰프가 아주 실력이 좋습니다. 호텔 주방장 출신이라 서요. 좋은 음식에 한잔하시면서 고견을 듣고 싶군요."

"…음."

"요구하신 금액에 10퍼센트 더 붙여드리지요. 이동 시간도 다 계산해서."

고뿔 감투의 입꼬리가 서서히 위로 올라갔다.

별장 근처에 오자 갑자기 차를 세웠다. 어디선가 나타난 남자 둘이 양쪽에서 올라탔다. 그들은 고뿔 감투의 머리에 두건을 강제로 씌웠다. 고뿔 감투는 몸부림을 치며 비명을 질렀지만, 옆구리를 한 대 얻어맞고 금세 조용해졌다. 주머니를 뒤져 핸드폰을 꺼냈다. 구둣발로 휴대폰 화면을 밟아 박살 냈다. 유심칩을 꺼내 부러뜨리고 차창 밖으로 던져버렸다. 고뿔 감투는 공포감으로 숨조차 제대로 쉬지 못했다. 차는 구불구불한 언덕길을 따라 달렸다. 어디로 가는지 전혀 알 수 없었다. 차 아래서부터 올라오는 거친 진동만이 온몸을 불안하게 흔들어 댔다.

차가 멈춰 섰다. 머리를 박박 깎은 남자가 벌벌 떨고 있는 고뿔 감투를 끌어냈다. 두건을 벗겼다. 별장 뒤쪽으로 데리고 갔다. 몇 개의 문을 열고 들어가니 으리으리한 다이닝 룸이 나왔다. 대리석 식탁 위에는 먹음직스러운 음식과 양주가 준비되었다. 데이비드 권은 맞은편 의자에 앉아있었다. 고뿔 감투는 눈만 희번덕거리며 주위를 살폈다. 데이비드 권이 다가와 손을 내밀었다.

"오시느라 고생 많으셨습니다."

잡은 고뿔 감투의 손이 덜덜 떨렸다. 하도 심하게 떠는 바람에 상의 윗주머니에 들어있던 무언가가 바닥으로 떨어졌다. 명함 크기만 한 구식 휴대용 계산기였다.

'아직도 이런 유물을 쓰다니. 자기 아이디처럼 고리타분하군.'

데이비드 권은 계산기를 집어 들고 그의 재킷 주머니에 다시 넣어주었다. 고뿔 감투는 이마의 땀을 소매로 닦았다. 주변에 서있는 험상궂게 생긴 남자들을 연신 경계했다.

적응력이 좋은 것인지, 분위기 파악을 못 하는 것인지 술이 몇 잔 돌자, 고뿔 감투는 언제 그랬냐는 듯 다시 떠버리가 되었다. 앞에 놓인 음식을 게걸스럽게 먹어대면서 이야기를 이어갔다.

흑곰만 곁에 두고 나머지 부하들은 모두 나가라고 지시했다. 검은 옷이 어떤 목적으로 살인하는지 물었다. 그는 한참 뜸을 들였다. 빙빙 돌려 말하다가 먼저 약간의 성의를 보여주면 좋겠다고 대답했다. 그들이 정말로 귀신을 다룰 수 있는지, 정말 그렇다면 방법이 무엇인지 물었다. 고뿔 감투는 딴소리만 했다. 다른 질문에도 같은 식의 대답만 돌아왔다.

데이비드 권은 하이볼이 담긴 잔에서 동그란 얼음을 손으로 집어 꺼냈다. 얼음을 내려놓고 잔을 앞으로 세게 밀었다. 크리스털 잔은 대리석 상판 위를 미끄러져 갔다. 고뿔 감투 앞에서 멈춰 섰다. 황금색 양주가 출렁거렸다. 데이비드 권이 위협적으로 말했다.

"돈 드리기 전에, 당신 눈깔부터 거기 담가줄까요?"

민물회를 입에 한가득 넣고 우물거리던 고뿔 감투는 얼어붙었다. 누리끼리한 얼굴이 하얗게 질렸다.

"이, 이런 분위기에서는 대, 대화가 힘들 것 같군요."

그는 일어나려고 했다. 흑곰은 고뿔 감투의 어깨를 짓누르며 자리에 다시 앉혔다. 앞에 놓여있는 커다란 생선 대가리에 회칼을 박았다. 생선 눈알이 튕겨 나왔다.

"이봐. 고뿔 감투 양반, 아는 걸 다 부는 게 좋을 거요. 여기서 걸어서 나가고 싶다면."

당황한 고뿔 감투가 떠듬거리며 답했다.

"네, 네. 알, 알겠습니다. 다 말, 말씀드리지요. 전부, 전부 다요."

"검은 옷의 진짜 정체가 뭐야?"

겸애가 어쩌니, 비명이 어쩌니 두서없이 떠들었다. 데이비드 권은 그의 말을 끊었다.

"그런 고리짝 이야기는 됐고. 현재의 그들 조직에 관해 말해 보쇼."

갑자기 꿀 먹은 벙어리가 되어버렸다. 눈알만 뒤룩거렸다. 이런 상황에서도 또 돈 생각인가? 흑곰이 그의 뺨을 후려쳤다. 얼굴이 벌겋게 부어올랐다. 고뿔 감투는 눈물, 콧물을 흘리며 비명을 질렀다.

"대답해."

"으악."

"검은 옷은 어떻게 사람을 죽이지?"

"사, 살려줘!"

"그들에게 무슨 능력이 있나?"

"살려주세요!"

"귀방의 나뭇조각은 어떤 역할을 하는 거지?"

"난 몰라요!"

"놈들이 정말로 귀신을 부리는 재주가 있어?"

"몰라! 난 아무것도 몰라! 그건 다 내가 지어낸 거라고요!"

"뭐?"

"묵가에 관한 사료에 중간중간 자극적인 이야기를 만들어 끼워 넣었어요. 예전에 썼던 다크 영웅담을 적당히 각색해서. 사람들은 열광했어요. 나도 겁날 정도로 뜨거운 반응이었어요. 언론사, 유튜브, 인터넷 미디어, 내가 만든 구라를 사줄 사람은 차고 넘쳤어요. 난 더 많은 것을 짜내고 더 자극적이게, 더 미스터리하게, 진짜처럼 보이게 만들어 냈을 뿐이에요."

"..."

"하지만 그건 내 잘못이 아니야! 비현실적인 영웅을 바라는 멍청한 대중 탓이지!"

데이비드 권은 어이가 없었다. 이런 사기꾼의 말을 듣기 위해 투자한 시간이 아까웠다. 동시에 멍청하게 당해버린 자신에게 분노가 치밀었다. 흑곰에게 말했다.

"이 새끼, 묻어버려."

흑곰은 생선 대가리에 꽂혀있는 칼을 뽑아 들었다. 고뿔 감투는 미친 듯이 소리쳤다.

"나, 여기 오기 전 SNS에 올렸어! 팔로워들, 내 동선, 다 알아!"

"..."

"카페에 CCTV 있었어! 목격자도 많고!"

"..."

"사, 사, 살려주세요! 제, 제발!"

인간쓰레기. 돈이면 모든 하는 돼지. 호구 등쳐먹는 양아치. 고뿔 감투는 주둥이만 살아있는 벌레였다. 데이비드 권은 일어나 거실로 향했다. 지나가면서 흑곰 귀에 대고 말했다.

"적당히 손봐주고 보내라. 여기서 있었던 일을 나불거렸다가는 찾아가 혀를 뽑아버릴 거라고 말하고."

어둠을 뚫고 승용차가 모습을 드러냈다. 굴다리 아래 멈춰 섰다. 뒷좌석 문이 열렸다. 검은 덩어리가 바닥으로 굴러떨어졌다. 고여있던 시궁창 물이 튀어 올랐다. 차는 바로 사라졌다.

떨어진 것은 꿈틀대며 바닥을 기어다녔다. 터널 버팀벽을 붙잡고 겨우 일어났다. 머리에 쓴 두건을 벗었다. 고뿔 감투였다. 한쪽 눈이 퉁퉁 부었다. 두려움에 떨며 주변을 살폈다. 주머니에서 핸드폰을 꺼냈다. 고장이 나 통화가 되질 않았다.

굴다리 출구 쪽으로 걸음을 옮겼다. 걷다가 자꾸 넘어졌다. 교차로에 있는 구멍가게가 보였다. 밤이 늦어 문은 닫았지만 간판 불은 켜져있었다. 가게 앞 공중전화 부스로 들어갔다. 트럭한 대가 찬 공기를 가르며 무섭게 질주해 지나갔다. 진동으로 부스 유리문이 부르르 흔들렸다. 주위를 살폈다. 컬렉트콜로 전화를 걸었다.

"여, 여보세요?"

"…"

"성공했습니다. 거자님."

안도의 숨소리가 전화선을 타고 전해졌다. 이규석은 대답했다.

"곧 모시러 가겠습니다. 장우영 씨."

기호지과 전술은 통했다. 이제 혜자 장우영을 그들 지역에서 데리고 오기만 하면 된다.

데이비드 권은 별장을 떠나지 못했다. 여전히 거실 안을 서성였다. 가죽 소파 위에 털썩 앉았다. 하늘을 바라봤다. 둥근 달. 무수한 빛나는 별. 그 앞으로 드문드문 지나가는 구름. 보통날의 밤과 다르지 않았다. 하지만 뭔가 찜찜했다. 금세 들통날 거짓에 수천만 원을 요구한다, 누군지도 모르는 자의 저녁 초대에 응한다, 지독히 눈치 없는 사기꾼 달변가… 어딘가 아귀가 맞지 않는 것 같다. 궁합이 맞지 않는 향신료를 쓴 요리처럼 불편했다. 자신이 모르는 무언가가 일어나고 있는 것만 같았다.

부하 한 명이 다이닝 룸에서 발견했다며 뭔가를 가져왔다. 고뿔 감투의 구식 휴대용 계산기였다. 쓰레기통 안에서 찾았다고 했다. 당황해 또 떨어뜨린 것일까. 조그만 숫자키, 액정 화면이 붙은 계산기는 손바닥 안에 가릴 정도로 작았다. 전원 버튼을 눌렀지만 켜지지 않았다. 이리저리 돌려보았다.

숫자키가 쓰인 앞면과 뒷면 사이 좁은 틈 사이에서 빛이 보였다. 자세히 보지 않으면 모를 정도로 희미했다. 그것은 아주 느리게 깜빡였다. 커버가 쉽게 분리할 수 없는 구조라서 안을 바로 확인할 수 없었다.

발목에 채워진 칼을 꺼냈다. 끝을 틈 사이에 끼워 넣었다. 90도로 돌려 조심스럽게 간격을 벌렸다. 얇은 전자 기판이 보였다. 플렉서블 기판 위에 거미줄 같은 배선과 칩들이 붙어있었다. 빛은 깊은 안쪽에서 반짝였다. 힘을 주어 상판을 좀 더 위로 올렸다.

갑자기 퍽하고 스파크가 튀었다. 순식간에 계산기는 불길에 싸였다. 놀라 바닥에 떨어뜨렸다. 테이블 위에 있던 물컵의 물을 부어 불을 껐다. 계산기를 집어 들었다. 상판을 뜯어냈다. 깨알 같은 일련번호가 적힌, 반쯤 녹아내린 필름이 붙어있었다. 필름을 떼어냈다. 데이비드 권의 눈이 커졌다. 제기랄! 벌떡 일어나 흑곰에게 소리쳤다.

"당장 차 준비시켜!"

필름으로 가려진 기판 위에는 '귀방'이라 적힌 두 글자가 선명했다.

승용차는 시골길을 질주했다. 흑곰이 운전하는 동안 데이비드 권은 머리를 쥐어뜯었다. 보기 좋게 당했다. 어수룩한 행동에 속은 내가 바보였다. 그는 미련한 돼지가 아니라 교활한 여우였다. 고뿔 감투, 이 영악한 묵가 놈은 계산기로 위장한 정체불명의 장치를 별장에 놓고 갔다. 왜? 무엇 때문에? 도대체 무슨 일을 꾸미는 걸까? 밤이 깊어갈수록 점점 불안해졌다.

저 멀리 닮은 사람을 발견했다. 그는 공중전화 부스 옆에 쭈그리고 앉아있었다. 고개를 푹 숙인 채였다. 틀림없는 그자다. 급히 차를 세웠다.

장우영은 소리 나는 쪽을 쳐다봤다. 데이비드 권은 황급히 문을 열고 내렸다. 장우영의 눈이 커졌다. 벌떡 일어나 반대편으로 뛰기 시작했다. 뒤를 쫓았다. 산언덕을 따라 미친 듯이 달렸다. 경사가 가파르고 잔 나무가 우거져 힘이 들었다. 오르막길 주변에 빈집이 많았다. 장우영은 슬레이트가 반쯤 무너져 내린 폐가 뒤쪽으로 뛰었다. 뚱뚱한 몸임에도 다람쥐보다 날랬다. 멀리서 헉헉대며 올라오는 흑곰 모습이 보였다. 달빛이 밝히는 언덕을 따라 쫓고 쫓기는 추격은 한참 계속됐다.

장우영은 더 나가지 못했다. 수십 미터 낭떠러지가 앞길을 막았다. 발밑을 내려 보았다. 까마득한 아래 공사장 조명등 여럿과 굴착기, 덤프트럭이 세워져 있었다. 허술해 보이는 안전 펜

스 위에 '골프장 건설 공사 중, 추락 주의'라는 경고판이 붙어있
었다.

"어이, 검은 옷."

뒤에서 데이비드 권이 불렀다. 장우영은 뒤돌아섰다. 시선이
마주쳤다. 데이비드 권은 숨을 몰아쉬며 말했다.

"어디 더 달아나 보시지."

"…"

"왜 우리에게 접근한 거야? 뭘 캐내려고?"

"…"

장우영은 데이비드 권을 말없이 노려보기만 했다.

"왜 그러시나? 그렇게 말 많던 양반이. 무슨 말이라도 해봐."

"당신은 타인의 죽음에 눈물 흘려본 적이 있는가?"

"…"

"단 한 번이라도."

"…"

"짐승의 마음을 가진 자, 당신은 당신이 만든 지옥을 경험하
게 될 거다."

장우영은 뒤로 한 발짝 물러났다. 흙과 돌멩이가 낭떠러지 아
래로 와르르 떨어졌다. 데이비드 권은 말투를 부드럽게 바꿨다.

"이, 이봐, 바보짓 말아. 좋은 게 좋은 것 아니겠어?"

"…"

"난 너희들이 어떻게 사람을 죽일 수 있는지, 단지 그게 알고 싶을 뿐이야. 그것만 알려주면 무사히 보내주지. 물론 원하는 만큼 돈도 주고. 어때? 댁이 좋아하는 딜, 다시 해볼까?"

"너는 평생 다른 이의 것을 뺏어 네 살을 찌웠겠지. 하지만 오늘은 그럴 수 없을 거야. 아무것도 내게서 가져갈 수가 없을 테니까."

"알았어. 알았으니까, 이쪽으로 와."

"천하지인 개불상애면, 강필집약 부필모빈 귀필오천 사필기우요."

"이봐!"

"강불집약 부불모빈이고, 범천하 화찬원한…"

"야!"

"거자님…"

축축해진 그의 눈이 새벽빛에 붉게 물들었다. 그는 몸을 뒤로 누웠다. 집채만 한 몸뚱이가 추락했다. 깎아지른 수직 면의 튀어나온 바위에 머리를 부딪혔다. 목이 꺾이고 핏줄기가 산개했다. 몸이 회전하며 튕겨 나갔다. 나뭇가지를 부러뜨리면서 낙하했다. 마치 커다란 바위를 떨어뜨린 듯, 지나간 자리의 모든 걸 부수며 내려갔다. 바닥과 충돌하자 공처럼 튀어 올랐다가 다시 떨어졌다. 얼굴을 바닥으로 한 채 엎어졌다. 그는 수십 미터 아래 먼지 나는 공사판에서 팔다리가 이상한 방향으로 꺾인 채 죽었다. 붉은 피가 주변을 물들였다.

　데이비드 권은 망연히 아래를 내려다봤다. 뒤늦게 흑곰이 올라왔다. 땀을 뻘뻘 흘리며 데이비드 권 옆에 섰다. 장우영의 시체와 데이비드 권의 얼굴을 번갈아 쳐다봤다. 그의 눈동자에 두려움이 가득 찼다.

소문은
구름처럼
흐른다

데이비드 권은 고뿔 감투의 뒤를 조사했다.

본명 장우영. 공금 횡령으로 기소. 금융법 위반. 한때 학원에서 역사 선생을 하다가 몇 해 전부터 음모론 동호회를 운영. 인기 유튜버로 선정됨. 작년까지 노랑붓꽃 언덕으로 봉사 활동을 나갔음… 역시나 모든 정황은 노랑붓꽃 언덕을 가리켰다.

장우영이 투신 전 읊조렸던 말을 상기했다. 구오성이 마지막으로 했던 것과 같았다. 검은 오메르타는 늘 등골을 오싹하게 한다. 그들은 고도로 훈련된 군인처럼 움직였고 명배우처럼 연기했고 마지막 순간 영원히 입을 다물 용기를 보였다. 기쁘게 받아들인 자발적 무모함이었다. 그들에게 목숨은 아무것도 아니었다. 검은 옷은 지금까지 보았던 어떤 조직보다 두려운 집단이었다.

정의로운 길 사이트에 그가 남긴 마지막 글을 찾아보았다. 올린 시각은 카페에서 만나기 전날이었다. 공수반 일화에서 나온 문장이다.

"버려진 집에서 밤을 보내는 여행자는 비가 새는 지붕을 염려하지 않는다. 그 불행은 여행자의 것이 아니라 집주인의 것이기 때문이다. 여행자는 오직 날이 새기만을 기다릴 뿐이다."

부서진 계산기를 전문기관에 분석 의뢰했다. 위치 추적기로 밝혀졌다. 강제로 분해하면 파괴되게 설계되었다. WPS(WIFI Positioning System) 측위, 공간 보정, GNSS(Global Navigation Satellite System) 측정 기능 등을 사용해 지형지물의 좌표는 물론 건물의 구조까지 탐지할 수 있는 대단히 정교한 측위 장치라고 전문가는 말했다. 기판과 칩세트가 불에 타버려 더 이상의 정보는 알아내지 못했다.

별장 위치와 구조를 왜 알아내려고 했을까? 김철규가 펜트하우스에서 온갖 범죄 계획을 세운다는 것을 알고 있는 걸까? 뒤를 봐주는 자의 비리 자료를 모아놓은 비밀 금고가 이곳에 있다는 것도 알까? 수천억의 비자금을 숨겨놓은 장소도 이미 알고 있는 것은 아닐까? 도대체 무슨 계획을 세우고 있는 걸까?

조인권으로 분한 데이비드 권은 노랑붓꽃 언덕을 다시 찾았다. 주연에게 넌지시 물었다.

"요즘 이규석 씨 뵙기 참 힘들군요."

"그러게요. 무슨 일이라도 있는 것은 아닌지 걱정이에요."

"핸드폰도 없으시니 참… 혹시 집 주소 같은 건 모르시나요?"

"봉사자 인적 사항에 이름 외에는 어떤 것도 적지 않으셨어요."

"…그렇군요."

"조 선생님, 그런데 왜 그렇게 이규석 씨를 찾으시나요?"

"친구 중에 J일보 기자가 있는데요. 그 친구가 〈작은 등불을 찾아서〉라는 연재 기사를 쓰고 있어요. 숨어서 좋은 일을 하는 사람에 관한 기사죠. 이규석 씨 이야기를 했더니 취재하고 싶어 하더라고요."

"그러셨구나. 오시면 전해드릴게요. 아 참, 휴게실에 선생님 책이 몇 권 있는데 그게 취재에 좀 도움이 되지 않을까요?"

"저도 두 권 모두 이미 읽어봤습니다."

"세 권인데요?"

절판된 줄 알았던 《귀신을 부르다》가 휴게실 책장 맨 위 칸에 꽂혀있었다. 데이비드 권은 책을 빌렸다. 《귀신을 부르다》는 앞선 두 권과는 사뭇 달랐다. 여러 사료에 기록된 귀신과 관련된 이야기를 모아 정리한 것이었다.

"…귀신의 눈은 크고 밝아 세상 어디에 숨더라도 결코 몸을 감출 수가 없다. 진나라 목공이 일하느라 사당에 머무르고 있었는데 여자 귀신이 문을 열고 들어오는 것을 보았다. 귀신의 몸은 새였고 소복을 입었다.

목공이 두려워 도망치려 하자 귀신이 말했다. 무서워 말라. 하늘이 그대의 덕행을 아시고 그대의 수명을 연장하였다. 나라를 발전시키고 자손을 번성케 하셨으니 이에 너의 덕을 잃지 않도록 하라. 그 귀신은 구망(복희씨를 보좌하는 봄을 관리하는 귀신)이었다…"

"…제나라에는 왕리국과 중리요라는 신하가 있었다. 둘은 어떤 문제로 다툼을 벌였는데 끝내 옳고 그름을 가리지 못했다. 제나라 군주는 결국 귀신의 도움을 받기로 했다. 두 사람 앞에서 염소를 죽이고 피를 도랑에 흐르게 하는 의식을 치렀다. 왕리국이 먼저 진실 서약을 했다. 이어 중리요가 진실만을 말하겠다고 했다.

하지만 중리요의 말이 끝나기도 전에 죽었던 염소가 벌떡 일어나 뿔로 들이받았다. 중리요는 자리에서 즉사했다. 이 이야기는 제나라 역사책 춘추에 기록되어 있다…”

“…공자는 제자 계로에게 말했다. 삶도 모르는데 어찌 죽음을 알리오? 아직 사람도 섬기지 못하면서 어찌 능히 귀신 섬김을 알리오?

공자는 귀신을 배척했지만 묵자는 적극적으로 귀신을 이용해 자신의 사상을 펼쳤다. 왜 이런 주장을 했을까? 어느 학자는 이렇게 설명한다.

‘착한 사람에게는 복을 주고 악한 사람에게는 벌을 내린다는 주장, 귀신은 총명하기 그지없어 사람들이 숨기고 거짓을 말하더라도 말 그대로 귀신처럼 찾아내 응당한 대가를 치르게 한다는 주장, 그것은 현대인의 눈으로 볼 때 어리석을 수밖에는 없다. 하지만 귀신의 존재를 인정하고 섬기는 행위에는 선악 상벌 개념이 들어있다.’

묵자는 하늘과 귀신과 사람의 관점에서 옳고 그름을 판단했다. 하늘보다 존재감이 낮고 인간보다는 높은 위치의 귀신을 선악의 기준점으로 잡은 것이다. 묵자에게 귀신이란 삶을 어떻게 살아야 하는지의 절대적 도덕 잣대였다…”

마지막 챕터는 노인과 어린 소녀의 대화로 구성되어 있었다.

"할아버지, 귀신은 진짜로 있어요?"

"나도 모르겠구나. 하지만 귀신을 두려워하는 마음은 늘 있었지."

"우리 마음에요?"

"그래. 우리의 마음에. 어느 시대, 어느 장소에서 그랬지. 그것은 정말 중요한 것이란다."

"왜요?"

"같은 귀신을 봐도 어떤 사람에게는 천사로, 어떤 사람에게는 악마로 보이지. 귀신은 거울과 같은 것이란다. 자신의 마음을 비추는 거울."

월요일 오후였다. 모르는 번호로 전화가 왔다. 조인권으로 변장하고 노랑붓꽃 언덕을 갈 때만 사용하는 휴대폰으로 온 것이다. 데이비드 권은 전화를 받았다.

"주연 대표님께 전해 들었습니다. 이규석 씨를 찾으신다고요."

다짜고짜 용건부터 말하는 이자는 누굴까.

"죄송하지만 전화 거신 분은 누구신지…"

"이런, 죄송합니다. 소개가 늦었군요. 저는 최한이라는 사람으로 이규석 씨와 오래 알고 지낸 사이입니다."

이자가 이규석을 보필한다는 모사 최 선생이라는 자일까? 목소리를 부드럽게 바꿔 물었다.

"어떤 용건으로 전화하셨죠?"

"전화상으로 말씀드리기가 좀 그렇습니다. 한번 만나 뵈었으면 좋겠군요."

한적한 카페에서 만났다. 일부러 사무실과 멀리 떨어진 곳으로 잡았다. 남자는 이미 와서 데이비드 권을 기다리고 있었다. 그는 70대 초반 정도로 보였다. 키가 작고 통통했다. 머리카락은 물론 수염까지 하얀색에 가까운 은색이라 어딘지 신비로운 분위기를 풍겼다. 눈빛은 레이저가 쏟아져 나올 정도로 강했다. 건넨 명함에는 마인드앤테크 연구소 소장이라고 찍혀있었다.

"이 선생님과 친하신 모양입니다."

"알고 지낸 지는 꽤 되었지요. 이규석 씨가 젊은 시절부터요."

"그렇군요."

"이규석 씨 취재를 원한다는 기자분은 지금도 연락이 닿으시죠?"

그것 때문에 만나자고 한 것인가.

"예."

"J일보 기자라고 하셨다던데. 기사 제목은 〈작은 등불을 찾아서〉이고."

"…예."

"이것도 인연인가 봅니다. 저도 J일보 직원 중 한 명을 알고 있거든요. …그런데 좀 이상합디다. 물어보니 J일보에 그런 기사는 연재하고 있지 않다고 하더군요. 계획도 없고."

내 말이 거짓임을 알고도 왜 만나자고 한 걸까. 늙은 여우의 속내가 궁금했다. 전술은 때에 따라 얼마든지 바뀌는 법이다. 데이비드 권은 고개를 떨구었다.

"죄송합니다. 거짓말해서요."

데이비드 권은 잠시 침묵했다. 속으로 다섯을 셌다. 상대방이 잘 볼 수 있도록 허리를 쭉 폈다. 와이셔츠를 가슴까지 걷어 올렸다. 칼자국이 난 복부를 보여줬다. 예전에 상대파와의 전쟁에서 다친 상처다. 그의 반응을 관찰했다. 예상대로 노인은 당혹스러워했다. 데이비드 권은 담담한 표정으로 와이셔츠를 다시 바지 안으로 밀어 넣고 매무새를 챙겼다.

"아들을 잃고 난 후 전 제정신이 아니었습니다. 지옥 같은 시간이었지요. 매일 술에 절어 살고. 식사도 못 하고. 밖에 나가지도 않고. 인사불성 상태에서 저는 제 배를 이렇게 칼로 그었습니다."

"…"

"…그냥 다 포기하고 죽으려고요."

"…"

"하지만 전 노랑붓꽃 언덕에서 희망을 보았습니다. '이규석'이라는 이름의 불빛 말입니다. 전 그분의 생각에 깊은 감명을 받았어요. 쓰신 책도 모두 읽었고요."

"…"

"전, 검은 옷, 아니 묵가의 수장인 이규석 씨를 존경합니다. 최 선생님."

"…무슨 말씀을 하시는지 잘 모르겠군요."

"고뿔 감투라는 유튜버를 아십니까? 본명은 장우영 씨이고."

"…글쎄요."

"음모론을 다루는 유튜버지요. 그의 사이트에서 처음으로 묵가인의 존재를 알게 되었습니다. 처음에는 그저 판타지라 생각했어요. 하지만 이젠 압니다. 아니, 확신합니다. 그들이 실존하는 존재인 것을요."

잠시 침묵이 흘렀다. 데이비드 권은 다시 입을 열었다.

"장우영 씨가 제게만 은밀히 말해주었습니다. 노랑붓꽃 언덕에 가면 그분을 만날 수 있을 거라고."

전략, 전술 계획은 물론, 인재 찾는 일도 하는 혜자 장우영. 그가 혜자였다는 사실이 다행이었다. 게다가 죽은 자는 말이 없다. 고맙게도.

최 선생은 움푹 들어간 주름진 눈으로 데이비드 권을 지긋이 바라보았다. 눈빛이 새벽 호수처럼 깊고 고요했다. 그가 물었다.

"장우영 씨라는 분이 그런 말을 하던가요?"

"예."

최 선생은 고개를 끄덕였다. 앞에 놓인 녹차를 마셨다. 희미한 슬픔이 그의 어깨 위에 머물다 사라졌다.

오전에 두 명의 손님이 다녀간 후 찾는 이는 더 없다. 구질구질한 날씨 때문일 것이다. 종일 내린 비로 진입로가 엉망인 데다가 바람도 심했다. 이규석은 입구 쪽을 바라보고 서있었다. 오늘따라 비 내리는 소리가 더 컸다. 흠뻑 적셔진 잔디는 생생한 초록빛을 뿜어내며 진한 풀냄새를 풍겼다. 서점 안의 한적함이 추레한 쓸쓸함으로 느껴졌다. 실내는 작은 미소 하나 들어갈 틈 없이 처연했다. 최 선생이 다가왔다. 나란히 서서 창밖의 풍경을 바라봤다.

"오늘은 일찍 문을 닫는 편이 좋겠습니다."

"예. 그리하지요."

"…"

"…"

"어제 오수철 박사님이 귀국하셨습니다."

"벌써요? 예정보다 빨리 오셨군요."

"'마그리트의 껍질'이 실패했습니다. 그래서 급히 돌아오셨지요."

이규석은 짧은 탄식을 했다.

"귀신들의 축제가 목전인지라 그 일은 나중에 말씀드리려 했지만 그러기에는 상황이 너무 긴박하게 돌아가고 있습니다."

"…그 프로젝트가 실패했다니. 믿기지 않는군요. 강규호는 어떻게 되었습니까?"

"불행히도 살아있습니다. 그의 애인도."

"안 좋은 소식이군요."

"이번 축제가 끝나면 제일 먼저 처리할 숙제가 될 것 같습니다."

이규석은 고개를 끄덕였다.

"축제 준비는 마무리된 거지요?"

"예."

"기일은 정했습니까?"

달력의 한 날을 가리키며 대답했다.

"이날입니다. 공교롭게도 김철규의 생일이기도 하죠."

"그가 태어난 날에 귀신들의 축제라. 참 아이러니하군요."

이규석은 비 내리는 정원을 가만히 바라보기만 했다. 그러다 입을 열었다.

"최 선생님."

"예, 거자님."

"우린 정녕 바른길을 가고 있는 걸까요? 구오성, 장우영 씨가 떠난 후 그런 고민이 더 깊어졌어요. 요즘 매일 밤 악몽을 꿉니다. 우리의 노력에도 불구하고 변한 것이 하나도 없는 세상에 내버려진 악몽을요."

"…"

"사람들은 진정 선해질 수 있는 존재일까요?"

최 선생은 불안해졌다. 큰일을 앞에 두고 흔들리는 수장의 마음만큼 위태로운 것은 없다. 이제는 물러설 곳이 없다. 그러기에 판은 너무 커져버렸다.

"거자님."

"예. 선생님."

"지금 두렵습니까?"

"솔직히 말씀드리면 그렇습니다. 그들 앞에서 담대히 맞설 수 있을지. 그들의 겁박이 두렵습니다. 혹 벌어질지도 모를 무자비한 폭행과 고문 또한 무섭고요. …하지만 제일 두려운 것은 나의 잘못으로 인해 행여 그르치진 않을까 하는 점이에요."

"…"

"나를 마지막으로 다 끝나길 바랄 뿐입니다."

큰일을 앞둔 역대 거자들도 같은 심정이었을까. 성을 포위한 십만 대군을 바라보면서 무슨 생각을 했을까. 다리가 후들거려 망루 위에 제대로 서있기도 힘들었을 터. 묵가인도 결국 사람이다. 모두 다를 바 없다.

"만일 축제에서 돌아오지 못하면 부디 이곳을 잘 부탁드리겠습니다."

"그런 말씀 마십시오."

"어찌 될지 모르니까 미리 말씀드리는 겁니다. 결과는 오직 귀신만이 알겠죠."

이규석은 입을 다물고 더 이상 말하지 않았다. 침울한 분위기를 바꾸기 위해 최 선생은 화제를 돌렸다.

"얼마 전에 조인권 씨를 만나봤습니다."

"잘 됐군요. 최 선생님 보시기에는 어떤 것 같습니까?"

"아직은 잘 모르겠지만 말씀하신 대로 진심이 느껴지긴 했어

요. 묵자에 관해서도 꽤 공부했고 우리의 일도 깊이 공감하더
군요. 요즘 같은 시대에도 그런 분이 있다니. 솔직히 좀 놀랐습
니다."

장우영을 처음 소개한 사람도 최 선생이었다. 그의 사람 보는
눈은 언제나 틀림없었다.

"그렇지요? 제 생각에도 장차 훌륭한 결자나 혜자로서 손색
이 없을 듯합니다."

"조만간 이곳으로 한번 초대하면 좋을 듯싶은데 거자님 생각
은 어떠신지…"

"참 좋은 생각입니다."

"알겠습니다. 적당한 날에 그분을 모시도록 하지요."

"조인권 씨가 우리가 찾던 그릇이라면 정말 오랜만에 선원을
볼 수 있겠군요."

묵가인으로 다시 태어났음을 하늘과 땅과 귀신에게 고하는
제례인 선원의 예를 마지막으로 본 것이 언제였던가. 장우영과
구오성의 선원이 마치 엊그제인 양 생생했다. 오랜만에 그때를
회상하며 담소를 나눴다. 숲속의 밤은 어김없이 찾아왔다.

양 기자는 사무실로 뛰어 들어왔다. 교정을 보고 있던 이기우에게 호들갑을 떨며 말했다.

"대박 사건! 오구진이가 피습되었대요."

숙취로 꾸벅꾸벅 줄던 편집장이 놀라 눈을 번쩍 떴다. 상기된 양 기자가 다시 소리쳤다.

"그것도 대낮, 자기 나와바리에서!"

이기우는 콧방귀를 뀌었다. 아무 일도 없다는 듯 다시 모니터로 눈을 돌렸다. 손가락이 키보드 위에서 시큰둥하게 움직였다. 편집장은 기지개를 켜며 입이 찢어지게 하품했다. 양 기자는 어리둥절한 표정으로 그들을 바라봤다.

"김철규의 보복이라고 하던데…요?"

이기우는 식어 빠진 커피를 쭉 들이키고 물었다.

"어디서 그런 헛소리를 듣고 왔냐?"

"예?"

"구한말 뉴스를 가지고 와 왜 뒷북이냐고. 그 사건 가짜야. 단순 해프닝."

편집장이 핀잔을 줬다.

"오구진이가 칼침을 당한 게 아니야. 칼리코파, 금촌파, 두 조

239

직이 운동장에서 단합 대회인가 뭔가 하다가 다친 거래."

"천하의 앙숙이 웬 단합 대회?"

"평화 협정 비슷한 것을 맺으려고 한 것 같아. 드러내 놓고 평화 무드를 보여주려는 쇼. 그러면 경찰은, 아, 애들이 이제 적당히 시마이하려나 보다, 하며 감시의 끈을 풀 테고. 나름 머리 좀 쓴 거겠지."

"근데 오야붕이 칼침은 왜 맞았대요?"

"그건 자존심 때문에 벌어진 일이야. 마피아식 치킨 게임? 일종의 담력 게임을 했대. 나무 아래 자기 조직원 하나 세워두고 어느 편이 가장 가까이 표창을 던질 수 있나 하는. 던지는 쪽은 양쪽의 최고 칼잡이들이었어.

그러다 술에 취한 오구진이가 자기가 직접 나무 아래 서겠다고 했어. 게다가 칼리코파에게 던지라고 표창을 맡겼대. 객기도 그런 객기가 없지. 가오를 넘어 진짜 꼴통 짓을 했으니까. 하긴 뭔가 보스다운 면을 보여주고 싶었는지도 모르지.

처음엔 팔, 다리 근방에 아슬아슬하게 꽂혀 다들 손뼉 치고 휘파람 불고 난리가 났대. 근데 마지막으로 던진 표창 때문에 사달이 터져버렸어. 팍! 오구진 허벅지에 그대로 박혀버렸거든."

"헐, 대박!"

"분위기 완전 좆 같아졌겠지? 어렵게 마련한 자리가 다시 살벌하게 변했을 테고. 금촌파에서는 일부러 그랬다, 사전에 계획한 거다, 라며 핏대를 올렸지만, 칼리코파에서는 그냥 실수라고 해명했어. 하지만 흥분한 칼리코파 하나가 눈에는 눈이라면서 상대방 조직원의 허벅지를 그어버렸어. 일촉즉발의 상황까지 갔지. 다행히 데이비드 권의 만류로 더 큰 일은 벌어지지 않았어. 오구진도 두꺼운 바지 덕에 상처가 깊지 않았고. 풋. 차라리 모이지 않았으면 좋을 뻔했어. 반목만 더 심해졌으니까."

뻘쭘해진 양 기자가 물었다.

"그런 자세한 내용은 어떻게 아셨어요? 편집장?"

"이 바닥에 수십 년 있으면 까치가 날아와 말해준다. 너도 존나 빵이 치면 그 경지까지 올라갈 수 있어."

점심 무렵 편집장은 점심 약속이 있다면서 나갔다. 이기우와 양 기자는 짜장면을 시켜 먹었다. 양 기자가 물었다.

"선배도 아까 그 사건 알고 계셨어요?"

"음."

"편집장은 그런 은밀한 내부 사건을 어떻게 아셨대요? 내부 정보원이 없으면 불가능한 일인데?"

"말해줬잖아. 운동장에서 모든 걸 본 까치가 날아와 알려줬다고."

이기우는 그의 잔에 고량주를 따라주었다. 자기도 따라 마셨다.

"편집장은 이 바닥에서만 40년이야. 정계, 재계, 검찰, 경찰은 물론이고 노숙자, 깡패, 흥신소 등등 거미줄 같은 끈끈한 인맥을 자랑하지. 따끈따끈하고 신선한, 날것 그대로의 정보를 전해주는 인맥 말이야. 마음만 먹으면 네 머릿속도 훤히 들여다볼 수 있을걸."

"역시나."

"내 예상이긴 하지만 이번 사건은 감이 좋지 않아. 뭔가 끔찍한 일의 단초가 될 것 같단 말이야. 하긴, 둘 중 하나는 어차피 이 땅에서 사라질 수밖에는 없는 관계지만. 원래 대형 사건은 사소한 것으로부터 시작되는 법이잖아. 세르비아의 젊은 애송이가 오스트리아 황태자 부부를 암살한 사라예보 사건으로부터 제1차 세계 대전이 터진 것처럼 말이야."

양 기자는 단무지를 춘장에 듬뿍 찍어 먹으며 고개를 끄덕였다.

"내 추측으로는 오구진이가 세계 대전을 원한 것이 아닐지 싶어. 일종의 자해 공갈? 조만간 금촌파가 뭔가 일을 벌일 것 같아. 그 세계에서도 대의명분이란 것이 중요하니까 일부러 빌미를 마련한 거겠지. 혹은 양쪽 모두가 바란 일일지도 모르겠어. 상대방을 제거할 꼬투리를 서로 하나씩 잡았으니까, 말이야. 아무튼 이제 진짜 피바람이 불어도 하나도 이상하지 않게 됐어."

이기우는 남은 고량주를 비우고 등받이 의자에 눕다시피 앉았다. 무리해서 일했더니 컨디션이 좋지 않았다. 이 짓거리도 이젠 그만둘 때가 된 건가. 씁쓸했다. 며칠 밤을 새워도 쌩쌩한 양 기자의 젊음이 그저 부러울 따름이었다.

"양 기자, 검은 옷 시리즈 시즌 2는 언제 나와? 전번 회에서, '이제 그들의 실체에 한 걸음 더욱 다가갈 것이다'라며 멋지게 투 비 컨티뉴로 끝냈잖아?"

양 기자는 한숨을 푹 쉬었다.

"까치가 사라졌어요."

"음?"

"소식을 물어다 주는 까치, 고뿔 감투가 연락이 닿지 않아요."

"아직도 그 사기꾼 것을 가져다 쓰냐?"

"할 수 없지요, 뭐. 사실 그만한 소스도 없는데."

"너도 참 못 말리겠다."

"콘텐츠가 몇 주째 업데이트가 되질 않아요. 아무래도 무슨 일이 일어난 것 같아요. 마지막 SNS 접속 시간과 장소도 좀 미스터리하고. 낮에는 밖으로 잘 나가지 않는데 그날은 오후 네 시경에 어느 카페에서 글을 올렸더라고요. 그게 마지막 업로드에요."

휴대폰으로 그의 마지막 흔적을 보여줬다. 사진 몇 장과 짧은 글이었다. 사진은 어느 카페 안에 찍은 것이었다. 테이블, 출입구, 도로가 내보이는 창문, 메뉴판이 걸린 계산대, 카페 앞을 오가는 보행자, 평범한 것뿐이었다. 적힌 글에는 "간만에 카페 왔어요! 물주가 사주는 칼로리 폭탄! 니들 오늘 다 죽었어!"라고 쓰였다. 물주라. 누굴 만나는 걸까.

"전날, 쪽지를 제게 보냈는데 호랑이 굴로 들어간다고 했어요. 정보이용료나 넉넉히 준비해 두라고 하면서."

귀신들의 축제

별장 주변은 삼엄한 경계가 펼쳐졌다. 오늘은 금촌파와 회동이 있는 날이기 때문이다.

자의든 타의든 두 조직 간 관계는 어떻게든 마무리해야 했다. 그것이 공멸을 막을 유일한 길이었기 때문이었다. 김철규는 고민 끝에 결심했다. '조건 없는 평화 협상'이라는 전제를 달고 오구진에게 먼저 손을 내밀었다. 자신의 칠순 잔치 날 오셔서 아무쪼록 자리를 빛내주시면 좋겠다고 측근을 통해 전했다.

오구진은 전번 단합 대회 사건 때문에 그의 초대가 탐탁진 않았지만, 제의는 받아들였다. 겉으로라도 대범함을 보여줘야 할 것 같았기 때문이다. 잔치가 끝난 후 김철규와의 관계를 어

떻게 매듭지을지 생각해도 늦지 않으리라 여겼다. 오구진은 부
하들을 대거 대동하고 저녁 식사 시간에 맞추어 별장으로 갔다.

여흥이 무르익어 가는 저녁이었다. 누군가 언덕 아래서부터
걸어 올라오고 있었다. 가까이 다가오자, 별장 출입문을 지키고
서있는 험상궂게 생긴 남자가 막았다.
"여긴 개인 소유 땅입니다."
"김철규 회장님을 뵈러 왔습니다."
덩치 남자는 상대를 위아래로 훑어보았다.
"약속은 하셨습니까?"
"아니요. 하지만 틀림없이 만나주실 겁니다."
덩치는 의심스러운 목소리로 물었다.
"여기가 회장님 별장인 건 어떻게 알고 오셨소?"
흑곰이 뒤쪽에서 걸어왔다.
"뭔데 이리 시끄러워?"
"누가 찾아왔는데요, 회장님을 만나 뵙길 원한답니다."
흑곰은 낯선 방문객을 쳐다봤다. 어딘지 얼굴이 익었다.
"그동안 잘 지내셨나요?"
"…누구?"
흑곰은 사무실에서 보았던 그를 불현듯 기억해 냈다. 눈이 휘

둥그레졌다.

"다, 당신 여길 어떻게?"

그는 이규석이었다.

넓은 거실, 테이블을 사이에 두고 김철규 회장과 이규석이 마주 앉았다. 김철규 뒤에는 부하들이 병풍처럼 둘러섰다. 옆자리에는 금촌파 보스 오구진이 다리를 꼬고 앉은 채 이규석을 흥미롭게 쳐다보고 있었다. 김철규는 폐 안 깊숙이 담배 연기를 빨아들였다가 용처럼 콧구멍으로 내뿜었다. 하얀 연기 속에서 눈동자가 번뜩거렸다. 눈빛 속에는 어이없음과 궁금증이 뒤섞여 있었다.

싸구려 양복을 입고 있는 50대 남자. 상·하의, 와이셔츠, 벨트, 구두, 심지어 넥타이까지 검은색이다. 마치 장례식장을 찾은 조문객 같다. 지팡이에 의지한 채 이곳까지 기어 올라온 그는 병을 오래 앓아온 것처럼 아파 보였다. 진짜 조폭이라면 상대가 같은 부류인지, 양아치인지, 그냥 허세 가득한 미친놈인지 금세 알아보는 법이다. 적어도 이자는 밤의 세계에 사는 족속은 아니다. 그렇다면 무엇인가. 자기 말대로 묵가의 보스인가. 데이비드 권이 그토록 찾던 자? 김철규는 옆에 서있는 흑곰에게 물었다.

"권 실장은 지금 어디 있어?"

"전화가 되질 않습니다. 신호가 터지지 않는 곳에 있는 것은 아닌지…"

김철규는 성질을 냈다.

"이 새끼야. 우리나라에서 전화 되지 않는 데가 어디 있어?"

데이비드 권은 저녁때까지는 오겠다며 어디론가 나갔지만 여태 연락이 닿지 않는다. 이자가 진짜인지 아닌지, 왜 여기까지 제 발로 찾아왔는지, 데이비드 권이라면 단박에 알아낼 수 있을 텐데. 오구진이 물었다.

"이 아저씨는 누구요?"

김철규는 웃으며 대답했다.

"오 회장님, 오늘 아주 재미있는 이벤트가 생긴 것 같습니다."

"무슨 말씀인지?"

"검은 옷을 입은 자라고 들어보셨습니까?"

오구진은 고개를 저었다.

"전설의 암살자지요. 우리 같은 나쁜 놈들 조지는 히트맨."

김철규는 이규석에게 물었다.

"그쪽에 관한 이야기는 들었소. 조직의 오야붕이시라고."

"우리는 모두 대등한 관계입니다. 위도 없고 아래도 없습니다."

"그래요? 아주 민주적인 조직이네. 뭐, 어찌 되었든 간에 좋소. 날 찾아온 목적이 뭔지 듣기 전에 먼저 하나 물어봅시다."

"…"

"내 부하 중에 면도칼이라는 자가 있었는데 갑자기 미쳐서 자살해 죽었거든? 그게 정말로 당신 짓이요?"

"그렇소."

"어떻게 죽였지?"

"귀신이 도와줬습니다."

폭소를 터트린 이는 오구진이었다. 부하들도 따라 웃었다. 김철규는 주변을 돌아보며 짐짓 심각하게 말했다.

"웃지 말아라, 이분은 절대 거짓말을 하실 분이 아니다."

"…"

"난 말이요, 상대방 눈을 보면 진실을 말하는지 아닌지 금방 알아요."

"…"

"자, 그러면 본론으로 들어가실까. 깊은 산골까지 친히 날 만나러 오신 이유가 뭐요?"

"이앤김 파트너스 김철규 회장님. 여러 사업 분야에서 성공한 자수성가 CEO. 존경받는 사회 지도층. 성실한 납세자. 오너스 클럽의 기부왕. 언론에서는 회장님을 그렇게 말하고 있습니다.

하지만 난 당신의 진짜 정체를 알고 있습니다. 온갖 끔찍한 범죄의 원흉, 칼리코파의 잔인한 수장임을. 당신은 돈과 권력을 얻기 위해 무슨 짓이든 다했습니다. 그로 인해 착실하게 살아가던 선한 이의 눈에서 피눈물을 흘리게 했지요. 당신은 살인과 납치와 협박을 밥 먹듯이 했습니다. 그리고 피해자와 그 가족을 헤어 나오지 못하는 무간지옥으로 던져버렸습니다. 그렇게 갈취한 돈으로 번듯한 회사를 차렸고, 덕망 있는 사업가 행세를 했습니다. 당신은 피 묻은 돈과 더러운 권력의 힘으로 여기에 화려한 별장을 세웠습니다. 어제도 이곳 비밀 회의실에서 새로운 범죄를 모의하고 있었겠지요. 하지만 당신이 굳게 믿는 이 철옹성은 무너질 날이 머지않았습니다. 타인의 피눈물과 살과 뼈로 만든 추악한 성 말이요."

김철규의 왼쪽 눈썹이 불에 구운 오징어처럼 꿈틀댔다.

"이런 미친 새끼가! 지금 누구 앞에서 씨불이고 있는 거야!"

옆에 있던 측근이 이규석의 멱살을 잡았다. 김철규는 손을 들어 그를 멈춰 세웠다. 담배 연기를 이규석 얼굴로 훅, 내뿜었다. 이규석은 눈을 감고 고개를 조금 돌렸다.

"아이고. 아주 훌륭한 지적이십니다. 제가 나쁜 짓을 좀 많이 했어야지요. 덕분에 별장도 이렇게 으리으리하게 지었지요. 게다가 인복도 있어 방귀 좀 뀌는 양반들하고도 호형호제하며 지내고. 그런데 그런 말씀 해주시려고 여기까지 오셨소?"

"난 당신에게 기회를 주러 왔습니다. 인간으로 살 마지막 기회를."

"뭐?"

"당신으로 인해 고통받는 이들에게 용서를 구하시오. 그들이 진심으로 당신을 용서할 때까지. 당신이 가진 부를 그들을 위해 쓰시오. 당신 회사, 이앤김 파트너스를 해체하시오. 그리고 죽은 자를 기리며 남은 생을 부디 선하게 사시오."

누가 먼저랄 것 없이 폭소를 터트렸다. 거실은 웃음소리로 가득 찼다. 웃지 않는 이는 이규석뿐이었다. 킥킥대던 김철규는 갑자기 웃음기를 싹 거두었다.

"싫은데? 난 이런 삶을 아주 많이 사랑하거든."

이규석은 김철규를 잠시 쳐다보기만 했다. 그러다 양복 안주머니에 손을 집어넣었다. 부하들이 일제히 흉기를 꺼내 들었다. 이규석은 천천히 손을 빼 김철규 앞에 무언가를 내려놓았다. 모두의 시선이 그곳으로 몰렸다. 귀방이라 적힌 나뭇조각이었다. 김철규는 조각을 집어 들었다. 이리저리 살피다 바닥으로 떨어뜨렸다. 뾰족한 지팡이 끝으로 쾅쾅 찍었다. 나뭇조각은 여러 조각으로 부서졌다. 김철규는 씩 웃어 보였다. 재떨이에 담배를 비벼 껐다.

"어이, 그만하지. 이제 재미없어졌어."

"…"

"그럼 진실 게임을 시작해 볼까?"

"…"

"얘들아, 우리 고매하신 이 선생님, 지하실로 정중히 모셔라."

오구진에게 말했다.

"쇼는 다 끝났습니다. 오 회장님은 올라가셔서 유흥이나 즐기시지요."

오구진과 측근은 위층으로 올라갔고 이규석은 개처럼 지하실로 끌려갔다.

텅 빈 거실에서 꼼짝하지 못하고 서있는 자가 있었다. 흑곰이었다. 거무튀튀한 얼굴이 하얗게 질려있었다. 이마에서 식은땀이 뚝뚝 흘러내렸다. 양손은 부들부들 떨렸다. 시선은 산산조각이 난 나뭇조각에 꽂혀있었다. 귀. 방. 붉은색 한자가 마치 살아있는 듯 움직이는 것만 같았다. 주변을 두리번거렸다. 작은 부스럭거림에도 소스라치게 놀랐다.

"난 지하실로 들어가지 않을 거야. 절대로. 절대로. 절대로."

그는 계속 중얼거렸다.

꘏

둘은 불 꺼진 서점 안으로 들어왔다. 전원 스위치를 켜자, 실내가 밝아졌다. 최 선생 옆에는 조인권으로 변장한 데이비드 권이 서있었다.

데이비드 권은 빠르게 안을 살폈다. 1, 2층은 서점, 3층은 주거 공간, 높은 천장, 위에서 아래의 상황을 모두 볼 수 있게 만든 개방형 구조, '묵자비염'이라 적힌 정면의 커다란 현판, 삼면 벽을 따라 채워진 책, 중앙 매대의 책과 소품. 컴퓨터 데스크. 데이비드 권은 건물 내부 구조를 촬영하듯 기억했다.

"편히 앉으세요. 조인권 씨."

최 선생은 다과를 가져와 테이블에 내려놓았다. 난과 새가 그려진 받침대에 잔을 올리고 차를 따라주었다.

"갑작스러운 초대에도 불구하고 이렇게 멀리까지 와주셔서 고맙습니다."

"별말씀을요. 전화 주셔서 감사합니다."

최 선생은, "긴히 드릴 말씀이 있습니다, 조용한 곳에서 뵀으면 합니다"라며 먼저 연락해 왔다. 데이비드 권은 속으로 쾌재를 질렀다. 고맙게도 본거암, 이규석의 서점에서 보기를 원했다. 덕분에 손쉽게 검은 옷의 거점을 알아냈다. 이제 승리의 절반은 손아귀에 쥔 것이나 다름없다. 검은 옷의 브레인이라는 최 선생도 한낱 똥개에 불과했다. 자기 배를 가르고 껍데기를 벗겨 버릴지도 모를 이를 반기는 멍청한 개새끼 말이다. 구오성, 장우영, 죽은 두 놈도 수족자인 최 선생이 훈련시켰겠지. 우리 식으로 말하자면 어린 양아치 중 괜찮은 놈을 뽑아 쓸만한 조폭으로 키우는 역할, 즉, 조직 육성 책임자가 바로 이자다. 최 선생이 직접 이곳까지 오라 한 이유도 알만했다.

소소한 이야기로 대화의 문을 열었다. 이야기는 자연스럽게 선원으로 흘러갔다.

"현재의 고통이 후대의 희망이 된다는 옛말이 있습니다. 그 점에 관해 어떻게 생각하시나요?"

"타자를 위한 삶이 무엇이라고 보십니까?"

"선생님이 생각하시는 정의란 무엇인가요?"

"일면도 없는 사람을 위해 희생한다는 것, 그것이 과연 숭고한 것일까요?"

대화는 선문답과 비슷했다. 선원 의식에 이런 절차가 있다는 점은 묵자 연구 서적에서 읽어 이미 알고 있었다. 그에 대비해 모범 답안도 미리 준비했다. 데이비드 권의 대답은 막힘이 없었다. 최 선생은 만족스러운 미소를 지으며 고개를 끄덕였다. 창문을 통해 세상의 아무 걱정거리도 없어 보이는 정원을 한참 바라봤다. 빈 찻잔에 새로 차를 채웠다.

"깊은 사유의 삶을 사셨군요. 말씀하시는 것을 듣다보니 그런 생각이 절로 드네요."

"아닙니다. 아들을 잃고 난 후 세상을 바라보는 시각이 바뀐 것뿐입니다."

"마지막으로 하나 더 여쭤봐도 될까요?"

"네."

"우리 사회에서 묵가인은 어떤 존재라고 생각하시나요? 그들은 선일까요? 아니면 필요악일까요?"

데이비드 권은 잠시 생각하는 척하다 대답했다.

"어느 책에서 본 글이 생각나는군요. 12세기 중동 지역에 아사신이라는 집단이 있었답니다. 암살 교단이라고도 불렸고요. 암살하다(Assassinate)라는 단어는 아사신에서 온 것이지요. '해시시'를 피우는 사람이라는 현지어에서 유래했다는 설도 있고요. 이슬람 이스마일파의 한 분파로 엄격한 규율과 훈련을 통해 키워진 아사신은 스스로 진정한 이슬람의 선구자로 믿었어요. 목표는 다양했습니다. 스승의 명령이라면 기독교인은 물론 반대파 고위 무슬림까지 암살했으니까요. 주로 품에 단도를 숨기고 들어가 근거리에서 목표물을 제거했지요. 하지만 살인을 한 후에도 도주할 생각을 하지 않고 계속 싸우다가 창칼에 찔려 죽었답니다. 그들이 그렇게 할 수 있었던 이유는 죽은 뒤 영원히 살게 될 낙원을 믿었기 때문이지요. 젖과 포도주와 꿀이 흐르고 맑은 물이 샘솟고 비단 침구와 아리따운 처녀들이 있는 영원한 파라다이스를요. 하지만 아사신과 검은 옷, 둘은 본질적으로 다르다고 생각합니다. 묵가에게 죽은 후의 낙원 따위는 없으니까요."

"설명해 주신 이야기는 제 물음에 대한 답이 아닌 것 같군요."

"묵가는 어떤 대가를 바라고 행하는 자가 아닙니다. 그래서 그들의 삶이 더 숭고한 것이겠지요. 묵가는 선도 아니고 필요악도 아니다… 저는 그렇게 믿어요. 그저 우리 사회에 경종을 울리는 수많은 경보등 중 하나가 아닐지 싶습니다."

최 선생은 고개를 끄덕였다. 손에 든 찻잔을 내려놓고 자세를 바로 했다.

"이제 솔직히 말씀드릴 때가 된 것 같군요."

데이비드 권은 조인권이라는 이름에 어울릴 만한 선한 표정으로 그를 바라봤다.

"우린 오래전부터 조인권 씨 같은 분을 찾고 있었습니다. 불행한 자신의 운명에 굴하지 않고, 묵가의 삶을 쫓으려는 사람 말입니다."

"…"

"조인권 씨, 당신은 진정으로 묵가인이 되길 원하십니까?"

데이비드 권은 고개를 숙이고 바닥을 내려다보았다. 속으로 숫자를 세었다. 하나, 둘, 셋… 인간이 막연한 기대감으로 최대한 견딜 수 있는 한계점인 7초가 지난 후 고개를 들었다. 단호한 목소리로 대답했다.

"네."

"한 번 들어가면 다시는 나올 수 없는 위험하고 외로운 길입니다. 당신은 묵가의 정신을 오롯이 받들 수 있겠습니까?"

"네."

"묵가의 계는 세상의 어떤 법보다 엄격합니다. 그 계를 목숨처럼·지키겠다고 맹세하실 수 있습니까?"

"네."

최 선생은 빙긋이 웃었다. 자리에서 일어났다.

"저를 따라오시지요."

최 선생과 데이비드 권은 출입구 대각선 방향의 책장 앞에 섰다. 맨 아래 칸, 용 모양으로 생긴 수석을 잡아당겼다. 철컥 소리가 나면서 고정되었다. 두 칸 건너 책장으로 갔다. 나신 조각상을 책장 안으로 밀어 넣자 둔탁한 소리와 함께 멈춰 섰다. 간이 창고로 들어갔다. 샌드위치 패널 벽 앞에 섰다. 벽에 손바닥을 댔다. 손을 댄 자리가 푸르스름하게 빛났다. 벽이 옆으로 움직여 사라지자, 눈앞에 계단이 나타났다. 좁고 긴 계단을 내려갔다. 철문을 밀고 지하실로 들어갔다.

천장에 설치된 정체불명의 장치가 제일 먼저 눈에 들어왔다. 거대한 샹들리에처럼 생겼고 위에서 아래로, 바닥을 향해 45도

각도로 기울어졌다. 사방에 기계 장치가 가득했다. 하나같이 수상쩍은 소리를 내면서 분주히 돌아갔다. 출입구 맞은편 3미터 정도 되는 높이에 작은 컨트롤 박스 같은 공간이 보였다. 사람 한 명 겨우 들어갈 수 있을 정도의 크기로 마치 극장 뒤편 꼭대기에 있는 영사 공간 같았다. 하지만 블라인드가 쳐져있어 무엇을 하는 곳인지는 알 수 없었다.

전율이 온몸의 세포를 건드리며 지나갔다. 본거암 내에 비밀 공간이 있을 것이라고는 예상했지만 실제로 들어와 보니 그 규모에 놀랐다. 외부와 완벽하게 차단된 이곳은 무엇을 위한 장소일까.

최 선생은 데이비드 권에게 한곳을 가리키며 거기 서있으라고 했다. 바닥에 양궁 표적지처럼 생긴 것이 그려진 위치였다. 정면을 보고 똑바로 섰다. 앞에 하얀 스크린이 내려왔다. 실내가 서서히 어두워졌다. 윙윙거리는 기계 소리가 낮게 깔렸다. 뒤쪽 빔프로젝터에서 빛이 나왔다. 스크린에 선원지예(禪圓之禮)라는 한자가 나타났다. 그 아래 부적 비슷하게 생긴 정교하고 복잡한 그림이 있었다. 서있는 위치 앞쪽 바닥에서 원형의 단상이 올라왔다. 최 선생은 들고 온 촛대 두 개를 단 위에 놓았다. 접시를 촛대 사이에 내려놓고 물을 부었다. 그 위에 꽃잎을

258

뿌렸다. 초에 불을 붙였다. 벽으로 가 패널의 스위치를 눌렀다.

"그럼 시작할까요?"

데이비드 권은 고개를 끄덕였다.

"당신은 이제부터 우리와 함께 할 겁니다. 의무를. 숙명을. 청빈함과 선한 삶을. 묵가의 시작과 끝을."

스크린 화면이 바뀌었다. 누렇게 바랜 고서 표지가 나타났다. 비시적지천(非示跡地天)이라 적혔다.

"일자 전승으로 묵가인에게 내려온 이 한 권의 책으로부터 비시적이 만들어졌습니다. 현재 전해지지 않는 묵자의 사료 중 하나지요. 이곳에 묵가의 모든 비밀이 담겨있습니다. 하늘과 땅과 인간과 귀신의 비밀이."

데이비드 권은 마른침을 꿀꺽 삼켰다.

"그러면 선원 의식을 거행하겠습니다."

입가에 희미한 미소가 걸렸다. 벌어진 입술 사이로 보이는 송곳니 두 개가 어둠 속에서 하얗게 빛났다.

———————

비명이 지하실에 울려 퍼졌다. 이규석은 머리를 바닥으로 떨구었다. 침과 땀과 피가 바닥으로 뚝뚝 떨어졌다. 김철규는 이규석의 턱을 지팡이 끝으로 치켜올렸다. 두 눈이 초점을 잘 맞추지 못했다. 그래도 어떻게든 앞에 있는 남자를 보려고 애를 썼다.

부하가 김철규 앞에 간이 의자를 가져다 놓았다. 자리에 앉자마자 담배를 입에 물었다. 옆에서 불을 붙여줬다. 김철규는 발 위치를 바꾸다가 바닥에 고인 핏물을 밟았다. 인상을 구겼다. 구두 밑바닥을 옆에 쌓아놓은 이규석의 옷가지에 쓱쓱 문질렀다. 지팡이로 옷을 뒤적였다. 재킷 안쪽에 있는 검은색 거적때기를 발견했다. 단장 끝에 걸어 끄집어냈다. 방한모처럼 생긴 것이었다. 머리에 뒤집어쓸 수 있을 정도로 컸지만 눈, 코, 입이 있을 자리가 꽉 막혀있어 마치 커다란 벙어리장갑 같았다. 이규석의 눈앞에 대고 흔들었다.

"이건 또 뭐야? 거지발싸개 같은 것을 다 들고 다니네."

두건을 바닥에 내던졌다. 담배 연기를 폐 깊숙이 들이마신 후 말을 이었다.

"여기서 뒤진 네 꼬붕 구오성보다 맷집은 별로구먼. 쯧쯧. 명색이 오야붕인데 이렇게 약해빠져 어떻게 하나. 몇 대 맞지도 않았는데 벌써 맛이 갔어."

"..."

"한 번은 당해도 두 번은 안 되지. 네놈이 여기 온 진짜 꿍꿍이가 뭘까? 나는 그 이유를 지금부터 차근차근 알아낼 거야. 그리고 어떻게 면도칼을 죽였는지도."

"…"

"네가 제 발로 이곳을 찾아온 덕에 한 가지 의심은 사라졌어. 사실 난 지금까지 오구진이가 면도칼 사건의 배후라고 여겼어. 모든 정황이 그렇게 말하고 있었거든. 하지만 네가 놈들에게 고용된 히트맨이라면 이런 미친 짓을 할 리 없겠지. 오구진이 내 별장에 손님으로 왔을 때 구태여 널 이곳으로 불러올 이유도 없고. 게다가 널 보고도 오구진은 미동조차 없었어. 일면식도 없다는 말이겠지. 그렇다면 네놈의 정체는 도대체 뭘까?

김철규는 이규석의 눈을 뚫어지게 바라봤다.

"떨고 있군. 난 별의별 인간을 다 만났어. 그래서 한두 마디 해보면 어떤 놈이지 금방 알 수 있지. 당신은 결코 암살자의 우두머리가 될만한 자가 아니야. 네 눈깔이 그걸 말하고 있어. … 근데 참 이상해. 도대체 당신은 왜 벌벌 떨면서도 기어들어 와 내게 덤비는 걸까?"

"…"

"어이, 험한 꼴 더 겪기 전에 순순히 털어놓으시지. 왜 여기 왔지? 어떤 방법으로 면도칼을 죽였지?"

이규석은 뭐라고 웅얼거렸지만, 알아들을 수가 없었다.

"천천히, 다시 말해봐."

"마, 만일 우, 우리의 비밀을 보여준다면…"

"…"

"날 사, 살려줄 수 있겠소?"

고문은 늘 옳았다. 고문 앞에 당당할 자는 세상에 없다. 놈은 무릎을 꿇었다. 겁쟁이는 늘 가장 먼저 배신자가 되는 법이다. 데이비드 권이 그토록 경계하던 검은 옷의 수장도 한낱 약해빠진 인간이었다. 김철규는 만족스러운 미소를 지었다.

데이비드 권은 실험 동영상을 뚫어지게 바라봤다. 케이지 안에서 부들부들 떨고 있는 모르모트들. 눈동자는 초점을 잃었고 하나같이 입과 항문에서 피를 쏟아냈다. 일부는 스스로 창살에 머리를 끼워 질식사했다. 일부는 다른 쥐를 물어뜯어 죽였다. 어떤 놈은 죽은 쥐의 내장을 파먹었다. 숨이 끊길 때까지 허공을 향해 공격하는 놈도 있었다. 토끼, 개, 돼지 실험에서도 비슷한 결과를 보였다. 한동안 말을 잃었던 데이비드 권이 물었다.

"…사람도 이러합니까?"

최 선생은 고개를 끄덕였다.

"뉴스에서 보신 바와 같이."

비시적은 신이 선물한 가공할 힘이었다. 전율이 온몸을 타고 흘러내렸다.

"이것은 현대판 팔랑크스로군요."

"…팔랑크스. 팔랑크스라. 참 재미있는 비유로군요."

팔랑크스는 기원전 7세기 사용했던 전투 전술이다. 팔랑크스 보병들은 직사각형 대열로 밀집한 채 전진하면서 적을 찌르고 짓밟아 죽였다. 각 줄의 병사들은 앞사람의 어깨 위에 장창을 올려놓고 이동했다. 그래서 정면에서 보면 수십 개 창이 뿔처럼 튀어나와 있는, 마치 지옥에서 온 악마처럼 보였다. 적들은 그 모습에 혼이 나가 달아났다고 전해진다.

"진심으로 놀랍습니다."

데이비드 권은 최 선생 쪽으로 천천히 걸어왔다. 스크린 앞에 섰다. 프로젝트에서 나온 광선이 그의 한쪽 얼굴을 비췄다. 바들거리는 쥐의 뒷다리가 뺨에 겹쳤다. 데이비드 권은 최 선생에게 다정히 물었다.

"그런데 하나 궁금한 것이 있습니다."

"예."

"오늘같이 중요한 날, 어째 거자님께서는 안 보이십니다. 무슨 일이 있으신가요?"

"칼리코파의 수장을 만나러 그의 비밀 별장으로 가셨습니다."

"무엇 때문에요?"

"귀신들의 축제를 위해서."

이제 묵가의 계획은 햇빛 아래서처럼 환하게 보였다. 왜 우리를 찾았고 왜 구오성과 장우영이 접근했는지. 별장에서 무슨 짓을 벌이려는지. 하지만 더 자세한 것은 물어볼 필요가 없을 것 같다. 아니, 그런 것은 이제 하나도 중요하지 않다. 중요한 것은 내가 비시적의 실체를 알았다는 것이다. 그리고 비밀 지하실에는 나와 최 선생, 둘뿐이라는 사실이다.

"거자님은 괜찮으실까요?"

"반드시 돌아오실 겁니다."

"그러셔야지요."

데이비드 권은 씩 웃었다. 발목에 숨겨놓은 칼을 조용히 꺼냈다. 손잡이를 거꾸로 잡고 소매 속에 감췄다.

"…근데 말입니다. 하나 걱정되는 것이 있군요."

"무엇이지요?"

"만일 이런 비급이 악한 자의 손에 들어가게 되면 어떻게 하지요?"

그럴 가능성은 없습니다. 비시적의 비밀은 철저히 숨겨진 채 오직 묵가인에게만…"

"하지만 어쩌죠?"

"예?"

"사실은 내가 그 나쁜 놈인데."

데이비드 권은 칼로 최 선생의 목 왼쪽을 찌르고 옆으로 그었다. 피부가 가로로 벌어졌다. 갈라진 틈에서 피가 터졌다. 최 선생은 찢어진 경동맥을 손으로 잡았다. 손가락 사이로 피가 뿜어져 나왔다. 뭐라고 말하려고 했지만, 입안에 차오르는 핏물 때문에 말소리가 제대로 나지 않았다. 입을 벌릴 때마다 부글거리며 피비린내를 풍겼다.

최 선생은 한 손으로 데이비드 권의 가슴을 밀쳤다. 뒷걸음질 쳤다. 솟구친 피는 하얀 스크린과 차가운 지하 바닥을 적셨다. 최 선생은 비틀거리며 무엇이든 손에 잡으려 했다. 그 바람에 세워놓은 전자장치와 쌓여있는 책더미가 와르르 무너졌다. 데이비드 권은 칼을 손바닥에서 빙글빙글 돌리면서 말했다.

"그러니까, 제 말은요, 이런 가공할 방법을 나 같은 사람이 훔쳐 가면 어떻게 될까, 하는 거예요. 눈물이나 질질 짜는 조인권이 아니라 최고의 범죄 두뇌라 불리는 데이비드 권이 가진다면 말이오."

벽을 짚은 채 버티던 최 선생은 그대로 쓰러졌다. 쏟아져 나온 피는 바닥에 고여 검붉은 웅덩이가 되었다. 일어나려고 했지만, 미끈거리는 핏물 때문에 자꾸 넘어졌다.

데이비드 권은 최 선생 옆에 쪼그리고 앉았다. 복부를 여러 차례 찔렀다. 마지막으로 심장에 칼날을 박아 넣었다. 데이비드 권의 팔을 부여잡은 최 선생의 손아귀에서 힘이 빠져나갔다. 심장이 요동칠 때마다 옷 위로 검붉은 액체가 울컥거리며 나왔다. 최 선생의 초점은 점점 흐려졌다. 데이비드 권은 웃으며 말했다.

"영감님. 너무 순진하셨어. 너무 허술했고. 좀 더 철저히 나를 조사했어야지. 어떻게 그리 쉽게 사람을 믿어요? 쯧쯧. 그래서 착한 것들은 언제나 루저가 되는 법이지. 하지만 너무 걱정하진 마세요. 당신들의 비급은 세상 아무도 영원히 모를 테니. 왜? 내가 아무한테도 말하지 않을 거니까. 흐흐흐."

최 선생은 마지막 힘을 짜내 손을 뻗었다. 데이비드 권의 바짓가랑이를 잡으려 했지만 소용없었다. 간헐적으로 헐떡였다. 눈에서 검은자위가 사라졌다. 혀가 튀어나와 한쪽으로 돌아갔다. 곧 숨을 멈췄다.

데이비드 권은 피 묻은 날을 죽은 최 선생의 옷깃에 문질렀다. 자리에서 일어났다. 손수건으로 얼굴과 손에 묻은 피를 닦아냈다. 불편했던 가짜 이빨을 뽑아내고 가발도 벗어 던졌다.

핸드폰을 꺼냈다. 이제 흑곰에게 전화해 이규석을 곧장 지하 소각장에서 처리하라고 명령하기만 하면 된다. 귀신들의 축제를 시작하기 전에 말이다. 이규석은 이제 아무짝에도 쓸모가 없다. 오늘부로 묵가의 거자는 바로 나다.

———————

　펜트하우스 회의실에 양대 세력의 조직원이 모두 모였다. 회의실은 사면이 통유리로 연결된 제일 높은 층에 있다. 그래서 공항 관제탑처럼 주변이 잘 보인다. 김철규는 거금을 들여 특수유리 소재의 스마트 창문으로 설치했다. 버튼 하나로 안에서는 밖이 보이고 밖에서는 안이 보이지 않게 차단할 수 있다. 그만큼 보안에 신경 쓴 장소가 바로 이 회의실이다.

　"별장 안의 모든 사람이 탁 트인 높은 장소에 모여야만 의식을 행할 수 있소. 자시, 밤 열한 시 반부터 열두 시 반 사이에 말이요. 이런 조건을 다 만족하지 못하면 귀신을 제대로 불러올 수 없소."

　이규석은 그렇게 말했다. 무슨 꿍꿍이인지 의심이 앞섰다. 너무 고문을 많이 받아 머리가 돌아버린 것일지도 모르지만 어차피 상관없었다. 조직원을 해한 자의 최후가 어떻게 되는지를 금촌파에게 보여주는 것도 나쁘지 않을 터. 게다가 오늘은 내 생일이 아닌가? 예로부터 황제의 잔칫날에는 제물이 필요했다.

  김철규는 오구진과 나란히 소파에 앉아있다. 이규석은 맞은 편 바닥에 무릎을 꿇고 앉았다. 웬만한 변태적 쾌락에도 시큰둥하던 오구진도 색다른 볼거리라 여겼는지 양주를 홀짝이며 쇼 감상할 준비를 했다. 모두의 시선이 회의실 카펫에 앉아있는 이규석에게 모였다. 피떡이 된 그가 보기 흉해 대충 옷은 입혀놓았지만, 역겨운 냄새는 지워지지 않았다. 김철규는 양손을 비비며 말했다.

  "자, 네 말대로 모두 모였다. 이제 한번 불러봐라. 그놈의 귀신인지 뭔지."

  이규석은 상체를 꼿꼿이 세우려 했지만, 몸이 상해 힘들어했다. 움직일 때마다 고통으로 얼굴이 일그러졌다. 호흡을 가다듬다가 입을 뗐다.

  "지금은 할 수 없소."

  "이 새끼가 장난하나? 네놈이 원하는 대로 다 해줬잖아!"

  "두건을 가져다주시오."

  "뭐?"

  "내 검은 두건 말이요."

  부하가 지하실에서 두건을 가져왔다. 오물로 뒤덮여 있어 냄새가 지독했다. 김철규는 인상을 구기며 물었다.

"자, 이제 이걸 어떻게 해드릴까?"

"내게 주시오."

김철규는 그렇게 하라고 흑곰에게 지시했다. 흑곰은 두건을 들고 쭈뼛쭈뼛했다. 건네주기는커녕 감히 가까이 다가가지도 못했다. 두건을 쥔 손이 사시나무처럼 떨렸다. 김철규가 버럭 화를 냈다.

"뭐 해?"

흑곰은 김철규 앞에 무릎을 꿇었다.

"회, 회장님. 지금이라도 그, 그만두시는 편이…"

"미쳤나? 이게."

"전 면도칼 형님이 어떻게 죽었는지 똑똑히 보았습니다. 이자는 진짜입니다. 진짜 영매! 귀신을 수족처럼 부리는 조귀자(調鬼者)! 틀림없어요! 놈이 귀신을 별장으로 불러들이면 그땐 우리 모두 끝장납니다!"

그때까지 조용히 지켜보기만 하던 오구진이 폭소를 터트렸다.

"하하하. 김 회장님. 참 용감한 부하를 두셨군요. 대단하십니다. 하하하."

김철규의 얼굴이 붉으락푸르락했다. 오구진은 숨이 넘어갈 듯이 키득대며 자기 부하에게 말했다.

"뭐 하냐. 복채 안 내놓고. 오늘 제대로 된 푸닥거리 보게 생겼는데? 하하하."

그의 말에 부하들이 일제히 폭소를 터트렸다. 보스가 라이벌의 웃음거리가 되었다는 것, 그것은 보통 일이 아니다. 그것도 자신의 별장, 생일날에. 흑곰은 머리를 조아리며 김철규의 바짓가랑이를 붙잡고 늘어졌다.

"회장님 다, 당장 피, 피하셔야 합니다."

김철규는 흑곰의 가슴팍을 발로 걷어찼다. 나뒹군 흑곰을 지팡이로 두들겨 팼다. 바닥에 떨어진 두건을 직접 주웠다. 씩씩대며 이규석 앞으로 갔다. 그의 얼굴을 향해 두건을 집어 던졌다.

"자. 네가 바라는 대로 다 해줬다. 이제 네 차례다. 무슨 일이 있어도 귀신을 우리 앞에 보여주는 것이 좋을 거다. 그렇지 않으면 네가 귀신이 될 테니까."

이규석은 잠시 숨을 골랐다. 낮은 목소리로 말했다.

"불을 끄고 창을 가려 이곳을 어둡게 해주시오."

이규석의 자리를 비추는 조명을 제외하고 모든 전등을 껐다. 벽에 붙어있는 스마트 창문 제어 버튼을 눌렀다. 사면 유리창의 색이 진해지기 시작했다. 바깥 풍경이 서서히 사라졌다. 이제 밖에서 안을 전혀 볼 수 없게 되었다. 이규석이 있는 곳은 핀 조명을 받는 어느 무명 배우의 작은 연극 무대처럼 보였다. 그가 조용히 물었다.

"어느 쪽이 북쪽이요?"

"네가 앉아있는 방향이다."

이규석은 일어나 절을 시작했다. 한 번 절할 때마다 세 번 머리를 조아렸다. 귀신들의 기가 모이는 자정, 북쪽을 향한 고두삼배(叩頭三拜). 천지의 귀신을 깨우는 귀령제였다. 흑곰은 슬금슬금 뒷걸음쳤다. 출입문 근처에 가까이 붙었다.

"그럼 시작하겠소."

이규석은 가부좌를 틀고 앉았다. 두 손을 무릎 위에 놓고 허리를 세웠다. 구겨진 두건을 펼쳐 머리에 뒤집어썼다. 구멍 하나 뚫리지 않은 탓에 사형 집행을 앞둔 죄수처럼 보였다. 자정이라는 시각, 산속 고립된 장소, 검은 두건을 쓴 피투성이 남자, 컴컴한 실내의 덩치 큰 사람들이 만들어 낸 그로테스크함이 회의실을 채웠다. 누구도 입을 열지 않았다. 무거운 침묵만이 흘렀다.

이규석은 깊은숨을 내쉬었다. 독경을 외우는 듯한 담담한 어조로 말했다.

"피로 담근 술을 마시고 눈물에 절인 고기를 씹는 자여. 방성통곡을 노래 삼아 춤을 추고 곡읍을 자장가 삼아 보화를 쌓는 자여. 죽은 이들과 죽지 못해 겨우 살아있는 이들, 원통함으로 천지를 떠도는 이들, 그 넋을 찾아 뒤를 쫓은 이들을 대신해, 나, 묵가의 거자는 고합니다. 하늘의 귀신께 고합니다. 땅과 물의 귀신께 고합니다. 지하의 귀신께 고합니다. 마땅히 가야 할 사람의 길을 업신여긴 자에게 부디 당신의 모습과 능력을 보여 주십시오."

이어서 한시*를 읊었다.

"서산일몰동산혼(西山日沒東山昏)

선풍취마마답운(旋風吹馬馬踏雲)

화현소관성천번(畫絃素管聲淺繁)

화군최채보추진(花裙綷縩步秋塵)

계엽쇄풍계추자(桂葉刷風桂墜子)

---

* '이하'의 한시 〈신현곡(神絃曲)〉.

해석 서산에 해가 지고 동쪽 산이 어두워지면,
회오리바람이 불어오니 귀신의 말이 구름을 밟고 오네.

비파소리 퉁소 소리 얕은 듯 깊은 듯 어지러울 때,
무녀는 사각거리며 가을 먼지를 일으키는구나.

계수나무 잎사귀 바람에 쓸리며 열매 떨굴 때,
푸른 살쾡이 피 토하며 울고 여우는 추위에 죽어가네.

낡은 벽에 그려진 금빛 용은 꼬리를 늘어뜨리고,
비의 신은 용을 타고 가을 연못으로 들어가는구나.

백 년 묵은 올빼미는 나무귀신이 되고,
웃음소리 들리는데 파리한 도깨비불이 둥지에서 일어나네.

청리곡혈한호사(青狸哭血寒狐死)

고벽채규금첩미(古璧彩虯金帖尾)

우공기입추담수(雨工騎入秋潭水)

백년로효성목매(百年老鴞成木魅)

소성벽화소중기(笑聲碧火巢中起)"

노래는 회의실에 울려 퍼졌다. 그것은 고대의 언어처럼 들렸고 어느 원시 부족의 방언처럼 들렸다. 운율에는 높고 낮음이 없었다. 단조로운 읊조림만이 이어졌다. 오물로 덮인 검은 두건 속에서 흘러나오는 목소리는 펜트하우스를 잠식했다. 분위기가 너무도 섬뜩했다. 시조가 끝난 후에도 누구 하나 벙긋하지 못했다.

이규석은 망부석처럼 가만히 앉아있었다. 김철규는 왠지 뒷덜미에 서늘함이 느껴졌다. 곁눈질로 오구진의 얼굴을 살폈다. 대범한 척하던 그도 그리 편안해 보이진 않았다. 이러다 정말로 귀신이 나타나는 것은 아닐까, 하는 바보 같은 생각이 들었다.

이규석은 큰 소리로 외쳤다.

"안을 밝히시오!"

누구도 선뜻 움직이려 하지 않았다. 김철규는 의자 손잡이를 손바닥으로 세게 내려쳤다. 호탕하게 소리쳤다.

"뭣들 하냐, 불 켜라! 어디 귀신 상판 좀 보자!"

전원 버튼을 눌렀다. 실내가 밝아졌다. 테이블과 의자. 화려한 샹들리에. 벽면에 빼곡히 꽂힌 책. 리본이 주렁주렁 달린 축하 화환. 용과 호랑이가 그려진 벽걸이 그림. 크고 화려한 책상. 모든 것은 그대로였다.

스마트 창문 전원 버튼을 끄자, 사면 유리창도 다시 투명하게 변했다. 바깥을 살펴봤다. 정원. 연못과 소나무와 수석. 건물 주변의 조명등. 검은 하늘에 박힌 별과 달. 별장을 둘러싼 산의 실루엣. 달라진 것은 하나도 없었다. 회의실 안에 있는 이들은 서로 얼굴만 멀뚱멀뚱 쳐다봤다. 오구진은 껄껄댔다.

"하하하. 뭔가 진짜 나올 줄 알았는데. 하다못해 바퀴벌레라도 말이야."

김철규의 어깨를 툭툭 치면서 말했다.

"김 회장, 저놈이 왜 이런 짓을 하는지 궁금했는데 이제 알 것 같소. 그냥 미친놈이네. 준비하신 이벤트 아주 재밌게 즐겼어요. 웬만한 코미디보다 더 웃겼소. 하하하."

회의실은 웃음소리로 흘러넘쳤다. 웃지 않는 이는 오직 두 명뿐, 김철규와 흑곰이었다.

김철규는 두건을 뒤집어쓴 채 목석처럼 앉아있는 이규석을 노려보고 있었다. 이런 모멸감은 처음이었다. 지금까지 이렇게 지독한 능멸을 당한 적은 없었다. 그래. 진짜 이벤트는 지금부터다. 이제 너를 아주 천천히, 조금씩, 잘근잘근, 죽여줄 것이다. 오구진이 자리에서 구토할 만큼 무자비하게. 김철규는 입술을 깨물었다. 흑곰은 벽에 등을 떼지 않은 채 왼손으로 출입문 문고리를 더듬거리며 찾기 시작했다.

데이비드 권의 휴대폰 화면에 신호 불가가 떴다.

'전파 재밍 시설이 설치되어 있군. 밖으로 나가서 해야겠어.'

돌아서서 출입구 쪽으로 향했다. 이상하다. 분명히 여기 문이 있었는데. 그 자리에는 콘크리트 벽만 있었다. 주변을 살피며 출입문을 찾았다.

뒤쪽에서 이상한 소음이 났다. 돌아봤다. 소리는 3미터 높이에 있는 컨트롤 박스에서 들렸다. 유리창 앞을 가리던 커튼이 위쪽으로 천천히 올라가기 시작했다. 창문 너머 검은 구두가 보였다. 해진 바짓단이 보였다. 벨트가 보였고 무채색 와이셔츠가 나타났다. 얼굴이 아래서부터 나타났다. 누군가 그곳에 서있었다. 데이비드 권의 눈동자가 커졌다.

최 선생이었다. 유령처럼 자신을 내려다보는 그는 분명히 최 선생이었다. 데이비드 권은 황급히 방금 죽인 자의 시체를 돌아봤다. 바닥에는 나무로 만든 옷걸이 하나가 넘어져 있었다. 목이 부러지고 몸통에 칼자국이 여럿 그어진 낡고 길쭉한 것이었다. 놀란 데이비드 권은 말을 잃었다.

"조인권 씨, 아니 데이비드 권. 당신은 그것도 아십니까? 전장의 공포였던 팔랑크스 대열에도 약점이 있었다는 것을."

말소리는 들렸지만, 그는 입을 벌리지 않았다. 마치 복화술을 하는 것처럼 굳게 다물었지만, 소리만큼은 또렷했다. 들리는 방향도 알 수 없었다. 벽인지, 천장인지, 바닥인지 불명확했다. 때론 귀에 대고 속삭이는 것 같기도 했다. 하지만 틀림없는 최 선생의 목소리였다. 그는 계속 말했다.

"팔랑크스의 아킬레스건은 방패가 없는 측면과 후면이었습니다. 발 빠른 적군이 활과 창으로 그곳을 공격하자 대열은 금세 무너졌지요. 천하무적이었던 마케도니아의 팔랑크스도 그렇게 역사 속으로 사라졌습니다."

"…"

"칼리코파의 이인자. 수많은 범죄를 계획하고 실행한 범죄 두뇌. 무고한 사람들에게 피눈물을 흘리게 한 자. 오직 악의 헤게모니에만 관심 있는 남자. 모범 시민의 가면을 쓰고 있는 잔인한 악마, 데이비드 권. 우리는 이미 당신의 민낯을 알고 있었습니다."

276

데이비드 권은 입술을 깨물며 최 선생을 노려봤다. 의자를 집어 들었다. 최 선생이 서있는 컨트롤 박스의 유리창을 향해 집어 던졌다. 창문에 부딪힌 의자는 그대로 튕겨 나갔다. 모니터, 키보드, 책, 스탠드, 닥치는 대로 던졌지만, 창문은 부서지지 않았다. 출입문이 있었던 벽으로 달려갔다. 시멘트벽을 더듬으며 문고리의 흔적을 찾았다.

"아무리 발버둥을 쳐도 여기서 나갈 순 없어요. 이곳은 오직 선한 자만이 출입할 수 있는 곳이니까요."

"개소리 집어치워! 당장 문 못 열어!"

"공포에 질려 죽어가는 쥐를 보며 당신은 무슨 생각을 했을까? 타인의 고통을 한 번이라도 생각해 본 적은 있을까? 아픔이란 걸 공감해 본 적은 있을까? 당신의 행위로 인해 지옥을 경험한 이들을 꿈에서라도 본 적은 있을까? 당신을 알아갈수록 경악을 금할 수가 없었어요. 그 무자비함은 귀신조차 혀를 내두를 정도였으니까."

데이비드 권의 잘생긴 얼굴이 일그러졌다.

"모든 답은 당신이 서있는 그곳에 있습니다."

아래를 내려다보았다. 발아래 바닥에는 화살 과녁이 그려져 있었다.

"현실과 환상의 경계 지대, 그렇게 궁금해하는 비시적의 세계로 당신은 이미 들어와 있습니다."

주변을 돌아봤다. 실험실을 가득 채웠던 온갖 장치는 모두 사라졌다. 넓은 지하 공간은 태곳적부터 아무것도 없었던 것처럼 비어있었다. 사방은 서서히 어둠으로 채워지기 시작했다. 최 선생의 형체 또한 희미해져 갔다. 하지만 목소리만은 메아리처럼 울려 퍼져나갔다.

"먼저 간 자들이 겪었던 세상을 당신도 곧 마주하게 될 것입니다."

데이비드 권은 고래고래 소리를 질렀다.

"이 새끼! 여기서 나가면 제일 먼저 그 아가리를 찢어버릴 것이야!"

섬뜩한 한기가 느껴졌다. 뒤를 돌아다봤다. 어둠 속에서 세 개의 노란 불빛이 나타났다. 자세히 보니 빛이 아니었다. 그것은 세 개의 노란 눈동자였다. 핏줄 선 노란 눈동자는 점점 다가왔다. 그르렁거리는 소리가 바닥을 뒤흔들었다. 매캐한 유황 냄새가 났다. 눈동자가 가까이 올 때마다 쿵쿵 소리가 났다. 데이비드 권은 칼을 손에 꽉 쥐었다.

"어떤가요? 그곳은 당신이 상상하던 세계인가요?"

어둠으로 가득 찬 지하실에는 목소리만 남았다. 세 개의 노란 눈동자가 모습을 드러냈다. 데이비드 권의 칼자루를 쥔 손이 부들부들 떨렸다.

━━━━━━━━

피 냄새가 났다. 데이비드 권은 피 웅덩이에 누워있었다. 찢어진 옆구리에서 내장들이 흘러내렸다. 온몸이 난자된 상태였고 왼쪽 팔은 이상한 각도로 꺾였다. 그 아래 반쯤 잘린 손이 붙어 덜렁거렸다.

데이비드 권은 목숨이 얼마 남지 않음을 직감했다. 어떻게든 오른팔을 움직이려고 애를 썼다. 끔찍한 고통이 몰려왔다. 양복 주머니에서 간신히 휴대전화기를 꺼냈다. 단축 번호를 눌렀다. 화면에 흑곰이라는 글자가 하얗게 떠올랐다. 신호가 아득하게 울렸다. 흑곰이 전화를 받았다.

"실, 장, 님?"

그의 목소리가 뚝뚝 끊기면서 들렸다.

"지, 지금, 어, 어디 계십, 니까?"

"거기서…"

"자, 잘 안 들립니다."

"…달아나."

279

"예?"

"…당…장."

의식이 점점 흐려졌다. 토사물을 쏟아냈다. 몸에 뚫린 여덟
개 구멍에서 몸뚱이에 담고 있던 더럽고 냄새나는 것들이 흘러
나왔다. 수화기에서는 알아듣기 힘든 말소리만 흘러나왔다.

툭, 하고 핸드폰이 손에서 떨어졌다. 데이비드 권은 숨을 멈
췄다. 벌어진 입 사이로 근육이 이완된 혓바닥이 밀려 나와 바
닥을 훑었다. 눈은 감기지 않았다. 데이비드 권은 차에 치여 죽
은 개처럼 숨을 멈췄다.

"여보세요? 여보세요? 실장님?"

날카로운 비명이 뒤쪽에서 들렸다. 흑곰은 귀에서 수화기를
떼지 않은 채 돌아봤다. 오구진의 측근 하나가 배를 움켜쥐고 비
틀거렸다. 손을 떼고 자기 복부를 바라봤다. 와이셔츠가 붉게 물
들어 갔다. 옷이 찢어진 곳에서 피가 콸콸 쏟아져 내렸다. 칼로
찌른 자는 오구진이었다. 오구진은 피 흘리는 부하를 노려봤다.

"이 귀신 새끼가 날 죽이러 여기까지 왔구나!"

오구진은 측근의 왼쪽 귀 아래쪽부터 식도까지 길게 베었다.
피가 솟구쳐 천장까지 튀어 올랐다. 남자는 목을 부여잡고 뒷걸
음질 쳤다.

"회장님! 왜 이러십니까? 얘, 칼치입니다!"

옆에 있던 다른 부하가 오구진을 잡고 말렸다. 실랑이 끝에 칼을 떨어뜨렸다. 오구진은 뒤로 물러나다 제품에 넘어졌다. 창문 옆에 세워놓은 장식대를 넘어뜨렸다. 도자기가 바닥에 떨어져 박살 났다. 오구진은 벌떡 일어나 말리던 부하를 쏘아보았다.

"네놈도 같은 편이로구나. 오냐, 그 뿔을 잘라 아가리에 처넣어 주마!"

오구진은 테이블 위의 유리잔을 집어 던졌다. 장식용 조각품, 전화기, 접시, 손에 잡히는 것을 마구 던졌다. 대형 TV가 깨졌다. 누구도 그를 말릴 수가 없었다. 김철규가 일어나 버럭 소리를 질렀다.

"오 회장! 이게 무슨 짓이야!"

북쪽 창문가에 있던 김철규의 부하가 알아듣기 힘든 소리로 고함을 질렀다. 발목 칼집에서 칼을 뽑아 가까이 있던 금촌파 조직원의 허벅지를 찔렀다.

"이년이 어디서 지랄이야!"

금촌파는 다리를 감싸 쥐었다. 동시에 허리춤에 차고 있던 비수를 뽑아 자신을 찌른 자를 향해 던졌다. 상대 왼쪽 눈에 박혔다. 비명을 지르며 쓰러졌다.

"저 새끼 죽여!"

칼리코파 행동 대장 대머리가 오구진에게 달려들어 옆구리에 칼을 꽂았다. 오구진은 컥 소리를 내며 무릎을 꿇었다. 금촌파 중간보스 매부리코가 자기 보스를 찌른 대머리의 목을 잡았다. 그의 입에 칼을 박고 가로로 길게 그었다. 혀가 반쯤 잘린 입안에서 피가 뿜어졌다.

칼리코파 모두 칼을 빼 들었다. 금촌파도 마찬가지였다. 두 조직의 난도질이 벌어졌다. 사면의 창문은 순식간에 비산한 혈흔으로 뒤덮였다. 테이블이 부서지고 의자가 뒤집혔다. 전등이 깨지고 화환이 쪼개졌다. 회의실에 있던 아름다운 장식물이 박살 났다. 칼과 파이프와 야구방망이가 충돌할 때마다 불꽃이 튀었다.

누군가 김철규의 머리카락을 잡고 바닥으로 던졌다. 김철규 가슴 위로 올라탄 자는 그의 최측근이었다. 김철규의 기름진 목을 두 손으로 졸랐다. 측근의 눈은 뒤집힌 상태였다. 입과 코에서 침과 콧물이 줄줄 흘러내렸다.

김철규는 손을 뻗어 옆에 널브러진 지팡이를 잡았다. 손잡이 뭉치로 상대의 머리통을 가격했다. 머리가 터지면서 옆으로 쓰러졌다. 김철규는 황급히 서쪽 벽으로 기어갔다. 구석 바닥에 바짝 웅크렸다.

지금 눈앞에 펼쳐진 광경을 보고도 믿을 수가 없었다. 거기엔 금촌파도 칼리코파도 없었다. 오직 공포에 질려 절절매는 살인마들뿐이었다. 어떤 자는 누군가의 목을 베고 어떤 자는 누군가의 배에 칼을 쑤셔 넣었다. 어떤 자는 명패로 다른 이의 머리통을 내려치고 있었고 어떤 자는 허공을 향해 야구방망이를 휘둘렀다. 고통에 뒹구는 이가 있었고 잘린 팔을 든 채 창문을 마구 두드리는 이도 있었다. 누구는 바닥에 무릎을 꿇고 앉아 울부짖었고 누구는 히죽거리며 제자리를 빙글빙글 돌았다.

별장에서 제일 넓고 화려했던 펜트하우스 회의실은 악인들의 피와 뼈와 살로 더럽혀졌다. 하얀 대리석 바닥과 멋진 카펫과 빛나는 벽이 검붉게 변해갔다. 피비린내가 진동했다. 구천지하의 문은 별장에서 제일 화려한 펜트하우스에서 열렸다.

툭.

휴대폰이 바닥으로 떨어졌다. 흑곰은 손에 힘이 빠져 전화기를 떨어뜨렸다. 멍하니 천장의 샹들리에만 바라봤다.

화려하고 아름다운 전등을 중심으로 천장이 천천히 움직이기 시작했다. 반시계 방향으로 회오리치며 중심 안으로 오그라들었다. 마치 구겨진 종이처럼 주름진 천장은 울렁거렸다. 아코디언처럼 찌그러졌다가 펼쳐지기를 반복하며 어떤 모양으로 변하기 시작했다. 작은 구멍이 만들어졌다. 하나, 둘, 셋… 수십 개의 구멍은 조금씩 커졌다.

그 안에 노란 눈동자가 나타났다. 눈동자들은 각자 보고 싶은 방향으로 뒤룩뒤룩 눈알을 돌렸다. 샹들리에가 반으로 쩍 갈라졌다. 삼각 톱날처럼 생긴 이빨과 여러 개의 보라색 혓바닥이 튀어나왔다. 그것들은 말미잘의 촉수처럼 요동쳤다. 벌어진 입이 흑곰에게 말했다.

"나와 갈 준비가 되었는가?"

다리가 후들거렸다. 흑곰은 넘어지지 않으려고 벽을 잡으려고 했지만, 잡히는 것이 없었다. 벽은 보이나 만져지질 않았다. 흑곰은 울먹이기 시작했다.

"저, 저는 이, 이러고 싶지 않, 않았습니다. 그저 명, 명령을 따른 것뿐인데…"

"나와 갈 준비가 되었는가?"

흑곰은 어린아이처럼 엉엉 울며 고개를 끄덕였다. 안주머니에 손을 집어넣었다. 사시미 칼을 꺼냈다. 자기 목을 좌에서 우로 길게 그었다. 피가 뿜어졌다. 그의 피가 벽으로 튀었고 바닥을 향해 흘러내렸다. 거대한 덩치는 썩은 나무처럼 넘어졌다.

김철규는 방문으로 기어갔다. 손잡이를 잡아당겼다. 문이 열리지 않았다. 더 세게 힘을 줬지만, 꿈쩍도 하지 않았다. 다시 보니 잡은 것은 문고리가 아니라 벽에 붙어있던 스위치였다. 출입문을 찾아 달려갔다. 손잡이를 잡았다. 하지만 잡자마자 두부처럼 뭉그러지더니 손가락 사이로 뚝뚝 떨어졌다. 문이 바스러져 무너져 내렸다. 사라진 문 뒤에 벽돌로 막힌 또 다른 벽이 나왔다. 김철규는 주변을 돌아보았다. 사면의 창문은 모두 사라지고 붉은 벽돌 벽으로 변했다. 출구 없는 공간 속에서 김철규는 망연자실했다.

회의실 바닥에 두건을 쓴 채 앉아있는 이규석에게 달려갔다.

"이 개새끼, 너 무슨 짓을 한 거야?"

거칠게 두건을 벗겼다. 김철규는 비명을 지르며 뒤로 자빠졌다. 얼굴에는 눈과 코가 없었다. 매끈한 쌀알처럼 생긴 타원형 얼굴에는 오직 입만 있었다. 입이 귀까지 좌우로 길게 벌어지며 웃기 시작했다. 깔깔거릴 때마다 대가리가 이리저리 흔들렸다.

누군가 김철규의 뒤통수를 야구방망이로 내려쳤다. 김철규는 그대로 쓰러졌다. 무자비한 몽둥이질이 쏟아졌다. 얼굴은 형체를 알아볼 수 없는 다진 고기처럼 변해갔다.

회의실 안은 어느덧 아무 일도 없었던 양 잠잠해졌다. 이규석은 머리에 쓴 검은 두건을 천천히 벗었다.

모여있던 이들은 하나같이 끔찍한 모양으로 쓰러져 있었다.

시체는 산을 만들었고 피는 강을 이루었다. 살아남은 자는 여기 아무도 없었다. 출입문 쪽에 쓰러져 있는 김철규를 발견했다. 머리통이 뭉개져 옷차림으로 알아보았다. 오구진은 북쪽 창문 아래 웅크린 채 죽어있었다. 척추가 허리 부근에서 스프링처럼 밖으로 튀어나와 있었다.

이규석은 자리에서 일어났다. 뒤늦은 고통이 밀려왔다. 입술을 깨물었다. 한 손에 검은 두건을 움켜줬다. 절뚝거리며 김철규 자화상 앞으로 갔다. 그림을 떼어냈다. 안쪽에 비밀 금고가 나타났다. 손잡이를 잡아당겼다. 안에 들어있는 서류를 꺼내 품에 집어넣었다. 출입문으로 갔다. 문을 열고 나갔다. 벽을 짚으며 회전 계단을 따라 힘들게 내려갔다. 건물 밖으로 나왔다. 사람 그림자 하나 없는 정원은 황량하기 그지없었다.

이규석은 허리를 굽히고 구역질했다. 피눈물이 아래로 뚝뚝 떨어졌다. 소매로 입가를 닦았다. 좀비처럼 비틀거리며 정원을 가로질렀다. 건물의 불빛이 닿지 않는 곳으로 향했다. 그의 실루엣은 어둠 속으로 스며들듯 사라졌다. 묵가 최후의 거자 모습은 이제 어디에서도 찾아볼 수 없었다.

선한
자

그로부터 연락이 온 것은 날이 끄물거리던 오후였다. 이기우
는 모니터에서 눈을 떼지 못한 채 전화를 받았다.

"이기우 기자님이십니까?"

"예. 맞습니다."

"〈보이지 않는 정의를 찾아서〉 연재 잘 읽고 있는 애독자입
니다. 다름이 아니라 검은 옷에 관해 제보할 것이 있어 연락했
습니다."

적당히 둘러대고 얼른 전화를 끊으려 했다. 얼마 전 터진 대
형 사건, 김철규 별장에서 벌어진 양대 조직 간 집단 살인 사건
으로 눈코 뜰 사이 없이 바빴기 때문이다.

"담당 기자가 지금 외근 중이라서요. 그쪽으로 연락해 보시 겠어요? 전화번호가…"

"아니요. 이기우 기자님이 아니면 안 됩니다."

목소리에 고집스러움이 담겼다.

"어떤 내용인데 그러시는지요?"

"별장 사건의 실체에 관한 것입니다."

"…"

"비시적에 관한 비밀이기도 하고요."

그동안 내보낸 르포 기사 어디에도 비시적이라는 단어를 쓴 적이 없었다. 비시적의 존재를 알고 있는 제보자의 정체가 궁금 해졌다.

늦은 오후, 회사 건물 1층 카페에서 그를 만났다. 밖에는 비 가 내리기 시작했다. 성성한 백발의 노인은 자신을 최헌이라 했 다. 건네받은 명함에는 마인드앤테크 연구소 소장이라 적혀있 었지만 무엇을 하는 곳인지는 알 수 없었다. 그래도 떠도는 소 문을 짜깁기해 제 것인 양 떠벌리는 사람으로는 보이지 않았다. 그는 그동안 나간 연재 기사를 빠짐없이 읽었다고 했다. 놀랍게 도 고뿔 감투가 기사의 소스였다는 것과 데이비드 권이 비시적 의 비밀을 조사하고 다녔다는 것도 알고 있었다.

"그런 것을 어떻게 알고 계시죠?"

그는 조용히 말했다.

"제가 검은 옷 중 한 명이니까요."

"…그 말씀을 어떻게 믿지요?"

"제 이야기를 다 듣고 나면 그럴 수밖에는 없을 겁니다."

직설적인 대답이 오히려 궁금증을 키웠다.

"제보료 같은 것은 필요 없습니다. 대신 한 가지 부탁만 들어 주시면 됩니다."

"말씀하십시오."

"별장 살인 사건이 일어난 날, 그곳에서 거자가 실종되었습니다."

검은 옷의 수장이 그날 그곳에 있었다? 예상 못 한 일이었다.

"부디 사라진 거자를 찾아 주십시오."

"잘 이해되지 않는군요. 그런 부탁을 왜 제게 하는지."

"경찰의 도움을 구할 수 없는 이유는 이미 알고 계시잖습니까. 그리고 거자를 찾는 일은 이기우 기자님이 하실 수밖에 없을 테고."

"예?"

"이야기가 끝날 때쯤 알게 되실 겁니다."

남자의 저의가 무엇인지 감을 잡지 못했다.

"기자님이 지금 당장 궁금한 것은 하나뿐이겠지요. 검은 옷이 왜, 어떻게 조직원들을 처단했느냐 하는 것. 그리고 칼리코파와는 무슨 관계인지. 어떻습니까? 사건 전말을 알려드리면 제 부탁을 들어주는 걸로 하는 것이."

거래는 이루어졌다. 최 선생의 이야기는 그렇게 시작됐다.

TI(Targeted Individuals). 일명 마인드 컨트롤 전파 무기 피해자. 전 세계적으로 수천만 명이라 추정되는 TI는 일상에서 다양한 형태의 고통을 겪는다.

온종일 자신에게 명령하는 목소리를 듣는다, 타인의 생각을 의도치 않게 듣고 본다, 수시로 지독한 이명 현상이 나타난다, 알지도 못하는 다른 이들이 같은 말을 반복하는 듯한 현상을 경험한다, 사물이 실제와 다르게 보인다, 구토, 두통, 흉통, 호흡곤란을 겪는다, 자신의 의지와 상관없이 신체가 멋대로 움직인다 등이 대표적이다. 혼자 있을 때 했던 행동을 누군가 인터넷 게시글에 올린다, 우연히 스치고 간 일면부지의 사람이 속으로만 생각했던 말을 똑같이 따라 한다고도 주장한다. TI는 이러한 현상을 '조직 스토킹'이라 부른다.

TI는 고통의 발생 원인을 고집적 전파 에너지를 방출하는 DEW(Directed Energy Weapon, 지향성 에너지 무기)에서 찾는다. 그것은 전자기파 또는 입자 빔을 한곳에 집중시켜 고출력으로 조사해 표적을 무력화시킬 수 있는 첨단 기능으로 미국 TMDS(Theater Missile Defense System, 전역 미사일 방어 체계)의 핵심 기술이기도 하다. 영국, 독일, 프랑스, 미국, 일본 등 각국의 전파무기 피해자는 8월 29일을 '세계 TI의 날'로 정하고 매년 시위를 겸한 행사를 벌인다.

물론 의사나 뇌공학 전문가는 TI들의 주장을 믿지 않는다. TI는 치료가 필요한 정신병자일 뿐이다, 외계인에게 세뇌에 당했다고 주장하는 사람처럼 조현병이나 망상장애의 전형이다, 고통의 원인을 타인에게 전가하는 심리적 방어기제인 투사(Projection)의 일종이다, 증거자료라며 내세운 원격 마인드 해킹 기술이나 그것을 개발했다는 미국 NSA, CIA, 나사 전문가는 하나같이 가공인물이거나 과장된 것이라 설명한다.

하지만 DEW는 실제로 존재했고 역사 또한 매우 길다. 구소련 체르노빌 미사일 레이더 기지에서 비밀리에 주민을 대상으로 자행했던 전파 실험부터 미국의 MK 울트라 프로젝트까지, 여러 실험을 통해 차세대 무기로서의 능력을 보여줬다.

DEW 핵심 연구 개발 인력 중 한 명이 바로 최 선생이었다.

그는 전파 공학 분야의 세계적인 전문가였다. 대학에서 학생을 가르치다가 미국 국가 기관 연구소에서 연구원으로 일했고 1990년 초부터 군사 목적의 특수 무기 개발에 참여했다. 하지만 프로젝트는 고에너지 축적 기술, 정교한 포커싱 등의 기술적 난관에 부딪혔다. 거기에 냉전 시대의 종말로 인해 국방비 예산 삭감 같은 정치적 문제까지 겹쳐 결국 흐지부지 끝나버렸다.

최 선생은 퇴직 후 실리콘밸리에서 의료부품 회사를 차렸다. 처음에는 고생을 좀 했지만, 대기업의 핵심 협력 업체로 커가며 부와 명성을 모두 잡게 되었다. 학자로서, 엔지니어로서, 사업가로서 그의 삶은 꽤 성공적이었다. 그사이 결혼도 하고 아이도 낳았다. 불행은 그저 먼 나라의 이야기였다. 하지만 지옥문은 아주 가까이에서 열렸다.

월마트 주차장에 차를 세우던 중이었다. 정체불명의 흑인이 다가와 차 창문에 대고 총을 쐈다. 그 자리에서 아내와 아이를 잃었다. 그는 지갑과 차에 놓아둔 푼돈까지 모조리 가지고 달아났다. 최 선생도 중상을 입었지만, 목숨은 건졌다.

범인은 자기 집에서 약물 중독으로 사망한 채 발견되었다. 그가 전문적인 암살자였다는 것이 나중에 밝혀졌지만, 경찰은 단순 강도 사건으로 처리했다. DEW 프로젝트에 참여했던 연구원이 모두 불의의 사고로 죽었다는 것을 알게 된 것은 사건이 오래 지난 후였다.

　최 선생은 평생 이룬 것을 미국에 놓고 한국으로 들어왔다. 행복이란 단어는 그의 삶에 더는 존재하지 않았다. 알코올 중독자가 되어 폐인으로 지냈다.

　그러던 어느 날 노랑붓꽃 언덕에서 이규석이라는 젊은이를 만났다. 중국, 일본, 인도 등에서 철학을 공부했고 지금은 어느 시골에서 서점을 운영하고 있다 했다. 그는 물려받은 유산이 많은 젊은 자산가였다. 그에게서 상류층의 오만함이나 무모함은 찾아볼 수 없었다. 자신보다 한참 어렸지만, 최 선생은 그의 인품에 매료되었다. 그의 사유에서 삶의 방향을 보았고 살아갈 이유를 찾았다. 이규석이 수천 년 전 묵가 집단의 유일한 계승자라는 사실도 알게 되었다. 그는 묵자 정신을 이 시대에 부활시키고 싶어 했다. 최 선생은 그의 뜻을 따르기로 했고 남은 생을 함께하기로 맹세했다. 검은 옷의 수족자로의 두 번째 삶은 그렇게 시작되었다.

　이규석은 DEW의 완성을 갈망했다. 이를 통해 묵가의 귀명론을 천명하고자 했다. 최 선생의 연구실은 서점 지하실에 마련했다. 지상에서 깊이 들어가고 공간 또한 넓어 비밀 연구 개발 장소로 안성맞춤이었다.

지하에서 발생한 강한 전자파를 외부에서 알아차리지 못하도록 견고한 전파 차폐벽도 설치했다. 필요한 장비는 최 선생이 구했고 비용 대부분은 이규석이 마련했다. 최 선생의 오랜 친구인 오수철 박사도 이규석의 뜻에 공감하고 연구에 참여했다. 뇌과학 분야 전문가인 오수철 박사는 '마그리트의 껍질'이라는 비밀스러운 프로젝트 때문에 국내에 머물고 있었다.

오수철 박사와 최 선생은 여러 동물 시험을 통해 뇌가 강한 전파 신호에 어떻게 반응하는지 그 메커니즘을 찾아냈다. 특정 주파수로 뇌의 특정 부분에 일정 시간 빔을 쏘면 대상은 환각을 일으켰고 광원 조사를 멈추면 얼마 후 다시 정상으로 돌아왔다. 핵심 원리는 편도체와 복내측 시상하부의 인위적인 자극에 있었다. 이러한 방법은 대상에게 공포를 일으키고 두려움은 곧 폭력으로 이어졌다.

전파 생리 반응 특성은 묵가의 최종 목표에 더할 나위 없이 적합했다. 하지만 현실적인 걸림돌은 많았다. DEW 장치의 큰 덩치도 그중 하나였다. 뇌 영상 관련 장비만으로도 웬만한 사무실 하나를 다 차지할 정도로 컸기 때문이다. 다른 기술적 문제도 있었다. 뇌의 정보전달 체계를 혼란시킬 만큼의 강하고 일정한 전파의 발생. 그것을 동작시킬 수 있을 만큼의 안정적이면서도 높은 에너지. 정확한 지점에 집중시킬 수 있는 고밀도 지향성 송신 능력… 해결할 것들은 끝도 없었다.

귀명의 완성으로 가는 길은 언제 끝날지 모르는 신대륙을 향한 항해와 비슷했다. 개발과 실패를 반복했다. 하지만 희망은 조금씩 보이기 시작했다.

프로토타입 DEW는 2년 전에 완성됐다. 뇌를 제어하는 수준까지는 어려웠지만, 정확하게 조사하고 예측할 수 있는 반응을 수치화하는 것까지는 성공했다. 동물 실험 결과는 인상적이었다. 실험용 개는 전파를 받고 난 후 이상 반응을 보였다. 없는 먹이를 보고 먹는 행동을 하고 보이지 않는 것을 응시하거나 들리지 않는 소리에 꼬리를 흔들었다. 전파에 노출된 쥐는 포식자 앞에서도 두려워하지 않는 반응, 즉, 전두엽을 제거한 후 고양이를 두려워하지 않는 것과 비슷한 행동을 보였다.

더 많은 시험을 거쳤다. 데이터는 차곡차곡 쌓여갔다. 어떤 세기와 어떤 대역폭으로 특정 위치에 정해진 시간 동안 조사하면 어떤 혼란을 일으키는지, 소위 브레인 리딩(Brain Reading)과 라이팅(Writing) 기술이 축적되었다.

실험의 마지막 단계, 인간에 대한 테스트는 묵가인 스스로가 대상이 되었다. 위험할 수도 있지만, 일반인을 잡아다 실험할 수는 없는 노릇이었다. 구오성이 제일 먼저 손을 들었다. 혹시 모를 사태를 방지하기 위해 매트에 몸을 속박시키고 재갈을 물렸다. 가장 낮은 에너지로 조사하면서 서서히 강도를 올렸다. 반응은 뚜렷했다. 구오성은 환각 속에서 몸부림을 쳤다. 하지만 실험 종료 후 10여 분쯤 지나자, 정상으로 돌아왔다.

여러 실험으로 몇 가지 결론에 도달했다. 환시, 환청, 환후, 환촉 현상은 각자 다르게 나타났다. DEW에 민감하게 영향을 받는 부류가 있음도 알게 되었다. 자기 통제력을 담당하는 전전두엽피질이 상대적으로 얇거나 시상하부와 뇌하수체 간의 전도성, 안와피질, 편도체, 뇌섬엽 문제가 있는 자가 그러했다. 대개 자기 절제력이 떨어지거나 폭력적 성향이 높은 사람이었다. 그래서 강력 범죄자가 더 뚜렷하고 빠른 반응을 보였다.

반대 상황에 대해서도 알아냈다. 같은 에너지로 광선을 조사해도 선한 성품의 사람은 환각의 영향을 덜 받았다. 이규석이 가설을 몸으로 입증했다. 구토를 일으키는 등의 신체 부작용을 제외하고는 어떤 환각도 체험하지 못했다. 게다가 정상으로 회복되는 데까지 걸리는 시간도 짧았다.

딥러닝 기술을 활용해 시뮬레이션을 반복했다. 날이 갈수록 성능은 개선되었다. 밤낮없이 매진한 끝에 드디어 최초의 완성 버전이 개발되었다. 높은 조사력, 정확한 타기팅 능력, 낮은 전력에도 안정적으로 동작하는 휴대용 DEW가 바로 그것이었다.

이규석은 이 장치를 귀수(鬼手)라 명했다.

집행 절차는 옛 방식, 고령의 의식을 그대로 따랐다. 범죄자에게 죄를 회개할 기회를 주고, 거부하면 제거했다. 범죄자 정보는 범죄 피해자 가족 모임인 노랑붓꽃 언덕에서 얻었다. 최초의 대상은 특수강간 7범인 자였다. 구오성이 대상의 주의를 끄는 동안 장우영이 말보로 레드 담뱃갑으로 위장한 귀수를 놈의 머리를 향해 조사했다. 최소한 30초 이상 전파를 쏘아야만 효과가 있기에 시간 체크도 중요했다. 대상은 자신이 만들어 낸 환각에 곧 빠져들었다. 미친 듯이 날뛰다 강물로 뛰어들어 죽었다. 첫 성공이었다. 많은 범죄자가 그렇게 죽어나갔다. 칼리코파의 면도칼도 그중 하나였다.

궁극의 목적은 사실 이미 오래전에 정해졌다. 모든 범죄의 시발점, 고통과 슬픔의 축, 사회 권력층과 견고하게 연결된 악의 근원인 양대 조직, 칼리코파와 금촌파의 멸절이었다. 하지만 계획처럼 쉽지 않았다. 두 조직의 많은 조직원을 귀수로 일일이 타기팅 후 제거하는 것은 불가능했다. 게다가 조직의 보스가 잠적하거나 감옥에 갇히기라도 하면 부하들도 뿔뿔이 흩어지게 될 터, 기회는 영영 사라질 수도 있다. 고령의 의식은 조직원 모두를 대상으로 한날, 한시, 한 번에 진행해야만 했다.

최 선생과 이규석은 새로운 형태의 DEW 개발을 시작했다. 다수를 대상으로 동시에 동작할 수 있을 만큼의 높은 용량과 정확도를 가진 새로운 귀수의 이름은 영체(靈體)로 정했다. 영체를 이용한 집단 대상의 전파 공격을 귀신들의 축제로 명명했다. 예상대로 난제는 많았다. 특히 전파방해 문제가 제일 컸다. 도심 안에는 수많은 전파가 날아다니기 때문에 DEW의 정확도와 성능이 떨어지게 된다. 따라서 성공적인 축제를 위해서는 전파 간섭이 거의 없는 한적한 장소가 필요했다. 또한 건물 전체에 에너지를 오롯이 집중할 수 있게 하는 에너지 집적 장치도 문제였다. 연구는 밤낮없이 진행되었다.

죽음을 각오하고 침투한 혜자 장우영 덕에 별장의 정확한 좌표와 구조를 알아냈다. 그곳은 산으로 둘러싸였고 오직 입구 쪽으로만 길이 뚫려있는 완벽한 요새였다. 제자백가 시대에나 볼 수 있을법한 완벽한 방어를 위한 견고한 성이었다. 그때와 다른 것은 묵가의 목적이 수성이 아닌 공성이라는 점이었다. 최 선생은 소형 드론을 띄워 건물을 더 정확히 분석했다.

수집된 정보를 바탕으로 최종 타기팅 위치를 펜트하우스 회의실로 결정했다. 전파 경로에 어떤 인공 방해물도 없다는 점과 회의실 창문이 스마트 윈도로 만들어졌다는 점 때문이다. 이 특수한 창문은 단방향 투과성을 가져서 경찰서 취조실 거울처럼 어두운 쪽에서는 밝은 안이 보이고 밝은 쪽에서는 반대편이 보이지 않는다. 유리와 결합한 마이크로 판에 전류를 흘려보내 빛 투과도를 조절하는 원리다. 그래서 전류가 흐르고 있는 동안 전파는 창문을 통과하지 못하고 전류가 차단되는 순간 동시에 통과되는 성질을 보인다. 저수지 댐 문을 일시에 개방하면 고여있던 물이 한꺼번에 쏟아져 나가는 것과 비슷하다고 볼 수 있다. 김철규의 별장에 이런 장소가 있다는 것은 천우신조라 말할 수밖에는 없었다.

별장 주변에 영체 설치 위치를 물색했다. 공사 기간, 비용 등의 문제로 북쪽 산 중턱에만 설치하려 했지만 그러기에는 전파의 강도가 너무 약했다. 결국 별장을 둘러싼 두 군데 산봉우리에서 동시에 빔을 조사하는 분산형 포커싱 방식을 택했다. 컴퓨터 시뮬레이션으로는 자연적인 전파 손실을 고려해도 70여 명에게 적용 가능하다는 결과가 나왔다.

준비는 조용히 이루어졌다. 주변에 골프장을 짓고 있느라 대형 트럭이나 특수 건설 장비가 돌아다녀 다행히 의심받지 않았다. 모든 건 차근차근 진행되었다.

기술적 해결 외에 두 가지 사전 준비가 더 필요했다. 양쪽 조직 전원을 별장으로 모이게 하는 것과 이규석을 전파 에너지로부터 보호하는 것이었다.

첫 번째 문제는 의외로 쉽게 해결됐다. 김철규가 자신의 생일에 금촌파를 초대했기 때문이었다. 돌이켜 생각해 보면 그런 일이 가능했던 것은 칼리코파의 젊은 칼받이 기웅을 제거하는 작업으로부터 시작되었다고 볼 수 있다. 기웅과 금촌파 조직원 간의 우연한 충돌부터 두 조직의 단합 대회에서 벌어진 김철규의 부상 사건, 그리고 그것을 무마하기 위한 별장 초대까지. 이런 일련의 사건들은 그저 귀신이 도왔다고밖에는 할 수 없었다. 묵자가 그토록 앙망했던 절절한 하늘의 도움이 바로 이것이었을까?

두 번째 문제의 해결 방식은 차라리 도박에 가까웠다. 천자의 두건이라 명명한 머리 보호구는 전파 차폐 기능을 가진 첨단 섬유로 만들었다. 전파에 일정 시간 노출되어도 두건 속 뇌는 광 조사의 영향을 받지 않았다. 하지만 그것은 어디까지나 연구실 안 동물 실험의 결과일 뿐이었다. 실제로 엄청나게 강한 에너지를 집중적으로 오랫동안 받게 된다면 그 결과는 예측할 수 없었다. 믿는 것이라고는 이규석의 강한 정신력과 선한 심성뿐이었다.

"…그리고 거자님은 두건을 머리에 썼어요. 두건에 장착된 센서에서 준비되었다는 신호를 보내왔지요. 두 군데의 영체에서는 별장 꼭대기 층을 향해 동시에 전파를 쏘아 보냈습니다. 귀신들의 축제는 그렇게 시작됐습니다. 이제 우리가 할 수 있는 것은 그저 하늘의 뜻에 맡기는 것뿐이었소."

이기우는 놀라움에 말을 잇지 못했다. 노인은 자신의 이야기를 입증할 어떤 증거도 제시하지 않았다. 하지만 집단 학살의 원인을 설명하기에 이보다 더 적절한 설명을 찾기는 어려울 것 같았다. 경찰에서는 두 조직 간 이권 다툼에 의한 집단 패싸움으로 이미 잠정 결론을 내린 상태였다. 이기우는 문득 연상되는 것이 있었다.

"아바나 증후군(Havana Syndrome)**도 당신들과 관계가 있습니까?"

"그럴 수도, 아닐 수도 있겠지요."

최 선생은 애매하게 답했다.

** 2016년 쿠바 미국 대사관에서 근무하던 직원 일부가 두통, 어지럼증, 기억력 상실 같은 증상을 겪은 데서 나온 용어. 2020년 미 국립과학공학의학원(NASEM)의 보고서에서 극초단파를 포함한 고주파 에너지 공격인 것으로 추정함.

"묵가인은 어디에나 있으니까요. 당신이 태어나기 전부터."

"데이비드 권의 시체는 별장 어디에서도 발견되지 않았습니다. 그는 지금 어디 있습니까?"

"그도 칼리코파와 함께 지옥으로 떨어졌습니다. 저는 데이비드 권을 서점 지하 시험실로 데려와 묵가의 서약을 하게 했습니다. 자기 능력을 과신하고 우리 머리 위에 있다는 자만감 탓에 조심성 많던 그도 방심했던 거지요. 순순히 선원의 예를 취했어요. 하지만 그가 서있던 자리는 실험용 DEW의 전파가 조사되는 위치였습니다. 동물 시험을 할 때 주로 사용했던 곳이죠. 천장에 설치된, 샹들리에처럼 생긴 DEW의 전파에 장시간 노출된 그는 결국 자신이 만들어 낸 공포 속에서 비참하게 최후를 맞았습니다."

"별장에는 수많은 감시카메라가 있어요. 그건 어떻게 피할 수 있었나요?"

"모든 전자 장비는 영체의 강력한 전파 앞에서는 무용지물입니다. 순식간에 고장 나버리니까요."

이기우는 귀수의 안전성이 궁금했다.

"혹시 보통 사람에게도 시험해 본 적이 있나요?"

최 선생은 고개를 끄덕였다.

"불행히도 타깃을 오인한 우리의 실수로 그런 적이 한 번 있었지요. 하지만 그는 섬망 같은 정신적 혼란만 잠시 보였을 뿐, 얼마 지나지 않아 정상으로 돌아왔습니다."

"그래요? 다행이군요."

'귀수'는 글자 그대로 악한 자와 그렇지 않은 자를 구별할 수 있는 진짜 귀신의 손이 된 게 아닐지. 이기우는 그런 생각이 들었다. 다시 최 선생에게 물었다.

"처음으로 돌아가 묻겠습니다. 이런 이야기를 왜 제게 들려주는 건가요? 제가 경찰에 신고할 수도 있을 텐데."

최 선생은 미소를 지었다.

"아니요. 절대로 그럴 리가 없지요."

"어째서죠?"

"이 기자님은 결코 묵가의 비밀을 떠들고 다닐 사람이 아니잖아요?"

"제가 검은 옷을 옹호하는 기사를 써서인가요?"

"아니요. 당신은 보증받은 사람이니까요."

"예?"

"기요틴이라 불렸던 남자의 보증을 받은 사람. 그렇지 않습니까? 이기우 씨."

등골이 오싹해졌다. 이기우는 아주 오래전에 〈정의는 강물처럼〉이라는 작은 인터넷 신문사에서 일을 한 적이 있었다. 그때

맺은 이기우와 기요틴 사이의 비밀은 세상 아무도 모른다. 이 남자의 진짜 정체는 과연 무엇인가.

"…어떻게 그걸?"

"우린 오래전부터 그쪽을 찾고 있었습니다. 오랜 친구였던 기요틴으로부터 당신 이야기를 전해 들은 후부터 쭉."

한때 세상을 떠들썩하게 했던 연쇄살인범 기요틴 사건이 어제 일처럼 되살아났다. 최 선생은 깊은 한숨을 쉬었다. 깊은 주름살마다 근심이 가득했다.

"천자의 두건에 문제가 생겨 머리가 상한 것인지, 아니면 살아남은 조직원에게 해를 입은 것인지. 거자의 행방은 여전히 묘연합니다."

최 선생의 목소리가 떨려왔다. 그의 눈가에 눈물이 고였다.

"이 기자님, 제발 도와주세요. 거자님이 안 계시면 우리의 명운은 여기서 끝입니다. 묵자 정신도 사라집니다. 믿을 수 있는 사람은 이제 기자님밖에는 없어요."

이기우는 고개를 돌려 창밖의 하늘을 바라보았다. 부슬거리던 비는 어느새 그쳤다. 하지만 여전히 회색 구름이 가득했다. 까치 한 마리가 창가에 앉아있다가 날아갔다. 저 까치가 묵가 최후의 거자가 있는 곳을 알려주면 좋으련만. 나는 또다시 한배

를 탄 것일까. 그때처럼 어쩔 수 없이 말이다. 기요틴과의 조우
가 낡은 영화 필름처럼 흘러갔다. 구름을 뚫고 한 줄기 빛이 내
려왔다. 사물은 저물녘에야 또렷하게 제 모습을 드러냈다.

제 2 부

그 길고양이가 동네에 나타난 것은 한 달 전쯤이었다. 애완동물 가게 주인 말로는 러시안 블루인 것 같다고 했다. 주민 한 명이 구청에 신고했다. 밤마다 시끄럽게 울고 쓰레기통을 뒤진다는 이유였다. 어린아이를 할퀴었다는 소문도 돌았다. 119 대원들이 잡으려 했지만, 번번이 놓치기만 했다. 결국, 사람들은 놈을 동네에 사는 수많은 사소한 생명체 중 하나로 인정할 수밖에는 없었다. 그러는 사이 녀석은 푸르미라는 이름까지 가지게 되었다.

내가 푸르미를 직접 본 것은 그날이 처음이었다. 초록색 눈동자의 고양이였다. 미끈한 몸뚱이는 달빛에 반사되어 이름처럼

309

파르스름하게 보였다. 놈은 계단 위에 웅크리고 앉아있었다. 날 뚫어지게 바라봤다. 나도 같이 쳐다봤다. 눈싸움하듯 한동안 그렇게 서로를 노려봤다.

이상한 점을 하나 발견했다. 목에 채워진 빛나는 물체. 길게 연결된 그것은 바닥까지 닿아있었다. 자세히 살펴보았다. 가죽이나 천 재질이 아니었다. 덩치 큰 투견에게나 어울릴 법한 굵은 고리로 이어진 쇠사슬 목줄이었다. 얼핏 보기에도 무거워 보였다. 이런 종류의 목줄을 한 길고양이는 처음 보았다. 쇳덩어리를 차고 어떻게 이 도시에서 살아남았을까. 난 놈의 사슬을 풀어주고 싶었다.

조심조심 푸르미에게 다가갔다. 고양이는 내 움직임을 1초도 놓치지 않고 바라봤다. 마치 범인의 모습을 어둠 속에서 몰래 촬영하는 감시카메라 같았다. 2미터쯤 남겨 놨을 때 놈은 벌떡 일어났다. 곧이어 단지와 단지를 구분 짓는 나무담장 너머로 쏜살같이 달아났다. 쇠사슬이 보도블록을 쓸고 갔다. 추르르, 추르르, 추르르. 고양이가 사라진 어둠 속에 금속성 마찰음만이 낮고 깊게 남았다.

편의점에 들러 라면과 술안주를 샀다. 공동현관 게시판에 새로운 소식이 있나 살펴봤다. 편지함 안에 봉투 하나가 들어있었다. 노란색이다. 손을 넣어 꺼내려 했지만, 속이 깊어 손끝이 닿지 않았다. 안을 자세히 들여다봤다. 학원 광고지, 치킨집 전단, 영수증 고지서 사이에서 봉투는 몸을 잔뜩 웅크린 채 엎드려 있다.

『이기우 기자님께.

연쇄 살인 사건에 관해 말씀드릴 것이 있습니다.
아래 적힌 카페로 혼자 오시기를 바랍니다.
일방적으로 인터뷰를 요청한 점, 부디 양해 바랍니다.

PS. 카페 안에서 만난 첫 번째 사람의 모든 질문에 오직 '아니요'라고만 답해주십시오. 이상하게 들리겠지만 저를 만나기 위한 부득이한 절차라 생각해 주시길 바랍니다.

기요틴 드림』

편지는 직접 손으로 썼다. 꽤 훌륭한 글씨체다. 마치 프린터로 인쇄한 것처럼 깔끔했다. 봉투 안에 다른 내용물이 없는지 흔들어 확인했다. 은은한 꽃향기가 났다.

난 거실 소파에 몸을 깊숙이 파묻고 앉아 다시 한번 편지를 읽었다. 겨우 여덟 줄. 약속 시각과 장소를 적은 문장을 합쳐도 열 줄이 전부다. 내용은 일간 신문 경제면의 증시 현황 칼럼처럼 무미건조했다. 약속 장소는 〈아름다운 오후〉라는 이름의 카페였다. 인터넷으로 검색했다. 홈페이지나 블로그도 없었다. 지도를 확인했다. 카페는 양평 방향 국도를 따라가다가 구암리 방면으로 꺾어지는 길가 산 중턱에 자리 잡고 있었다. 추신에 적힌 '모든 질문에 No라고 답하라'라는 문장을 한 번 더 읽어봤다. 이기우는 피식 웃음을 흘렸다.

관심 병자. 편지를 읽고 제일 먼저 머릿속에 떠오른 단어였다. 한편으론 궁금하기도 했다. 스스로 기요틴이라 주장하는 자가 나와 인터뷰를 원하는 이유는 무엇일까? 편지 쓴 사람의 두개골을 가르고 속을 들여다보고 싶은 마음이 들었다.

쿨럭. 추르르. 생각의 실타래가 퉁퉁 불어 터진 국수 가락처럼 툭툭 끊겼다. 쿨럭. 추르르. 위층의 소음이 또 시작됐다. 벽을 긁는 소리 같기도 하고 가구를 옮길 때 바닥을 긁는 소리 같기도 하다. 쿨럭. 추르르. 어쩌면 화장실 내벽을 타고 흘러내리는 물소리일지도 모른다. 소음은 내 청각 세포들을 잔인하게 쥐어짰다.

타인의 고통 따위는 아랑곳없어 보이는 얇은 입술과 가느다란 눈매. 어젯밤 엘리베이터에서 우연히 마주친 윗집 남자의 얼굴이 떠올랐다. 방구석에 세워둔 대걸레 밀대 봉을 집어 들고 천장을 세차게 쳤다. 천장을 노려보았다.

───〜〜〜───

　신문사로 출근하자마자 사장에게 편지를 보여주었다. 헝클어진 머리와 덥수룩한 수염으로 보아 어제도 기요틴 관련 자료를 찾아 밤새워 헤맸던 것 같다. 곁눈질로 쓱 훑어본 후 그는 편지를 신문과 잡지가 가득 쌓인 책상 위로 아무렇게나 던졌다. 마지막 남은 담배 한 개비를 꺼내 입에 물었다. 빈 담뱃갑을 공처럼 뭉쳐 구석에 있는 쓰레기통으로 농구하듯 던졌다.

　"우리가 아무리 인터넷 찌라시 언론이라고 해도 이런 허접한 장난질에 놀아나서야 되겠어?"

　하지만 사장이 다시 편지를 집어 든 것은 얼마 지나지 않아서였다. 갑자기 무슨 감이 왔는지 몇 번이나 읽었다. 편집을 도와주는 알바생들도 한 번씩 돌아가며 읽었다. 하나같이 고개를 절레절레 저었다. 사장은 누런 이빨을 드러내며 씩 웃어 보였다.

　우리 회사는 〈정의는 강물처럼〉이라는 조금은 유치한 사명의 인터넷 신문사다. 일이 바쁘면 가끔 단기 아르바이트를 쓰긴 하지만, 정직원은 사장과 나, 고작 둘뿐이다. 레드 오션 인터넷 미디어 시장에서 〈정의는 강물처럼〉이 여태 생존할 수 있던 건 사장의 뚝심 덕이다. 구멍가게 수준의 별 볼 일 없는 인터넷 언론 대표지만 그의 자존심 하나는 메이저 신문사 회장보다 더했다. 사장은 K일보에서 오랫동안 기자 생활을 했다. 형사 사건을 담당하던 그는 굶주린 하이에나가 어린 누 새끼를 쫓듯 집요하게 사건을 추적하는 것으로 유명했다. 거기에 별것 아닌 것들로도 관심거리로 포장하고 여론몰이 하는 탁월한 능력까지 지녔다.

〈정의는 강물처럼〉은 주로 강력 범죄나 미제 사건에 관한 기사를 다룬다. 그동안 어린이 유괴 사건, 강간 살인 사건 등 파장을 일으킨 강력 범죄에 대해 심층 추적 기사를 썼다. 난 그런 사건이 터질 때마다 세금이나 축내는 징역형을 내릴 것이 아니라 이에는 이, 눈에는 눈이 필요하다고 말했다. 가해자에게 범죄에 상응하는 육체적 고통, 즉 합법적인 고문과 사형제 부활을 주장했다.

상반된 반향이 동시에 일어났다. 일부는 광신도들처럼 기사에 '좋아요'를 눌러댔고 일부는 중세 시대 피의 야만성이 살아 있는 쓰레기 매체라고 비아냥댔다. 처음엔 기사의 자극성 때문인지, 제법 독자가 많았다. 광고 수입도 짭짤했고 다른 언론사나 방송국에서 기사 제공을 요청받는 등 사정이 괜찮았다. 하지만 장밋빛 시절은 오래가지 못했다. 비슷한 성향의 인터넷 미디어들이 우후죽순 생겨났기 때문이다. 게다가 지금은 기존 언론사들조차 눈을 사로잡기 위해 말초적 자극과 근거 없는 소스로 버무려진 기사를 양산하는 시대다. 구독자의 감소, 썰물처럼 빠져나가는 광고주, 사무실 임대료 연체, 미지급된 직원 월급, 바짝 말라가는 자금줄. 가뭄철 논바닥처럼 푸석거리는 현실을 우린 맨몸으로 버텼다. 〈정의는 강물처럼〉의 운영 상황은 최악이었다. 적어도 기요틴이 나타나기 전까지는 그랬다.

　사장은 오전 내내 줄담배를 뻑뻑 빨아 대며 구시렁댔다.

　"터럭 하나 남기지 않을 정도로 용의주도한 연쇄살인범이 직접 이런 특종을 준다? 이게 말이 되냐고. 게다가 만에 하나 이놈이 진짜 기요틴이라면 우리 같은 삼류에 빨대를 꽂아주겠어? 주요 신문사나 방송국에 연락하는 것이 이치에 맞지. 그리고 인터뷰 요청이 신문사가 아니라 기자 집으로 직접 오는 일도 있나. 그것도 전화나 이메일이 아닌 손 편지로. 무슨 범인이 증거를 스스로 가져다 바치고 있어. 게다가 이 마지막 문장은 뭐야.

카페 안에서 만난 첫 번째 사람의 모든 질문에 오직 '아니요'라고만 답해주십시오? 이 또라이가 뭐라는 거야?"

잠시 말이 끊겼지만, 곧 다시 이어졌다.

"…그런데 말이지, 나도 이해가 안 가는 웃기는 이야기지만, 왠지 촉이 좋아. 촉이."

그의 마음은 이미 인터뷰 장소에 가있는 듯했다.

모두 늦은 저녁을 먹으러 근처 식당으로 갔다. 소주와 곱창모둠을 시켰다. 머리를 맞대고 자칭 기요틴과의 인터뷰 준비에 관한 회의를 하느라 끼니도 놓쳤다. 사장은 편지를 보내온 놈이 설사 거짓말쟁이, 관심 병자라 하더라도 상관없다고 했다. 적어도 요즘 우리 신문사의 밥줄, 시리즈로 줄기차게 내보내고 있는 기요틴 기사에 아이디어 차원의 도움은 될 것이라 말했다.

"그냥 경찰에 신고하는 편이 낫지 않을까요?"

내 말에 사장이 쐐기를 박았다.

"그래서 네가 아직도 잔바리라는 소리를 듣는 거야, 명색이 기자란 놈이 거저 들어온 대박 정보를 발로 차버려?"

"대박인지 쪽박인지 그걸 어떻게 알아요?"

"사실관계보다 더 믿을만한 것은 오랜 경험으로 다져진 감이라고, 기자로서의 감."

"그래도 혼자 가는 것은 좀 위험하지 않을까요?"

"혼자 오라는 지시를 따르지 않는다면 말이야, 당신은 쥐도 새도 모르게 사지가 해체될걸? 그가 진짜 기요틴이라면 말이지."

난 소주만 연거푸 마셨다. 배가 전혀 고프지 않았다. 정확히 말하자면, 한 점이라도 곱창을 집어 먹는다면 어제 먹은 것부터 모조리 토해버릴 것만 같았다. 불판 위에서 화기에 오그라드는 소 내장이 마치 난도질당한 피해자의 창자처럼 보였기 때문이었다. 난 기요틴 살인 사건 현장으로 취재 간 일을 매일같이 후회했다.

───────

연쇄 살인 사건이 처음 발생한 것은 석 달 전이다. 최초 목격자는 정신병원에 입원했다. 신고받고 온 베테랑 경찰조차도 끔찍한 광경에 말을 잃었다.

피해자는 강원도 춘천 근방 강 하류에서 발견되었다. 시신은 도축된 소를 부위별로 해체한 것처럼 정교하게 잘려져 있었다. 내장은 나뭇가지에 방사형으로 펼쳐져 있어 멀리서 보면 마치 거대한 붉은 거미줄처럼 보였다. 근육과 혈관이 너덜너덜 붙어 있는 팔다리는 사방에 흩어져 있었다. 사지가 절단되고 복부가

317

텅 빈 몸통 옆구리에는 수십 개의 격자형 구멍들이 뚫려있었다. 항문은 파열됐고 식도에는 눌어붙은 납이 가득했다. 피 냄새를 맡고 모여든 동물의 발자국. 물비린내와 뒤섞인 부패한 시체 냄새. 바닥에 떨어뜨리고 밟힌 인절미처럼 무질서하게 흩어진 살과 지방 덩어리. 내장을 따라 오르내리는 벌레와 구멍마다 들락거리는 구더기 떼. 현장은 《신곡》에 나온 지옥 최하층과 흡사했다. 피해자는 15년 전 아동 강간 살인 사건의 피의자로 작년에 모범수로 석방된 50대 중반의 남자였다.

가장 충격적인 것은 시신의 머리 상태였다. 목이 잘린 머리통은 기다란 꼬챙이에 꽂혀있었고 입에는 자기 성기가 물려 있었다. 압정에 박힌 노란 포스트잇이 이마에 붙어있었는데 거기엔 "욕정의 악마에게 천사의 물레를 선사한다"라고 적혀있었다. '천사의 물레'는 살아있는 상태로 배를 가르고 내장을 꺼내어 쇠꼬챙이가 박힌 물레에 걸어 천천히 뽑아 감는 중세 시대의 처형 방식이라고 어느 역사학자가 유튜브에서 설명했다. 부검 결과, 피해자는 죽음 직전까지 고문을 받았고 산 채로 목이 잘린 것으로 밝혀졌다.

기요틴의 살인 전시는 지금까지 총 다섯 번이었다. 잔혹한 수법은 모두 비슷했다. 피해자 중 네 명은 살인, 성폭행, 유괴 및 시체유기 같은 강력 사건의 범죄자들이었지만 모두 형을 마치고 석방된 상태였다. 나머지 한 명은 살인 용의자였으나 증거 불충분으로 풀려난 자였다.

───────

　잘린 머리의 단면이 무언가 날카로운 도구에 의해 잘려져 있다는 점 때문에 사람들은 살인범을 '춘천 연쇄 살인 사건 용의자'라는 공식 호칭 대신 단두대를 의미하는 '기요틴'이라 불렀다. 경찰은 여태껏 단서 하나 잡지 못했다. 살인범은 그 흔한 CCTV에도 잡힌 적이 없었다. 어디서 살인을 저질렀고 어떻게 시신을 옮겼는지조차 오리무중이었다. 경찰은 언론의 집중포화를 맞았다. 케이블 TV에서는 1년 동안 열세 명을 살해한 나이트 스토커, 식인과 사체 강간의 변태 연쇄살인범인 밀워키 식인귀, 영화 〈양들의 침묵〉의 실제 모델인 헨리 리 루커스 같은 희대의 살인마에 대한 다큐멘터리를 방영했다. 사회 치안 문제에 관한 대국민 담화와 정신병자들에 대한 관리 감독을 강화해야 한다는 공청회도 열렸다.

　하지만 사람들의 생각은 예상 밖으로 움직였다. 인면수심 범죄자에 대한 기요틴의 무자비한 처벌 방식은 강력 범죄로 고통을 겪는 피해자 모임에서 열렬한 호응을 받았다. 인터넷에는 수십 개의 기요틴 팬클럽과 SNS 추종자들이 생겨났다. 특수부대 출신의 살인 전문가, 초인적인 능력을 갖춘 암살자, 신탁하는 예언자 등 기요틴에 관한 온갖 루머가 확대 양산되었다. 어느 시사 프로그램에서 이런 현상에 대해 전문가들이 나와 토론을 벌였다. 여기서 처음으로 살인 사건이 보도될 때마다 강력 범죄율이 한동안 감소하는 기이한 현상, 이른바 '기요틴 신드롬'이라는 신조어가 만들어졌다. 안티 기요틴 세력도 만만치 않았다. 그들은 기요틴을 정의의 사도도, 전지전능의 심판자도 아니며 그저 또 다른 형태의 사이코패스일 뿐이라 주장했다.

두 번째 살인 사건이 발생한 직후 나는 기요틴 심층 분석 기사를 실었다. 소스는 사장이 구워삶은 경찰 간부의 수사 정보, 사장이 취재해 온 소문들을 토대로 했다. 독자의 관심을 끌기 위해 일반적인 기사문이 아닌 추리 기법을 사용한 프로파일링 보고서와 페이크 다큐멘터리 방식을 적당히 섞어 작성했다.

중간중간 사람들의 시선을 사로잡을 변태적인 이야기 코드와 자극적인 삽화를 집어넣었다. 기사는 소설적 상상력을 버무려 창조했다고 보는 편이 맞을지도 모른다. 예를 들어, 연쇄살인범은 외톨이 어린 시절을 보냈고 결혼하지 않은 40대 후반 남자로 결벽증이 있어 보인다는 프로파일러의 추정만으로 불우

한 어린 시절, 기괴한 수집벽, 가학적 성적 취향 등을 비빔밥처럼 섞어 내보내는 식이었다. 난 기요틴을 어둠 속에서 홀로 정의를 실행해 나가는 고독한 영웅으로 묘사했다. 결말에는 칭송 비슷한 논지를 꼭 집어넣었다.

반응은 폭발적이었다. 온라인상에 게시되자마자 높은 조회 수를 기록했다. 심지어 어떤 지상파 방송국에서는 우리 기요틴 시리즈 기사를 인용해 보도를 내보냈다. 광고주들은 다시 돌아왔고 데스크 전화통은 불이 났다. 순전히 내 머릿속에서 창조해 낸 기요틴이 〈정의는 강물처럼〉을 다시 일으켜 세울 원동력임을 사장이 믿기 시작한 것은 그때부터였다.

소주를 세 병이나 비운 후에도 사장의 이야기는 끝날 줄 몰랐다.

"진짜든, 가짜든, 꼴통이든, 씨발 놈이든, 뭐든 그딴 건 중요하지 않아. 기요틴에 관한 뭔가 깔쌈하고 자극적인 아이디어만 얻을 수 있다면 인터뷰 가치는 있는 거야. 그래, 이번 기회에 찌라시 생산 공장이라고 우릴 개무시하던 놈들 코를 아주 납작하게 해줘야지."

사장은 남은 술을 단숨에 들이켰다.

"걱정하지 마. 놈이 진짜 기요틴이라도. 전주 떡갈비처럼 살덩어리를 다져놓은 놈들은 하나같이 극악무도한 범죄자들이잖아. 너처럼 준법정신 투철하고 천사 같은 마음씨를 가진 사람은 별일 없을 거야."

"카페 안에서 만난 첫 번째 사람의 질문에 모두 노, 이렇게 대답하라고 한 이유는 뭘까요?"

"그놈의 속내를 우리같이 평범한 사람들이 어떻게 알 수 있겠어. 혹시 스핑크스처럼 수수께끼를 내고 올바른 답을 말하지 못하면 멱을 따버리려는 것은 아닐까? 아니면 예스라고 말할 때까지 고문하려는 걸지도 모르지."

"예? 설마요."

"하하하. 자식, 쫄기는. 농담이다. 농담."

"재미없습니다. 선배."

소주 한 병을 더 주문한 후 사장은 어디론가 전화했다.

"아이고, 김 국장님. 잘 지내시죠? 별일은요, 그냥 안부 차 전화를 드린 건데. …다름이 아니라 이번에 제가 믿을만한 먹거리 하나 건진 것 같은데요. 기요틴 관련으로요. …형님도 참, 이번엔 진짜라니까요. 취재처도 확실하고요. …하하하. 후회는요, 창간 이래 지금 제일 잘나가고 있는데. …예. …예. 알겠습니다.

담에 술 한번 진하게 쏘겠습니다. 건강 조심하시고요. 네, 들어
가세요."

휴대전화를 끄자마자 내뱉었다.

"개새끼."

———

정리한 인터뷰 질문 목록을 다시 꺼내 읽었다. 소형 녹음기와
스파이 카메라도 점검했다. 입고 갈 양복과 넥타이를 옷장에서
꺼내 놨다. 안주머니 속에서 잭나이프가 만져졌다. 스위스제 접
이식이다. 가위, 손톱깎이, 줄자 같은 액세서리가 달리지 않은
단순한 모델이지만 칼날만큼은 종이도 베어버릴 만큼 예리했
다. 난 늘 그것을 품에 넣고 다녔다. 나갈 때 지니고 있지 않으
면 자신감과 집중력이 떨어졌다. 칼은 부적과 같았다. 인터뷰하
러 갈 때 잭나이프를 챙겨야 하나 말아야 하나 고민에 빠졌다.

그가 진짜 기요틴이라면 이런 칼 정도는 어린애 장난감에 불
과하겠지. 게다가 인터뷰 자리에 흉기를 품고 왔다는 사실을 알
게 된다면 그 자리에서 난도질당할지도 모른다. 나는 잭나이프
를 다시 꺼내 서랍에 집어넣었다.

쿨럭. 추르르. 쿨럭. 추르르. 쿨럭. 추르르.

조금씩 잠이 들려고 할 즈음, 눈이 확 떠졌다. 시계는 새벽 두 시를 가리켰다. 소음은 위층에서부터 내려왔다. 고막을 긁어대는 소리는 벽을 타고 집 안 전체에 퍼졌다. 때론 규칙적으로, 때론 불규칙하게 검은 정적을 흔들어 깨웠다. 소리는 거대한 짐승이 지하 미로를 걸어갈 때 나는 울림 같았다. 때론 물길을 거슬러 올라가는 뱃소리 같기도 했다. 벽의 떨림은 계속됐다. 몸을 일으켜 침대 끝에 앉았다. 대걸레 밀대 봉을 찾아 손에 쥐었다. 쾅쾅. 천정을 세차게 쳤다.

소음은 사라졌다. 마치 마법처럼 순식간에 지워졌다.

어둠 속에서 천장만 계속 바라보았다. 시계의 분침이 철커덕 소리를 내며 1분이 더 지났음을 알려주었다.

차를 몰고 양평 방향 88번 국도를 타고 갔다. 운전하는 내내 한 가지 생각만 났다. 인터뷰에 대한 걱정은 아니었다. 내가 처음으로 기자가 되어야겠다고 마음먹었던 시절이 계속 떠올랐다. 대학에 다닐 때만 해도 난 기자라는 직업에 전혀 관심이 없었다. 정확히는 미래에 대한 계획이 없었다고 하는 편이 옳다.

잡스러운 유흥과 여자와 술이 일상이었고 전부였다. 그마저도 지치면 빈둥대며 누워 만화책이나 읽든가, 피시방에서 시간을 보냈다. 소낙비가 한바탕 쏟아지고 난 후 뜨거운 태양 아래 천천히 말라가는 아무도 관심 두지 않는 처마 끝 물방울처럼, 난 젊은 시절을 보냈다.

군 제대 후 얼마 되지 않았을 때였다. 인생을 바꾼 한 사건을 목격했다. 동네 시장통에서 미나리, 고추, 마늘 같은 것을 파는 할머니가 덩치 큰 사내들에게 두들겨 맞고 있었다. 할머니의 얼굴은 거의 알아보지 못할 정도로 피투성이였다. 사내들은 좌판을 뒤집어엎고 치마를 걷어 올리며 폭력과 희롱의 경계를 넘나들었다. 주변 상인이나 행인들 누구도 도와주지 않았다. 눈길이라도 마주칠까 봐 딴청을 부렸고 심지어 가게 셔터를 내리는 사람도 있었다.

할머니는 피 묻은 손으로 내 바짓가랑이를 잡아당겼다.

살, 려, 줘.

뻥 뚫린 주름진 피투성이 입속에서 죽어가는 목소리가 났다. 난 당황해 다리를 잡아 뺐다. 노인의 몸은 썩은 고목처럼 앞으로 고꾸라졌다.

짧은 머리에 눈썹이 짙은 남자가 잡아먹을 듯이 나를 노려봤다. 눈빛은, 가던 길이나 가셔, 똑같은 꼴 당하지 않으려면, 이라고 말하고 있었다. 다리가 덜덜 떨렸다. 몸이 후들거렸다. 남자들의 발길질이 할머니의 굽은 등으로 쏟아졌다.

난 곧장 뒤돌아 반대쪽 골목으로 걸어갔다. 어쩌면 뛰어갔을지도 모른다. 그날 이후 제대로 잠을 못 잤다. 살려달라는 할머니의 목소리가 항상 귓가를 따라다녔다. 시장을 다시 찾은 것은 거의 한 달이 지나서였다. 할머니가 있던 자리에는 기업형 포장마차가 들어서 있었다.

할머니는 종종 꿈에 나타났다. 내 바지를 잡고 뭐라고 말하는 것 같았지만 알아들을 수가 없었다. 난 나무처럼 두 발이 땅에 박힌 채 꼼짝도 하지 못했다. 바라보는 할머니의 눈, 코, 입은 서서히 지워졌고 달걀 같은 얼굴 형태만 남았다. 그 위로 고등학교 때 돌아가신 친할머니의 얼굴이 겹쳐 나타났다. 목이 부러진 친할머니는 덜렁거리는 머리를 흔들며 나를 향해 손짓했다. 주름지고 가느다란 목은 죽은 나뭇가지처럼 비틀어져 있었다.

어느 날, 길거리 광고판에서 〈정의는 강물처럼〉의 신입 기자 채용 시험 공고를 보았다. 이름도 없는 신문사라 그런지 지원자 스펙에 대단한 걸 요구하지 않았다. 연봉도, 후생 복지도, 비전도 모두 그저 그랬다. 하지만 잠깐의 고민도 없이 지원 서류를

접수했다. 이유는 단순했다. 모집 광고가 마음에 들어서였다.

"정의로운 사회를 꿈꾸는 당신을 기다립니다."

〈정의는 강물처럼〉의 카피 문구는 내 심장을 꿰뚫는 창과 같았다.

———————

카페 위치는 찾기 쉬웠다. 산허리를 따라 지그재그로 올라가는 길가 한쪽 편에 있었다. 도로가 급격히 꺾이고 반대편은 깎아지른 낭떠러지여서 마치 건물이 절벽 끝에 간신히 얹혀있는 것처럼 보였다. 스페인식 기와로 만든 붉은 지붕, 현관 차광막으로 쓴 파란색 포치, 향나무와 미송으로 만들어진 빈티지한 외벽, 나뭇잎 모양의 창문. 카페는 고즈넉하고 아름다웠다. 동유럽 소도시에서나 볼법한 건물이었다.

주차장에는 승용차 몇 대와 12인승 스타렉스 승합차가 세워져 있었다. 카페 정원을 걸었다. 구불구불한 길을 따라 깔린 붉은 자갈이 발아래서 바스락거렸다. 잘 정돈된 잔디밭 위에 세워진 여신상이 인상적이었다. 건물 외벽을 따라 플록스, 샐비어, 스위프트 같은 정원용 꽃들이 각자의 색과 맵시를 뽐냈다.

카페 입구 앞에 섰다. 바닥부터 지붕 아랫부분까지, 벽은 온

통 넝쿨 식물로 뒤덮여 있었다. 〈아름다운 오후〉라고 쓰인 간판
이 산바람에 한가롭게 흔들거렸다. 벽면에 붙어있는 메뉴판을
봤다. 약간 의외였다. 이곳은 디저트 카페였다. 이런 외진 곳까
지 와서 조각 케이크나 쿠키를 먹는 사람들이 있을까? 강이 바
라보이는 이런 곳에는 차라리 민물횟집이나 바비큐 전문점이
더 어울릴 텐데.

안으로 들어갔다. 제일 먼저 나를 맞은 것은 고양이였다. 처
음엔 장식용 인형인 줄 알았다. 수십 마리의 고양이들은 하나같
이 꼼짝도 하지 않고 바라보다가 곁을 지나자 재빨리 계단과 기
둥을 타고 높은 곳으로 올라가 버렸다.

실내의 모든 벽면이 책으로 채워졌다. 마치 도서관에 들어온
것만 같았다. 고소한 쿠키 향과 달콤한 케이크 냄새가 오래된
종이 냄새와 섞여 몽환적인 느낌을 주었다. 한쪽 벽에는 고풍스
러운 창문이 뚫려있었고 이단으로 분리된 홀에는 나무로 만든
테이블이 정갈하게 배치돼 있었다. 바깥의 부드러운 빛이 레이
스가 달린 테이블 보 위로 내려앉았다. 천장의 샹들리에. 카페
구석에 세워놓은 아기 천사. 소형 분수대. 말을 탄 기사상. 대리
석으로 만든 매끄러운 여인의 나신. 누군가의 초상화. 먹음직스
러운 과일이 그려진 정물화. 눈길이 닿는 곳마다 이국적인 분위

기가 느껴졌다. 시골 외진 도로변에 이런 장소가 있을 것이라고 는 생각도 못 했다.

손님은 별로 없었다. 창가에 젊은 남녀 한 쌍이 조각 케이크 를 가운데 놓고 밀어를 주고받고 있었으며 홀 중앙 둥근 테이블 에는 중년 여성들이 모여 두런두런 담소 중이었다. 잔잔한 뉴에 이지 피아노 연주곡이 무심한 풍경화처럼 흘렀다.

시계를 보았다. 약속 시각까지 얼마 남지 않았다. 창문을 등 지고 앉았다. 입구가 잘 보이는 쪽이었다.

"혼자 오셨습니까?"

종업원이 다가와 말을 건넸다. 네, 라고 대답하려다 편지에 적힌 지시 사항이 떠올랐다.

"…아니요."

"그러면 일행이 있나요?"

잠시 멈칫했다. 같은 대답을 했다.

"아니요. …아마도."

이기우는 모순된 대답을 하는 자신이 바보처럼 보일까 걱정 이 되었다. 아니나 다를까 종업원은 이상한 눈으로 바라봤다. 나는 당황스러운 나머지 뒷머리를 긁적거리고 눈꺼풀을 심하게 깜빡였다. 종업원은 더 묻지 않고 메뉴판을 앞에 내려놓았다.

"주문은 나중에 하시겠습니까?"

"아니요."

"네. 그럼 어떤 걸로 하시겠어요? 라테를 시키시면 영국식 수제 쿠키도 함께 드립니다."

이기우는 어떻게 해야 하나 갈등했다. 주변을 살펴봤으나 자신과 종업원을 유심히 보는 이는 없었다. 한숨을 쉬었다. 손가락으로 테이블을 타자하듯이 반복적으로 툭툭 건드렸다. 여기까지 와서 그의 지시를 따르지 않으면 모든 게 수포가 될지도 모른다.

"아니요."

"예?"

"아니요. 아니라고요! 나중에 부를 테니 제발 이따가 좀 오세요!"

이기우는 낮고 빠르게 말했다. 종업원은 한 발짝 물러나 빤히 쳐다보았다. 그의 눈길이 이기우의 발끝부터 머리끝까지 오르내렸다. 그것은 정신장애자를 쳐다보는 혐오와 측은함의 중간쯤 되는 시선이었다.

건너편 아줌마들이 있는 테이블에서 종업원을 불렀다. 그는 그쪽으로 총총 사라졌다.

30분이 더 지났다. 그동안 아무도 카페 안으로 들어오지 않았다. 마지막 손님인 젊은 남녀는 방금 계산을 마치고 나갔다. 등이 숯처럼 검고 발이 눈처럼 하얀 고양이 한 마리만 근처를 왔다 갔다 했다. 레이저 빔이 나올 것만 같은 파란 눈이 나를 쏘아보았다.

"한심하군."

녀석과 무료한 눈싸움을 하다가 나도 모르게 혼잣말이 나왔다. 바보 같은 제보에 어울리는 더 바보 같은 반응이었다.

옆 벽면에 꽂혀있는 책들을 살펴보았다. 역사, 문화, 예술, 철학, 종교, 과학… 종류는 다양했다. 양장본 하나를 뽑았다.《혼란의 시대, 오귀스트 콩트에 관한 고찰》이라는 제목이었다. 문장 곳곳에 밑줄과 형광펜이 칠해져 있었다. 장의 여백에는 외국어로 적힌 메모도 보였다. 다른 책도 꺼내 보았다. 영어, 프랑스어, 독일어로 쓰인 책들에는 수없이 스쳐 간 눈과 손의 흔적이 남아있었다. 카페 안을 가득 메운 책들은 적어도 실내장식용 소품은 아닌 듯싶었다.

시간은 계속 흘렀다. 더 기다려야 할 이유를 찾긴 힘들었다. 차라리 다른 사건 취재나 나갈걸 하는 후회가 들었다. 노트와

카메라를 가방 속에 다시 담았다. 양복 안주머니에 소형 녹음기를 집어넣었다. 시간 낭비만 했다는 전화를 사장에게 하려고 휴대전화를 꺼냈다. 그때였다.

"이기우 기자님?"

뒤를 돌아봤다. 아까 주문받으러 왔던 그 종업원이었다. 그는 고양이처럼 발소리도 없이 다가와 나지막이 물었다.

"사장님께서 뵙자고 하십니다."

목소리는 안개 너머 들려오는 뱃고동처럼 아득했다.

주방 뒤쪽으로 따라갔다. 물건들이 잔뜩 쌓여있는 좁은 통로를 지났다. 쪽문을 열고 밖으로 나갔다. 커다란 나무가 있는 마당이 나왔다. 작은 텃밭, 비닐하우스, 닭과 오리가 있는 우리, 창고가 있는 제법 큰 장소였다. 도로 쪽은 울창한 나무들로 가로막혔고 반대쪽은 강이 흐르는 가파른 절벽이라 밖에서는 잘 보이지 않는 구조다. 아름드리나무의 풍만한 이파리들이 만들어낸 넉넉한 그늘이 내가 서있는 주변을 홑이불처럼 덮었다. 한쪽에 여러 종류의 채소가 자라고 있는 두 고랑쯤 되는 텃밭이 있었다. 그 뒤로 수십 개의 작은 항아리들이 가지런히 놓여있었다. 쪼그리고 앉아 밭일하는 남자의 뒷모습이 눈에 들어왔다.

"모셔 왔습니다."

앉아있던 남자가 일어나 돌아섰다.

"오시느라고 고생 많으셨습니다."

그의 얼굴에 미소가 환하게 번졌다.

━━━━━━━━

테이블을 사이에 두고 마주 앉았다. 남자를 찬찬히 살펴보았다.

60대 중반. 보통의 체구. 깔끔하게 정돈된 헤어스타일. 평범한 검은 뿔테 안경. 파란 수염 자국. 주름이 적당히 있는 피부. 깊은 눈과 날렵한 콧날. 유난히 작고 하얀 손. 하루에 여러 번 마주친다 해도 기억하지 못할 만큼 외모는 평범했다. 그에게선 아무것도 칠해져 있지 않은 하얀 도화지 같은 느낌이 났다.

종업원이 다과를 내왔다. 영국식 쿠키 몇 개, 체리가 올라간 노란 조각 케이크, 아방가르드풍의 나무줄기 모양이 음각으로 새겨진 찻주전자와 잔이 앞에 놓였다.

남자는 주전자 뚜껑을 열고 다즐링 잎을 넣었다. 어제 서울에 비가 많이 왔는지, 오는 길이 막히지는 않았는지, 삼거리 부근 상수도 공사는 아직도 하고 있는지, 지금 드시는 쿠키 맛은 괜찮은지, 누가 들어도 이상하지 않을 카페 주인과 손님의 소소한 대화가 오갔다.

목소리는 부드러웠다. 발음은 성우처럼 정확했다. 느리지도 빠르지도 않은 말투에서 묘한 신뢰감이 느껴졌다. 찻잔에 차를 따라주었다. 한 모금 마셨다. 은은한 차향이 비강을 따라 뒤집힌 모래시계 안의 모래처럼 스르르 퍼졌다. 그는 의자 등받이에 몸을 기댔다. 손잡이 부분에 화려한 꽃이 조각된 목제 흔들의자였다. 상체를 등받이에 맡긴 채 가볍게 앞뒤로 움직였다. 바람은 선선했다. 울창한 나뭇잎 사이를 뚫고 이따금 비추는 햇볕은 따뜻했다. 모든 것은 자연스러웠다. 하지만 내 등에는 흥분과 긴장이 만든 땀이 비 오듯 흘러내리고 있었다.

"인터뷰하기 전에 먼저 부탁드릴 말씀이 있습니다. 녹취나 사진 촬영은 자제해 주시기를 바랍니다."

남자는 정중히 부탁했다. 그의 말은 일종의 경고로 들렸다. 점잖은 말투로 위장한 서늘한 경고. 안주머니 속 만년필 녹음기와 가방 속 몰래카메라는 결국 포기할 수밖에 없다.

"준비되셨으면 시작하시죠."

내 빈 찻잔에 차를 다시 채워준 후 말했다. 두 번째 우려낸 찻잎의 향은 더 진해졌다. 난 가장 원시적이며 확실한 기자의 고전적인 무기인 노트와 펜을 꺼냈다. 펜을 쥔 손끝에 힘이 들어갔다. 첫 번째 질문을 시작했다.

"당신은 기요틴입니까?"

"그렇습니다."

"그걸 어떻게 믿지요?"

"그것은 진실이니까요."

그를 바라보았다. 눈동자는 깊고 맑았으며 초점은 흔들림이 없었다. 잠시 침묵이 흘렀다.

"만일 제 말을 못 믿겠거나, 이런 자리가 가치 없다고 생각되면 바로 떠나셔도 좋습니다. 여기까지 오시느라 든 시간은 모두 배상해 드리지요."

당당함에 주눅이 들었다. 사장이 옆에 있다면 뭐라고 말할까. 기자의 촉? 지금, 이 순간에는 그런 것이 절실하게 필요하다. 인터뷰 중 횡설수설하거나 조금이라도 사기꾼 냄새가 난다면 그때 적당히 핑계를 대고 일어나도 늦진 않을 것이다. 저자는 진짜다. 연쇄살인범 기요틴이다. 난 지금 기요틴과 마주 앉아있다. 자기 암시를 했다. 정신을 다잡았다.

"이름과 나이가 어떻게 됩니까?"

"그 질문에 대해선 노코멘트 하겠습니다. 우리 인터뷰의 본질이 아니기 때문입니다."

'우리'라는 단어와 '본질'이라는 단어 사이에 묘한 충돌이 일어났다. 트럭 한 대가 굉음을 내며 카페 앞 국도를 따라 달려갔다. 바람이 몰려왔다. 찻잔에서 피어오르던 하얀 김이 흔들리다 지워졌다. 좀 더 가벼운 질문을 던졌다.

"당신에게 붙은 기요틴이라는 별명에 대해서 어떻게 생각하십니까?"

"기요틴이라. 처음에 누가 그런 별칭을 붙였는지 모르겠지만 꽤 마음에 듭니다. 널리 알려진 것처럼 기요틴은 1793년 6월, 프랑스 공포시대를 배경으로 탄생한 역사적 산물이죠. 당시 상황은 왕정이 무너지고 외세의 침탈이 계속된, 한마디로 안팎으로 혼란스럽던 시절입니다. 불안정하게 정권을 거머쥔 혁명 정부의 야만적 결벽증을 내보이던 때이기도 하고요. 공포정치가 자행된 일 년 동안 그들은 정의로운 사회와 성숙한 시민의식 고취를 위해 왕당파와 반사회적 범죄자들을 대규모로 처형하기 시작했는데 그때 신속하고 빠른 처형 집행을 한 발명품이 바로 기요틴입니다.

사실 단두대는 우리가 잘 아는 기요틴이라는 공식 이름 외에 여러 별명이 있었습니다. 국가 면도칼, 작은 창문, 후회의 오르막, 애국적 단축기, 카페 왕조의 넥타이, 샬럿의 흔들의자 등등, 재미있는 이름들이 붙었죠. 개인적으로 샬럿의 흔들의자가 제일 마음에 듭니다만…"

예상 밖의 대답이었다. 그의 정체가 궁금해졌다. 내 표정을 읽고 연한 미소를 보였다.

"아까부터 제가 뭐 하는 사람인지 궁금하신 모양이군요. 지금은 보시다시피 이렇게 작은 카페를 운영하고 있습니다. 전에는 대학에서 학생들을 가르쳤고요. 서양 철학과 역사 과목이었죠."

기자로서의 경험상 남의 생각을 읽고 미리 답을 하는 이런 부류의 사람에게는 적극적인 질문보다는 그저 듣고 기록하는 편이 낫다는 것을 안다. 강물에 빠진 사람이 흐름을 거슬러 위험하게 빠져나오려 하지 말고 그저 몸을 내맡긴 채 완만한 하류에 도착하길 기다리는 것과 같은 이치다. 그의 설명은 계속됐다.

"기요틴에 샬럿의 흔들의자라는 별칭이 붙게 된 이유는 학자마다 조금씩 다릅니다. 기요틴을 최초로 만들었다고 알려진 프랑스 의사 조셉 기요탱의 숨겨진 정부의 이름을 땄다는 설도 있고, 공개 처형을 하나의 볼거리처럼 여기던 당시 귀부인들이 흔들의자에 앉아 뜨개질하며 죄수들의 목이 잘려나가는 것을 관람했다는 것으로부터 연유했다는 이야기도 있죠.

기요틴 희생자 중에는 유명한 사람들이 많습니다. 루이 16세와 마리 앙투아네트, 왕권을 붕괴시키고 스스로 시민 정부의 수장이 된 로베스피에르 같은 자들이 대표적이죠. 하지만 우리가 알고 있는 바와 달리 기요틴에 목이 잘린 사람들은 정치적 이유보다 당시의 보편적 사회 규범에 반해 죽은 이들이 더 많습니다. 패륜아, 살인자, 사기꾼, 동성애자들이 그들이었죠. 공포정치 기간 처형된 수는 대략 4만 명 정도로 알려져 있고요. 가장 큰 처형장은 현대 파리의 콩코르드 광장입니다.

기요틴 처형은 그 당시 가장 인기 있는 대중오락이었습니다. 집행이 있는 날이면 아침부터 많은 구경꾼이 모여들었죠. 상인들은 죄인들의 명단이 적힌 목록을 사람들에게 팔았습니다. 가장 극적으로 목이 떨어져 나가는 장면을 볼 수 있는 좋은 자리를 차지하기 위해 사람들 사이에서 싸움도 종종 일어났고요. 많은 부모는 아이들을 데리고 광장에 나왔습니다. 죄를 지면 목이 잘려나간다는 교훈을 자녀들에게 심어주기 위한, 뭐, 요즘으로 치면 일종의 현장 체험 학습 정도로 볼 수 있겠죠. 아무튼, 그런 역사적 유물의 명칭을 제게 붙여준 것은 꽤 영광스러운 일이라 생각합니다."

남자는 말하는 내내 한 번도 내 시선을 놓지 않았다. 눈빛이 병원의 MRI처럼 내 혈관과 뼈의 골수를 조용히 침습하는 것만 같았다.

이자가 정말 사흘이 멀다고 신문 머리기사로 오르내리는 기요틴인가. 아니면 책을 너무 많이 읽어 머리가 어떻게 돼버린 퇴물 교수일까. 다음 질문으로 넘어갔다.

"왜 사람들을 죽였습니까?"

"죽어 마땅한 자들이니까요."

"살해된 다섯 명 중 네 명은 모두 죗값을 치렀습니다. 물론 죄질과 비교하면 형량이 적다는 비판을 듣긴 했지만 그건 법적인 판단에 따른 별개의 문제일 뿐, 죄의 대가를 치렀다는 사실은 변함이 없습니다."

"죄의 대가라⋯"

그는 손가락으로 한쪽 눈썹을 만지작거리며 잠시 말을 멈추었다.

"그것이 누구를 위로하기 위한 대가인가요? 피해자 가족들? 판사? 아니면 뉴스를 보고 분통을 터트리는 대중인가요? 증거주의에 따른 합리적 논리, 법리에 부합하는 냉정한 판단, 이성적 고심 끝에 결정한 죄의 무게는 이 정원의 민들레 홀씨처럼 가벼울 뿐입니다. 아이의 남은 생을 뭉개버린 소아 강간 살인범에게 짧으면 10년, 아주 잘돼야 무기 징역을 내리지만, 실제론 늘그막에 모범수로 석방되어 나오는 이런 제도가 올바른 것일까요?

반인륜적, 반사회적 범죄자들은 결국 어떠한 형태로든 다시 범죄를 저지릅니다. 원래 그렇게 태어난 자들이니까요. 그들의 혈관에는 짐승의 피가 흐릅니다. 짐승은 인간의 말로 가르치지 못합니다. 타인의 생명을 빼앗는 국가의 행위는 중세의 야만적 살육과 다를 바 없다는 허울 좋은 근대의 보편적 사유 때문에 지금 이 순간도 무고한 사람들이 사라져 갑니다."

그가 쓰는 문장과 문장, 단어와 단어 사이에는 단단한 가시가 박혀있었다. 너무 날카로워 함부로 건드릴 수 없는 가시였다.

"죽은 자 중 한 명은 증거 불충분으로 풀려났습니다. 알리바이나 사건 정황상 확실히 무죄로 밝혀졌죠. 그런 그는 왜 죽었습니까?"

"죽은 자들은 하나같이 무죄가 아닙니다."

"무슨 근거로요?"

"목이 잘리기 전 자기가 저지른 범죄를 시인했으니까요."

겁박과 고문에 의한 자백은 효력이 없다는 것을 모르는 것일까. 아니면 믿고 싶지 않은 것일까. 뿔테 안경 너머 눈동자에는 확신의 불꽃이 타오르고 있었다.

"공개 처형을 통해 사회 정의가 실현될 수 있다고 믿으십니까?"

"물론 아닙니다. 이성적인 사람이라면 흉악범 몇 명을 죽인다고 '정의가 강물처럼' 흐르는 아름다운 사회가 올 것으로 생각하진 않겠죠. 기요틴 사건이 발생할 때마다 범죄율이 떨어졌다며 호들갑스러운 일부 언론에서 행동하는 정의의 현현이다,

뭐다 떠들어 대지만 그것은 정말 나이브한 생각입니다.

흉악범들이 그런 통계를 신경이나 쓸까요? 재수 없게 자기가 기요틴에게 죽임을 당할지 모르니까 그저 조심하는 마음에 범죄 실행을 뒤로 조금 미룬 것뿐이겠죠. 만일 공개 처형을 통해 정의를 바로 세울 수 있다면 18세기 프랑스 파리는 세계에서 가장 정의로운 도시가 돼야 했습니다. 역사상 가장 짧은 시간에 가장 많은 흉악범, 살인자, 사기꾼들을 단두대로 보냈으니까요."

"그렇게 믿으면서 왜 보란 듯이 살인을 계속하는 겁니까?"

———————

그는 쿠키를 한 입 베어 먹고 차를 마셨다. 입가를 손수건으로 닦으며 말했다.

"이기우 기자님. 혹시 거인 마코리테스에 대한 이야기를 들어본 적이 있나요?"

난 고개를 저었다.

"마코리테스에 대한 기사는 18세기 말 파리의 한 타블로이드판 신문에 처음으로 실렸습니다. 당시는 온갖 출판물들이 쏟아져 나오던 시절이었습니다. 왕권이 무너진 혼란한 사회를 반영하듯 여러 가지 사회적, 정치적 논제에 대한 아카데믹한 공모도 많았을 뿐만 아니라 볼테르나 루소 같은 사상가와 바레르, 로베스피에르 같은 혁명가의 주장 하나하나가 그대로 활자화되어 사람들에게 전해졌죠. 그 시절에는 문맹률이 높았기 때문에 글을 읽을 줄 아는 사람이 광장에서 큰소리로 기사를 읽어주었습니다. 지금으로 따지면 호외 속보나 뉴스 전광판쯤 된다고 볼 수 있겠죠. 기사에는 이런 글이 실렸습니다.

'거인 마코리테스는 달빛 없는 밤마다 골목길을 배회한다. 온몸이 보라색이고 피부에는 끈적거리는 체액이 흐른다. 길고 거친 백발을 한 채 한 손에는 커다란 도끼를, 다른 한 손에는 칼날과 꼬챙이가 붙은 쇠사슬을 들고 있다. 거인은 상상할 수 없는 극악한 방법으로 죄지은 자들을 처단한다. 부모를 살해한 자, 포악질을 일삼는 자, 과부를 겁탈한 자, 가축과 재물을 훔친 자, 모략과 중상으로 타인을 상하게 하는 자, 누구도 괴물의 심판을 피해 나갈 수 없다.'

대략 그런 내용입니다. 하지만 그 시절에도 끈적이는 보라색 몸에 도끼 든 괴물 이야기를 곧이곧대로 믿는 사람은 많지 않았습니다. 과학적 합리주의와 이성주의 철학, 계몽주의의 영향을 받은 사람들이 많던 시절이니까요.

우리가 주목할 것은 거인 마코리테스가 회자한 시점입니다. 처음 거인에 관한 기사가 실린 때가 1789년 7월이니까 바스티유 감옥을 습격한, 프랑스 혁명사상 중요한 단초가 된 사건과 발생 시점이 비슷합니다. 1792년 4월 혁명전쟁, 1793년 혁명 세력 급진파의 지도자 장 폴 마라의 암살 사건이나 루이 16세의 단두대 처형 같은 피바람 부는 정치적 대격변 때마다 거인에 관한 기사는 신문에 오르내렸습니다. 내용 또한 점점 구체화되어 갔고요. 거인에 의해 죽임을 당해 산산조각이 난 시신의 사진, 거인 은신처에 대한 조사 기록, 시민들의 생생한 목격담은 물론이고, 심지어 〈르 파트리오트〉 같은 공신력 있는 신문조차 마코리테스와의 인터뷰 기사를 올릴 정도였으니까요.

마코리테스는 사회적 파장이 큰 사건이 터질 때마다 어김없이 그 모습을 드러냈습니다. 여기에 재미있는 공통점이 있어요. 처음에는 마코리테스를 보라색 몸에 백발의 도끼 괴물이라 서술했지만, 시간이 지날수록 점차 인간을 닮은 모습으로 묘사하기 시작했다는 겁니다.

검은 두건을 얼굴에 쓰고 붉은 턱수염을 기른 건장한 남자. 9월 학살 사건 때부터인가 대부분 신문에서 그렇게 기록한 거로 기억합니다. 역사학자들은 '검은 두건'이라는 별명을 가진 실제 사형집행인, 샤를 앙리 상송을 그 모델로 삼았을 것으로 추정합니다. 그는 단두대를 다루었던 사형집행인 중 한 명으로 가장 오랫동안 집행 임무를 수행한 사람이었습니다. 동시에 시민 정부의 공포정치를 상징하는 인물이기도 했고요. 나중에 발견된 그의 일기에는 대략 400여 명의 목을 잘랐다는 기록이 남아있다고 하더군요."

"…요지가 뭡니까?"

"신호죠."

"예?"

"거인 마코리테스라는 메타포는 일종의 경고입니다. 정의가 무너져 가는 위태로운 사회를 향한 알람, 경고등, 경보, 최후통첩이라 할 수 있겠죠."

"마코리테스의 존재는 아무도 믿지 않지만, 누구도 부인하지 못한다. 이 말은 주르드 날 파리의 〈거인을 찾아서〉라는 특집기사 마지막 부분에 나온 말입니다.

어느 시대, 어느 장소나 사람들 사이엔 보편적 정의에 대한 믿음이 존재합니다. 하루아침에 누군가의 모함 때문에 범죄자로 몰려 광장에서 목이 잘려나갈지도 모르는 그런 사회라면 더더구나 그럴 것입니다. 살인을 저지른 자, 폭력으로 갈취하는 자, 겁탈을 업으로 삼는 자들을 잔인하게 심판하는 거인 마코리테스가 파리 지하 통로 어딘가에 살고 있을 거라는, 아니 반드시 존재해야만 한다는 거대 담론 성격의 보편적 믿음이 필요했던 것이겠지요. 죄지은 자는 반드시 천벌을 받는다. 그런 믿음 말입니다."

남자는 내 표정을 살피더니 웃으며 손을 내저었다.

"아! 오해는 마십시오. 저 스스로 현대판 마코리테스가 되길 원하는 것은 아니니까요. 그렇다고 시민을 대표한다는 핑계로 무소불위의 독재 살인마가 된 시민 정부의 로베스피에르 추종자도 아니고요."

머리 위 잎사귀들이 바람에 쓸리며 모래 알갱이 굴러가는 소리를 냈다.

"인간 DNA 속에 각인된 정의, 그 정의에 대한 믿음이 18세기 파리뿐만 아니라 지금도 여전히 유효하다는 것을, 전 그 사실을 믿을 뿐입니다. 믿음은 신념이고 신념은 행동으로 이어져야 합니다. 그러기 위해서는 누군가 끊임없이 세상을 향해 신호를 만들어 보내야 합니다. 우리 안에 잠든 거인이 깨어나길 바라면서 말이죠."

"…"

"전 부조리한 사회가 만들어 낸 평범한 경보장치 중 하나일 뿐입니다."

"…"

"수백 년이 흘렀어도 거인 마코리테스는 여전히 우리에게 필요합니다. 마코리테스는 정의가 강물처럼 흐르는 아름다운 사회를 지키는 감시자입니다. 과거부터 현재까지, 지구 반대편에서부터 우리가 사는 이곳까지, 시간과 공간은 문제가 되지 않습니다. 현대의 거인은 얕은 잠을 자고 있습니다. 우린 어떻게 거인을 잠에서 깨우는지 방법을 모를 뿐입니다. 영광스럽게도 난 거인을 깨우는 첫 번째 신호를 보낸 이가 되었습니다. 거인은 이제 막 기지개를 켜고 일어났습니다. 그리고 조금씩 밤거리를 돌아다니고 있습니다."

설명은 전설과 현실, 정의와 불의, 비이성과 이성의 경계를 넘나들었다. 난 그가 마련해 놓은 가느다란 밧줄 위에 서있는 곡예사였다. 한 치 앞도 분간할 수 없는 안개 속에서 홀로 줄을 타는 나는 방향을 알려주는 정체불명의 목소리에 의지해서 한 발 한 발 허공을 향해 내딛는 중이었다.

인터뷰는 이상한 방향으로 흘러갔다. 하지만 한 가지 사실은 확실히 알아냈다. 기요틴이라 스스로 주장하는 눈앞의 남자는 무지렁이 몰자한도 아니고 극악무도한 사이코패스도 아니었다. 그는 지식과 논리, 겸양을 갖춘 학자인 동시에 신념에 따라 행동하는 사상가였다. 옳고 그름을 떠나서 말이다.

그렇지만 그의 생각, 정확히는 연쇄살인범의 터무니없는 주장에 동조하고 싶은 생각은 없었다. 게다가 난 기사를 쓰기 위해 인터뷰를 하러 온 것이지 설득당하거나 설득하러 온 것이 아니다. 이기우는 마음을 다잡았다. 질문은 계속됐다.

"신호를 그렇게 잔인한 방법으로만 보내야 합니까?"

"일종의 충격 요법이죠. 참혹한 처형 방식의 효과는 이미 여러 시대, 여러 나라에서 입증되었습니다. 아이언 메이든, 후회의 바퀴, 유다의 요람, 이단자의 포크, 처녀의 키스, 진실의 장화, 천사의 물레. 중세 유럽, 고대 중국, 일본, 인도 제국 등지에서 널리 행했던 이런 처형 고문은 파급력이 컸습니다. 단순히 칼로 찔러 죽였다면 계몽 효과는 약했을 겁니다."

취재할 때 취재원에게 개인적인 생각을 강요해선 안 된다. 사실 자체가 왜곡될 수 있기 때문이다. 하지만 나도 모르게 해서는 안 될 말이 툭 튀어나와 버렸다.

"지금은 야만적인 살육의 시대가 아닙니다. 우린 인권의 시대에 살고 있습니다."

그는 고개를 갸우뚱했다.

"이거, 뜻밖이군요. 이기우 기자님은 저와 같은 생각을 하시는 줄 알았는데… 전 기자님의 기사를 전부 읽어봤어요. 반사회적 강력 범죄가 터질 때마다 세금이나 축내는 징역형이 아니라 고문과 사형제 부활을 주장하셨죠. 그런데 지금은 인권을 말씀하시는군요?"

난 말문이 막혔다. 그가 씩 웃으며 말했다.

"뭐, 좋습니다. 사람은 늘 생각이 바뀌는 법이니까요. 그래도 상습적인 거짓말쟁이보다는 낫겠지요."

"무슨 말씀인지?"

"카페 안에서 절 기다리시는 동안 사실 기자님을 한참 살펴봤습니다."

"경찰이라도 붙여 왔을까 봐 그랬습니까?"

"아니요. 그런 의심은 애당초 하지 않았습니다. 전 이기우 기자님을 신뢰하니까요. 하지만 인터뷰 전에 페르소나가 벗겨진, 당신의 진짜 본성을 확인하고 싶었어요."

"예?"

"아무 일도 일어나지 않는 일상에서는 무의식적으로 긴장을 푸는 법입니다. 그래서 누구나 본연의 모습이 나타나지요. 종업원의 상투적인 질문. 상황에 맞지 않는 '아니요'라는 답변. 둘 간의 어울리지 않는 대화. 그런 것에는 애초부터 어떤 의미도 없습니다. 뭔가를 트리거링 하기 위한 특별한 시그널도 아니고요. 하지만 그런 부조리한 대화 속에서 몸은 많은 것을 보여주죠.

부자연스러운 안면근육의 움직임. 눈을 오랫동안 감거나 자주 깜빡임. '조금', '물론', '아마도', '어쩌면', '가능한'과 같은 부사의 반복적 사용. 말과 어울리지 않는 손동작. 그런 신호들은 거짓말을 할 때 나타나는 보통 사람의 반응입니다. 관찰 결과 '노'라는 대답을 할 때마다 당황스러운 표정과 몸짓을 보이는 기자님은 적어도 입만 열면 거짓말을 늘어놓는 나르시시스트 부류는 아닌 것 같더군요. 다행히도."

기요틴은 말의 언어가 아닌 몸의 언어를 읽고 있었다.

"덕분에 기자님이 더욱 좋아졌습니다."

남자는 찻잔을 들고 한 모금 마셨다.

"당신이 생각하는 인권이란 무엇입니까?"

"인권이라. 참 오랜만에 들어보는군요. 젊은 시절 자유, 평등과 함께 가장 좋아했던 단어입니다. 인권은 소수의 철학자, 사상가에 의해 '발명'된 것입니다. 본디 인간이 가지고 태어난 것이 아니라는 말이죠. 인권에 관해 말하자면 아무래도 또 옛날이야기의 힘을 빌려야 될 것 같군요. 오래 걸리지는 않을 테니 조금만 참아주십시오.

국가 재정난을 해결하기 위한 루이 16세의 삼부회 소집, 삼부회의 절대다수인 평민 제3계급의 반기, 제3계급 대표들이 주축이 된 국민의회 결성, 삼부회 회의장 폐쇄로 인한 테니스 코트 서약. 잘 알려진 바와 같이 이런 역사적 사건들로 인해 권력 불안을 느낀 루이 16세는 베르사유에 군대를 집결시켰습니다.

반면에 평민 대표들은 어떻게든 왕과 그 추종 세력들로부터 국민의회를 지켜야 한다고 생각했고요. 그러다 민병대가 바스티유 감옥을 점령하면서 18세기 프랑스는 피비린내 나는 역사의 소용돌이로 들어가게 됩니다. 왕권을 전복하고 혁명에 성공한 시민들은 흥분했습니다. 귀족, 평민 구분 없는 만민 평등 시대에 접어들었다고 모두 믿었습니다. 누구나 행복하고 안전하게 살 수 있으리라 생각했습니다.

하지만 기쁨은 오래가지 못했습니다. 피의 대가로 얻은 인권이라는 것이 사실 매우 불완전했기 때문입니다. 제3계급 대표들이, 평민의 이익을 대표하겠다고 주장했지만, 사실 그들은 신흥 지식인인 부르주아 세력일 뿐이었습니다. 경제력으로는 귀족보다 월등한 사람도 많았으며 교육 수준도 그에 못지않았죠. 그들은 무지렁이 농민이나 알파벳조차 읽지 못하는 뒷골목 하층민과는 달랐습니다.

혁명의 결과로 탄생한 것이 바로 그 유명한 '인간과 시민의 권리 선언', 즉 프랑스 〈인권 선언문〉입니다. 총 17조의 선언문은 현대 프랑스 헌법의 전문으로 채택되었고 세계 각국의 헌법에 지대한 영향을 미쳤죠. '인간은 자유롭고 평등한 권리를 가지고 태어났다. 차별은 오로지 공공의 이익에 반할 때만 허용될 수 있다', 이것은 선언문 제1조의 내용입니다.

하지만 대표들도 결국 나약한 인간에 불과했습니다. 그들은 국민에게 작은 '자유와 평등'을 주고 '공공의 이익'에 반하면 인권을 박탈할 수 있는 '특권'을 가졌습니다. 왕을 몰아내고 권력의 단맛을 맛보면서 그토록 혐오하던 귀족과 성직자의 전철을 밟기 시작했습니다. 사회 정의 구현이라는 이름으로 많은 무고한 사람들을 기요틴으로 보냈습니다. 그것은 인권을 운운하며 자기들의 뜻과 반대되는 사람들을 개돼지처럼 도살하는 또 다른 폭력이었습니다. …그들은 진정한 인권의 수호자가 아니었습니다."

잠시 침묵이 흘렀다. 찻잔을 만지작거렸다. 잔에 맺힌 찻물이 하얀 손가락 사이로 이슬처럼 흘러내렸다. 그가 조용히 말했다.

"기요틴의 살인은 잠재적 피해자의 생명과 인권을 살리는 고귀한 행위입니다. 이기우 기자님."

난 받아 적기를 멈추었다. 찻잔의 남은 차를 마셨다. 물이 식어서인지 처음처럼 맛이 강하진 않았다. 식어 빠진 향은 화석화

되어 버린, 오래된 기억을 떠올리게 했다.

———————

대학 2학년 때였다. 유럽 혁명사에 관한 3학점짜리 강좌를 수강한 적이 있었다. 강의 도중 누군가 교수에게 물었다. 정확한 내용은 생각나진 않지만, 혁명 당시 자유의 한계와 범죄에 대한 처벌 범위는 어디까지였는가, 같은 질문이었다.

교수는 프랑스 인권 선언문에 기초한다고 했다. 스크린에 선언문 원본을 띄워놓고 조목조목 설명했다. 특히 4조와 9조를 강조했었다. 그것은 '자유란 타인을 해치지 않는 한에서의 모든 행위를 할 수 있는 자유'이며 '필요하지 않은 강제 조처는 법에 의하여 엄중히 제지되어야 한다'라는 것이었다.

기요틴은 지금 모순된 주장을 펼치고 있다. 그는 타인을 해치는 초법적인 자유를 누리며 가혹 행위를 자행하고 있다. 그것은 그가 그토록 숭배하는 프랑스 인권 선언문과 배치되는 것이다. 공권력을 대신해 마치 살인 권한을 부여받은 양 행동하는 당신도 결국 일개 살인자에 불과한 것 아니냐고, 그렇게 따지고 싶었다. 하지만 기요틴이 그런 사실을 모를 것이라고는 생각하지 않았다.

인터뷰는 두 시간을 훌쩍 넘겼다. 조금만 듣고 끝내려는 생각은 접었다. 그의 논리와 주장에 묘한 매력이 있음을 깨달았다.

크게 심호흡했다. 난 기자다. 수단과 방법을 가리지 말고 진실에 다가가야 한다. 기요틴 뇌에 더 깊숙이 들어가 봐야 한다. 모든 것을 알아내야 한다. 그의 젊은 날 발자취를 조용히 따라가야 한다.

기요틴은 먹다 남긴 쿠키를 집어 물었다. 딱딱한 과자가 빠드득빠드득 소리를 냈다. 척추뼈가 절구통 속에서 갈리는 것만 같았다. 난 식도를 타고 튀어나오는 욕지기를 간신히 눌렀다. 어떻게든 그의 비위를 거스르지 않고 최대한 많은 기삿거리를 뽑아내야만 한다.

"대상은 어떻게 정했습니까?"

"제일 먼저 재범 이상의 강력 범죄자들을 추립니다. 경찰과 검찰의 인맥을 통해 목록을 뽑아내는 것쯤은 제게 별로 어려운 일도 아니죠. 그리고 그 후보자 중에서 기준에 따라 최종 대상을 선택합니다.

선정이 끝나면 표적에 관한 모든 것을 꼼꼼히 조사합니다. 현재 거주지, 직업, 가족 관계, 여자 문제, 취미, 금전 관계 등등. 아마도 모든 작업 중에서 그 시간이 가장 길고 고될 겁니다.

그렇게 준비가 끝나면 미끼를 놈의 눈앞에 던질 차례가 됩니다. 도저히 거부할 수 없는 매력적인 것으로 말이죠. 예를 들면, 도박 중독자에게는 승률이 좋은 믿을만한 하우스가 경기도 어느 산골에 오픈했다, 변태 성애자에게는 VIP를 위한 SM 파티가 어느 펜션에서 열릴 예정이다, 마약 중독자에겐 최상급의 약을 싼값에 제공해 주겠다, 같은 제안을요.

정보 제공은 은밀하고 조심스럽게 이루어집니다. 증거가 남을만한 이메일, 전화, 채팅 같은 방법은 전혀 사용하지 않았습니다. 오직 표적이 신뢰하는 은밀한 방법을 통해서만 전달했죠.

그들은 스스로 덫을 향해 걸어 나왔습니다. 단 한 명도 예외는 없었어요. 나는 CCTV가 없는 외진 장소 어둠 속에서 마취 주사기를 들고 조용히 기다리기만 하면 됐습니다."

노트에 속기로 받아 적었다. 펜이 종이를 스치는 소리가 갈수록 빨라졌다.

주방과 연결된 쪽문이 열렸다. 한 남자가 몸을 반쯤 내밀고 안을 살폈다. 그러다 성큼성큼 들어왔다. 뒤이어 젊은 남자 몇 명이 따라 나왔다. 일제히 기요틴을 향해 깍듯이 인사했다. 남자가 물었다.

354

"준비는 다 끝났습니다. 더 시키실 일은 없으신지…"

훤칠한 키. 단단해 보이는 팔다리. 넓은 가슴과 어깨. 한 가닥도 흐트러짐 없이 뒤로 넘긴 긴 머리. 한쪽 귀에 청록색 물방울 무늬의 귀걸이가 매달려 있었다.

"수고했네. 자네, 안에서 조금만 더 기다려 줄 수 있겠나? 지금 손님과 중요한 이야기 중이라서 말이야."

"알겠습니다."

귀걸이 남자가 대답했다. 젊은이들은 다시 정중히 인사를 하고 물러났다. 귀걸이 남자가 쪽문을 닫다가 나와 눈이 마주쳤다. 문틈으로 보이는 갈색 눈동자는 새벽 서리처럼 차가웠다. 눈을 카메라 렌즈 삼고 뇌를 메모리 카드 삼아 남자의 모습을 머릿속에 고스란히 저장했다.

"피해자들을 어디서, 어떻게 살해했습니까?"

기요틴은 손가락으로 아래를 가리켰다. 발로 바닥을 굴렀다. 텅텅 소리가 밑으로 가라앉았다가 메아리가 되어 돌아왔다. 테이블 밑을 살펴봤다. 받침대 옆에 사람 하나 들어갈 정도의 철제문이 있었다.

"이 아래가 지하실로 연결돼 있어요. 꽤 큰 공간이죠. 자재 창고로 쓰는 장소예요. 그들 모두는 여기서 해체됐습니다."

등골이 오싹했다. 피비린내가 스멀스멀 올라오는 것만 같았다.

"첫 번째 단계는 대상자를 해체용 테이블 위에 올려놓고 손과 발을 단단히 묶는 것입니다. 그리고 마취에서 깨우죠. 이어 지금 처한 상황을 자세히 설명합니다. 이때 대개는 히스테릭한 증상을 보이며 극도의 폭력적인 성향을 나타냅니다. 내 눈알을 뽑아버리겠다, 가족들을 다 죽어버리겠다, 불에 태워버리겠다, 피부 껍데기를 모두 벗겨버리겠다, 본성이 그대로 드러납니다.

난 의도적으로 그런 상황을 만들었습니다. 정신을 잃은 채 아무런 고통도 없이 죽어버리면 여태의 노력이 다 쓸모없게 되니까요. 그들에게 마지막으로 필요한 것은 지금껏 타인에게 준 공포의 압축된 체험입니다. 어느 소아 강간범은 엉엉 울면서 자기 잘못을 빈 적도 있었어요. 다시는 그러지 않겠다고 혀를 깨물며 맹세까지 하더군요. 그때 난 이렇게 말했습니다. 당신의 맹세는 이미 유효기간이 끝났습니다. 하하하."

남자는 어린아이처럼 웃어댔다.

"난 그들의 죄명과 집행할 처형 방식을 알려줍니다. 공포의 절정에 이르렀을 때 작업은 시작됩니다. 지하 창고에는 직접 제작한 기요틴, 철의 여인, 납 분무기, 이단자의 포크, 유다의 요람, 정의의 수레 같은, 수 세기 전 효과가 검증된 고문 도구들이 있습니다.

유럽에는 재미있는 박물관들이 많아요. 특히 중세의 고문과 범죄학에 관한 곳이 그렇죠. 거의 모든 나라, 많은 지역에 두루두루 있어요. 수백 점의 고문 도구들이 차가운 돌벽으로 둘러싸인 어두컴컴한 방에 진열되어 있죠. 영어는 물론 프랑스어, 독일어, 심지어 한국어로 된 설명문에는 괴상하게 생긴 도구들을 몸의 어느 구멍에 넣고, 어떻게 사용하며, 어떤 사람들이 어떤 고통을 겪으면 죽어갔는지 자세히 나와있습니다.

중세의 고문은 결코 완곡하게 고통을 선보이지 않았어요. 심지어 고문 기구는 칭송의 대상이기도 했죠. 과학과 의학, 예술과 상상력, 거기에 사회, 문화, 심리학까지, 그 모두의 절묘한 합작품이니까요. 기구의 표면에는 아름다운 조각과 장식이 많았어요. 이 때문에 기구는 바라보는 것만으로도 공포와 경외감을 불러일으켰지요. 고문 기술자는 해부학, 생리학, 공학에 능통한 전문가이기도 했어요. 그들은 고통을 극대화하면서도 통증을 마비시키는 신경 손상을 피하고자 정교하게 설계하고 만들었습니다.

예를 들면 '뉘른베르크의 처녀'라는 기구가 있는데 아이언 메이든의 일종입니다. 못들이 촘촘하게 박힌 쇠로 만든 관인데 못의 위치가 놀라울 정도로 과학적이에요. 사람의 급소를 관통해 너무 빨리 죽지 않게 세심하게 배치되어 있죠. '소란꾼의 뿔피리'도 그래요. 그건 개인적으로 제가 꽤 좋아하는 기구입니다만. 트럼펫과 같이 생긴 기구에 달린 쇠 올가미를 목에 채우고 고정한 상태로 손가락뼈와 관절을 쉽게 부서뜨릴 수 있는 아주 효율적인 기계죠."

고문 기구에 관한 설명은 한참 이어졌다.

"…제 취미 중 하나가 역사적 사료를 바탕으로 여러 가지 장치를 재현해 보는 겁니다. 보기와 달리 손재주가 좀 있거든요. 요즘도 시간 날 때마다 사료를 뒤지며 동작 원리를 연구하곤 하죠."

남자는 턱을 한 손으로 괴고 비스듬하게 의자에 기대앉았다. 다른 한 손으로는 찻잔을 들었다. 등 뒤로 저무는 저녁 하늘이 수채화처럼 펼쳐졌다. 그는 세상에서 가장 편한 자세로 휴식을 취하는 평범한 노구처럼 보였다.

"잠시 다른 이야기로 새었군요. 우리 어디까지 했었지요?"

"처형 방식에 관한 것까지 했습니다."

남자는 고개를 끄덕였다. 차를 한 모금 천천히 마셨다.

"난 당시 성문화된 정해진 고문 절차에 따라 도구를 선택합니다. 살인 범죄자에게는 얼굴의 피부를 아흔아홉 번 뜨는 '철의 면포'를 행하고 강간범에게는 '유다의 요람'을 씁니다. 저는 유다의 요람을 자주 이용했어요. 그동안 처리한 사람 중 세 명이나 이것을 썼을 정도니까요. 유다의 요람은 스페인 종교 재판소에서 애용하던 기구입니다. 발가벗긴 희생자의 손발을 묶고 허리에 쇠로 된 벨트를 두른 후 거기에 쇠사슬을 연결해 몸을 들어 올리죠. 그리고 불에 달군 꼬챙이 위에 몸을 얹어 항문이나 질을 꿰뚫는 것입니다. 몸에 힘을 주어 버티다 힘이 빠지면 몸이 찢어지는 겁니다. 그래서 프랑스에서는 유다의 요람을 '야경꾼'이라고도 불렀어요. 고문받는 자를 잠 못 들게 한다는 의미죠.

겁이 지독히도 많은 어느 살인자는 내가 가지고 나온 유다의 요람을 보는 순간 바로 기절하더군요. 덕분에 그가 다시 깨어날 때까지 무거운 철제 도구를 들고 기다릴 수밖에는 없었습니다."

그동안 살해당한 사람들, 한 명 한 명을 호명하며 어떻게 고문했고 어떻게 죽어갔는지를 설명했다. 너무나 세세한 묘사 때문에 손이 떨려 잠시 속기를 멈출 수밖에는 없었다. 말을 자르고 물었다.

"시신들은 하나같이 신체 일부나 장기가 사라진 채 방치되었습니다. 그것들은 어떻게 처리하셨나요?"

그는 자리에서 일어나 텃밭으로 갔다. 줄지어 놓여있던 수십 개의 항아리 중 하나를 집어 들었다. 가져와 테이블 위에 올려놓았다. 그는 씩 웃어 보였다.

"텃밭에 거름으로 쓰려고 썩히고 있습니다."

항아리 뚜껑을 열었다. 지독한 냄새가 코를 찔렀다. 안에는 검은 액체와 질펀한 덩어리들이 가득했다. 허여스름한 무언가가 흙 속에 군데군데 박혀있었다. 투실투실한 구더기 떼가 그 위로 꾸물거렸다.

"채광, 습도, 온도가 모두 맞아야 훌륭한 퇴비로 변합니다. 이 사람들도 좋은 일 하나 정도는 하고 가야지요. 타인을 죽이기만 하던 이들이 새 생명을 키우는 일에 자신을 바친다… 참 아이러니하지 않습니까?"

구역질이 났다. 속이 뒤집힐 것만 같았다. 남자는 뚜껑을 덮었다. 항아리를 원래 자리로 가져다 놓았다. 다시 자리에 와 앉았다.

"오전에 좋은 책을 읽었습니다. 소설책인데 시간 가는 줄 모를 정도로 재미있더군요. 무라카미 하루키의 《1Q84》라는 소설인데. 혹시 그 책 읽어보셨나요?"

"…오래 …전에요."

이기우는 입을 가리고 간신히 대답했다. 무언가 소리를 내는 순간 위장의 내용물이 밖으로 다 튀어나올 것만 같아서 그랬다. 기요틴은 아랑곳하지 않고 계속 말을 이어갔다.

"거기서 이런 대화가 있어요.

'그자들은, 그래, 잊어버릴 수 있어.

하지만 나는 잊지 못해.

그것은 역사 속의 학살하고 똑같아.

저지른 쪽은 적당한 이론을 달아 행위를 합리화할 수도 있고 잊어버릴 수도 있어. 보고 싶지 않은 것에서 눈을 돌릴 수도 있지. 하지만 당한 쪽은 잊지 못해. 눈을 돌리지도 못해.'

많은 생각을 하게 하는 대목이었습니다. 하루키라면 아마도 지금의 우리 대화를 더 잘 이해할 수 있을 것 같군요."

끔찍한 설명은 반 시간이나 이어졌다.

"…여기서 반드시 명심해야 할 점이 있습니다. 고문은 죽기 직전까지만 해야 한다는 것입니다. 만일 그대로 죽어버린다면 제일 중요한 마지막 단계를 망쳐버릴 테니까요. 난 이때를 '속죄의 시간'이라 부릅니다."

이기우는 마른침을 꿀꺽 삼켰다.

"직접 제작한 기요틴을 이용해 아직 의식이 남아있는 머리를 절단합니다. 그리고 잘린 머리통을 자신의 몸뚱이가 잘 보이는 위치에 올려놓습니다. 확신컨대 그 순간 그는 일평생 느껴보지 못한 감정을 경험하게 될 것입니다. 그에게 주어진 시간은 불과 13초. 13초는 난도질당한 자기 몸을 바라보며 참회할 수 있는 최후의 시간입니다."

이해되지 않았다. 어떻게 잘린 머리가 무언가를 볼 수 있다는 말인가. 13초는 또 무엇인가. 기요틴은 잠시 미간의 주름을 만지작거리다 멋쩍게 말했다.

"머리를 자르는 또 다른 이유가 있긴 한데. …좀 개인적인 거라 말하기가 뭐하군요."

"어떤 말씀도 다 괜찮습니다."

"잘린 머리가 정말 자의적으로 표정을 지을 수 있느냐 하는 궁금증 때문입니다."

"잘린 머리가 표정을 짓는다? 그게 어떻게 가능하죠? 의식 따위가 남아있을 리 없잖습니까? 목이 달아나는 순간 이미 사망했을 텐데."

"기요틴에 대해 부연 설명이 더 필요할 것 같군요. 기요틴 탄생의 이유는 빠른 사형 집행을 위한 처형 도구가 필요했던 것이긴 하지만 본질은 '평등과 자비'에 있습니다.

당시에 귀족은 사형 시 칼이나 도끼로 참수되었는데 운이 나쁘면 두세 번은 목을 내리쳐야 했습니다. 그 때문에 처형자 가족은 고통 없이 죽여달라며 종종 집행자에게 뇌물을 주었어요. 예리하게 칼날을 갈아달라고 말이죠. 하지만 평민보다는 사정이 나은 편이었습니다. 평민들은 대개 교수형을 당했는데 참수와 비교하면 시간이 아주 오래 걸렸어요. 그만큼 고통도 길었겠죠.

기요틴이 발명된 때는 그런 시절이었습니다. 사람들은 신분에 상관없이 오직 한 가지 처형 방법이 존재한다는 사실만으로도 어지간히 평등이 실현되었다고 생각했던 것 같습니다. 게다가 고통 없이 신속하게 처리한다는 점에서 매우 인간적인 도구라고 호평받았고요.

하지만 예상 못 한 '비인간적인' 문제점이 발견됐어요. 꽤 긴 시간 동안 의식을 잃지 않는 경우가 종종 발생한다는 것이었습니다. 당시 참수 기록에는 기요틴 참관자들은 잘린 머리가 눈을 깜빡이거나, 말을 하거나, 안구를 움직이거나, 입을 움직이는 것을 보았으며, 심지어 떨어져 나간 머리의 뺨을 때리자, 명백한 분노의 표정을 짓기도 했다고 기록되어 있습니다. 보다 신빙성 있는 자료로 보히유라는 의사의 연구 노트가 있습니다. 그는 참수된 죄수의 머리를 가지고 여러 가지 실험을 했습니다. 기록에는 이렇게 적혀있었습니다.

'잘린 머리의 눈꺼풀과 입술이 불규칙하게 5, 6초간 움직였는데 이는 모든 참수된 자들의 공통적인 특징이다. 경련이 잦아들 때까지 몇 초를 기다린 후 죄수의 이름을 불렀더니 눈꺼풀이 경련 없이 서서히 열리는 것을 보았다. 그 순간의 움직임은 사람들이 잠에서 깰 때나 생각에 잠겼다가 정신을 차릴 때의 모습과 같았다. 눈은 매우 분명하게 나와 관찰자들을 향했다. 나는 그토록 감정이 없는 눈초리를 본 적이 없었다. 그것은 죽은 자의 눈빛이 아니었다. 살아있는 사람의 눈을 마주하고 있는 것이었다. 몇 초가 지나자, 눈꺼풀은 다시 감겼다. 다시 한번 더 이름을 불렀을 때 또다시 눈꺼풀이 열리며 나를 바라보았는데 그는 처음 바라보았을 때보다 더 집중하고 있는 것처럼 보였다. 이후 눈꺼풀이 다시 감겼지만, 이전보다 완전히 감기진 않았다. 내가 그의 이름을 세 번째 불렀을 때는 더는 아무런 움직임이 없었다. 눈동자 또한 여느 죽은 사람의 눈처럼 멍하니 풀려있었다.'

현대에 들어와 보다 과학적인 실험을 한 적이 있었습니다. 핀으로 찔렀을 때 표정이 일그러지는 것이나 소리에 반응을 보이는 등, 데이터는 많습니다. 또한, 절단된 부위의 과다 출혈로 혈압이 급격히 떨어지기 전까지 제법 긴 시간 동안 자의식이 살아 있다는 뇌파 검사 결과도 있고요. 시간은 13초 정도랍니다."

"말 같지도 않은…"

괴괴한 논리, 면요한 주장에 본능적으로 먼저 혀가 반응했다. 욕 비슷한 것이 입 밖으로 튀어나오려는 것을 간신히 참았다. 내 얼굴을 빤히 바라보던 기요틴의 입꼬리에 묘한 미소가 걸렸다. 그가 낮은 목소리로 말했다.

"우리 내기할까요? 정말 그런지 아닌지."

주변이 어둑해질 때까지 인터뷰는 계속되었다. 그는 모든 물음에 성실하게 답했다. 그의 박학함과 능변은 경외감까지 불러일으켰다. 정원의 등이 노랗게 켜지고 강바람이 매서워진 저녁 무렵이 되어서야 준비했던 질문의 종반부에 다다랐다.

　"살아온 삶에 대해 말씀해 주시겠습니까?"

　"제 과거는 그렇게 중요하다고 생각진 않습니다만. 그래도 뭐, 궁금하시다면 말씀드리죠."

　그는 자세를 고쳐 바로 앉았다.

　"지극히 무난한 삶이었어요. 특별할 것 하나 없는. 대학에서 철학을 전공했고 졸업 후 작은 출판사에서 직장 생활도 좀 했습니다. 몇 가지 개인 사업 경험도 있고요. 그러다 늦은 나이에 대학원에 갔어요. 삶의 근본적 이유. 문학과 죽음에 대한 탐미. 절대 왕정기 문화와 역사에 대한 막연한 동경. 그런 호기심들이 학문에 대한 뒤늦은 열정으로 바뀌었던 거죠. 그래서 프랑스로 유학을 가 박사 학위를 받았고요. 운이 좋았는지 귀국 후 어찌어찌 지방 사립대 교수가 되었고 몇 년 전까지 학생들을 가르쳤죠. 현재는 보시다시피 이렇게 작은 디저트 카페를 운영하고 있습니다. 큰돈을 버는 것은 아니지만 이래 봬도 단골손님은 꽤 있는 편입니다."

"어린 시절은 어땠나요?"

"평범했습니다. 부모님과 사이도 좋았고요. 아버지는 해외를 오가는 오퍼상을 하셨고 어머니는 작가이자 NGO 활동을 하던 분이셨죠. 두 분은 무척 바쁘셨습니다. 그 때문에 전 혼자 집에 있을 적이 많았어요. 게다가 몸도 약해 밖으로 잘 나가지도 못했죠.

어릴 적 내 꿈은 전 세계를 돌아다니며 많은 것을 보고 배우는 것이었어요. 하지만 현실은 그걸 허락하지 않았어요. 그런 소년에게 선택지는 하나뿐이었습니다. 바로 책이었습니다. 책은 낯선 세상을 볼 수 있는 창이자 자신을 비추는 거울과 같았습니다.

돌이켜 생각해 보면 독서가 유일한 취미였던 것 같아요. 어머니 덕분에 집 안을 가득 채운 장서들과 종일 있을 수 있다는 것, 그건 참 행운이었죠. 난 책을 읽고 공상하며 하루를 보냈습니다. 제게 혼자라는 것은 마치 숨을 쉬는 것처럼 편하고 자연스러운 일이었어요. 중고등학교 때도 별반 차이는 없었습니다. 수업 듣고, 책 읽고, 혼자서 잡생각을 하고, 딱히 친하지도 멀지도 않은 교우 관계를 유지하면서 학창 시절을 보냈죠. 친구들 사이에서 전 거의 존재감이 없었습니다. 아마도 그들은 이름은 고사하고 제 얼굴조차 기억하지 못할 겁니다. …실망스럽죠?"

대답하지 않았다. 노트에 연필이 스치는 소리만 요란했다.

"기자님이 듣고 싶은 이야기는 아마 이런 스토리가 아닐지 싶네요. 어릴 적 성적 학대를 받았다, 지독한 왕따를 당했다, 관음증과 페티시에 중독되어 있거나, 약한 동물을 잔인하게 괴롭히는 성향을 보였다, 같은."

처음 카페에 들어갔을 때 날 반겨주던 것에 관해 물었다.

"카페 안에 고양이들이 많던데. 동물을 좋아하시나요?"

그가 고개를 끄덕였다.

"고양이는 정말 영물이지요. 어떠한 이야기를 해도 주의 깊게 듣거든요. 한 번도 내 말을 무시한 적이 없어요.

고양이에 얽힌 에피소드는 참 많습니다. 전에 러시안 블루를 키운 적이 있었어요. 날렵한 몸매, 은빛을 띤 푸른색 짧은 털, 진한 초록 눈동자, 뾰족한 귀, 가늘고 긴 목과 둥근 이마. 아, 지금도 그 모습이 눈에 선하군요. 그 친군 고양이답지 않게 힘이 좋아서 늘 목줄을 채우고 키웠어요. 그것도 쇠사슬로 된 목줄을.

어느 날이었어요. 녀석은 열린 침실 창문 틈을 통해 가출했어요. 고양이는 그러다가도 얼마 있으면 다시 돌아오기 때문에 난 창문을 조금 열어놓고 지냈습니다. 하지만 일주일이 넘도록 그 애는 돌아오지 않았습니다. 난 점차 불안해지기 시작했어요. 포획되어 어느 보호소에 갇혀 죽을 날만 기다리는 신세가 되었을 수도 있고 들짐승에게 공격당해 심한 상처를 입고 어두컴컴한 골목 구석에서 죽었을 수도 있을 테니까요. 동물 보호소를 전전했고 전단도 곳곳에 붙였지만, 행방은 묘연했습니다.

며칠이 지난 어느 이른 아침이었습니다. 머리맡에서 서늘함이 느껴졌어요. 일어나 눈을 비비고 주위를 살폈죠. 베개 옆 딱딱하게 말라 죽은 쥐 한 마리. 창문까지 이어진 선명한 고양이 발자국. 난 그 흔적을 한참 바라봤습니다. 아마도 그 친구는 그동안 받은 것의 답례로 선물을 주고 간 모양이었나 봅니다."

백지에 연필로 무언가를 썼다가 지우개로 벅벅 지운 것 같은 희미한 추억이 기요틴의 얼굴 위를 스치고 지나갔다. 난 우리가 만난 이유를 다시 상기했다.

"…앞으로도 계속 살인을 하실 계획입니까?"

"글쎄요. 당분간은 힘들지 않을까 싶네요."

"왜죠?"

"좀 바빠서요. 요즘 누군가를 찾고 있거든요."

"누구를요?"

그는 말없이 바라보며 미소만 지었다. 주름진 피부 사이로 붉고 노란 저녁노을이 스며들었다.

그때 휴대전화가 울렸다. 기요틴은 테이블 위로 손을 뻗어 전화기를 집었다. 표정과 손짓으로 내게 양해를 구했다. 자리에서 일어나 텃밭 쪽으로 걸어갔다.

주변을 서성이며 통화를 했다. 거리가 멀어 말소리는 들리지 않았다. 이야기가 좀 길어지는 듯했다. 그는 나를 바라보며 손가락 세 개를 들어 올렸다. 그리고 강이 보이는 쪽으로 저벅저벅 걸어갔다. 그의 등은 나를 향했고 내겐 3분의 시간이 주어졌다.

오만 가지 생각이 들었다. 바지 안쪽에 있는 전화기를 만지작거렸다. 112, 숫자 세 개가 머릿속에서 회전목마처럼 제자리를 맴돌았다. 지하 창고로 통하는 바닥 철제문이 눈에 또 들어왔다. 직접 확인해 보고 싶다는 생각이 파도처럼 몰려왔다.

의자에서 일어나 스트레칭을 하는 척했다. 기요틴을 바라봤다. 여전히 뒤돌아선 채 통화 중이었다. 주방으로 연결된 굳게 닫힌 쪽문을 살폈다. 바닥에 슬쩍 쪼그리고 앉았다. 철문 손잡이를 잡았다. 쇠붙이는 죽은 자의 살가죽처럼 차가웠다.

쿨럭… 추르르… 쿨럭… 추르르…

퀭한 소음이었다. 소리는 진동으로 변해 손바닥에 전해졌다. 철문 위의 흙덩어리가 부들부들 떨렸다. 깜짝 놀라 뒤로 엉덩방아를 찧었다. 소음은 끊어지지 않고, 조심스럽게, 은근하게, 절박하게 들려왔다. 마치 외딴섬에 수년간 고립된 이의 약한 호흡처럼 땅바닥을 흔들었다.

저 아래, 생명이, 있는가? 사람의 말을 하는 생명이?

끈적이는 땀이 등줄기를 따라 녹물처럼 흘러내렸다.

철문 손잡이를 다시 잡았다. 팔뚝의 혈관이 울컥거렸다. 손 위로 그림자가 드리워졌다. 위를 올려다봤다. 어느새 다가온 기요틴은 내 앞에 서서 날 내려다보고 있었다. 저무는 해를 등진 그의 표정은 죽음처럼 검었다.

우리는 테이블을 사이에 두고 다시 마주 앉았다.

"통화가 길어져 죄송합니다. 결정할 일이 좀 많아서요."

그는 따듯해진 찻잔을 두 손으로 잡고 아무 일 없다는 듯이 말했다. 말투는 조용했지만, 단어 하나하나에 날이 느껴졌다. 그는 내게 혼자 있는 시간을 주고 행동을 관찰했다. 떠보는 것일까? 또 다른 형태의 테스트일까? 무엇을 위해? 왜? 머리가 복잡했다. 하지만 지금 난 그의 속내보다 발아래 누군가의 절박한 사정이 더 신경 쓰였다. 기요틴은 남은 차를 마시지 않고 바닥에 버렸다. 찻물이 흙에 스며들었다. 바닥의 소음은 이제 더는 들리지 않는다. 마치 환청처럼 사라져 버렸다.

'철문은 두 개의 세상을 나누는 경계입니다. 기자님은 그 문을 만지지 말았어야 합니다.'

그는 그렇게 말하는 것만 같았다. 뛰는 심장을 진정시키려고 심호흡을 크게 했다. 난 생각을 다잡았다. 여기 온 목적을 상기했다. 다른 것은 끝난 후에 생각하자. 그것이 최선이다.

적어도 내가 기요틴을 붙잡고 있는 지금, 이 순간, 저 아래 누군가는 살아있을 것이다.

"지금부터는 오프 더 레코드로 하겠습니다."

그는 고개를 끄덕였다.

"몇 가지 궁금한 것에 관해 묻겠습니다. 왜 우리같이 지명도

도 없는 인터넷 신문사에 인터뷰 요청을 하셨나요? 본인의 생각을 사람들에게 널리 알리고자 한다면 주요 일간지나 방송국 같은 곳에 연락하는 편이 좋았을 텐데. 그리고 왜 인터뷰어로 저를 지목했습니까?"

그는 말없이 내 눈을 쳐다봤다. 잠시 후 입을 열었다.

"대답에 앞서 뭐 좀 여쭤봐도 괜찮겠습니까?"

"네."

"기자님은 아직도 절 인터뷰하러 오셨다고 생각하시나요?"

"…무슨 말씀인지?"

기요틴은 기묘한 미소를 지었다.

"저는 이기우 기자님이 쓰신 기요틴 시리즈를 모두 읽어보았습니다. 매우 흥미롭더군요. 저조차도 기자님이 탄생시킨 기요틴이라는 인물에 푹 빠져 지낼 정도니까요.

특히 양부로부터 성적 학대를 받은 후, 문구용 칼로 약에 취한 아버지의 눈알을 파내고 거기에 오줌을 내갈기는 장면 묘사는, 뭐랄까, 마치 옆에서 지켜보는 것처럼 리얼했어요. 지금, 이 순간에도 도심 외곽 어느 한적한 은신처에서 다음 대상을 물색하고 있을 거라는 추측도 좋았고요. 어느 정도 제 모습과 비슷하더군요. 좀 과장된 면이 보이긴 하지만 뭐, 그건 괜찮습니다. 허구와 사실이 만나면 100% 사실보다 더 파괴적이니까요.

제가 귀사, 〈정의는 강물처럼〉을 선택하고 기자님께 직접 연락한 이유는 이기우 기자님만이 제 뜻을 제대로 전달해 줄 수 있는 사람이라 믿기 때문입니다."

"무슨 말인지 이해가 되지 않는군요. 어떻게 절 믿을 수 있죠? 내가 편지를 받고 경찰에 신고했을 수도 있고, 몰래 경찰을 대동하거나, 핸드폰 위치 추적을 신청해 놨을 수도 있는데."

"그럴 리가 있겠습니까?"

"네?"

"기자님은 결코 그런 일을 할 사람이 아니잖아요."

"..."

"이기우 기자님은 서울 성북동에서 태어나 할머니 손에서 외롭게 자랐습니다. 중학교 때의 가출 경험으로 삶의 쓴맛을 톡톡히 본 적도 있었고요. 방황 끝에 기자님은 늦깎이로 대학에 들어갔습니다. 거기서 사회심리학을 전공하셨죠. 졸업 후 취업에 번번이 실패하다 보니 결국 자포자기하고 별다른 목표도, 꿈도 없이 그저 허송세월로 지냈습니다.

그러다 느닷없이 〈정의는 강물처럼〉으로 입사하셨지요. 기자라는 직업은 꿈도 꿔본 적 없던 분이 말이죠. 연유에는 그럴 만한 사정이나 어떤 절박한 동기가 있었을 것이라 짐작됩니다. 물론 기자님 본인이 더 잘 알겠지만요. 그 후 꽤 괜찮은 조건으로 스카우트 제의도 여럿 들어왔지만, 이기우 기자님은 모두 마다하고 여전히 지금의 회사에 몸을 담고 있습니다. 아마도 심장 깊숙이 숨겨놓은 어떤 신념이 꿈틀대고 있기 때문이겠죠.

광고주, 사장, 정치권, 재계, 검찰, 경찰 같은 외부의 힘에 곡 필 되는 것을 피하고 원하는 대로, 바라는 대로, 글을 쓸 수 있다는 것, 어떤 부류의 사람에게는 그건 달콤한 마약과 같을 것입니다. 굴하지 않는 촌철살인의 미디어 세상. 진정한 정의라고는 개똥만큼도 고려하지 않는 사회에 비수를 던지는 직필 언론. 범죄에 대한 무자비한 응징과 법질서의 강건한 직립. 기자님은 그런 세상을 항상 꿈꾸고 있지 않나요?

처음 제 편지를 받았을 때 아마도 혼란에 빠졌을 겁니다. 미친놈의 장난은 아닐까? 괜한 시간 낭비는 하지 않을까? 진짜 기요틴이라면 어떻게 해야 하나? 많은 생각이 스쳐 지나갔겠지요. 하지만 기자님은 결코 제 편지를 무시하거나 거부하지 못했습니다.

초법적 심판자, 정의의 칼날이라 칭송받는 기요틴과 만남. 그 만남에서 이기우 기자님은 자신을 평생 짓눌러 왔던 트라우마를 한 방에 해결할 열쇠를 발견할 수도 있을 테니까요.

예를 들면, 친할머니의 죽음 같은… 그것은 어떠한 위험도 감수할 만큼 매력적이죠. 어떻습니까? 제 말이 틀렸나요?"

발이 바닥에 눌어붙어 버리고 등받이에 상체가 포박되는 것만 같았다.

그의 모습을 머리부터 발끝까지 다시 살펴보았다. 혹시 내가 알던 사람은 아닐까? 성형 수술을 해서 완전히 다른 모습으로 바뀌었을지도 모른다. 그렇다 치더라도 목소리는 조금이라도 기억나야 한다. 하지만 외모, 행동, 말투, 모든 것에서 나와 관련된 어떠한 기억의 파편도 찾아낼 수 없었다.

내 앞의 남자는 여전히 하얀 도화지 같았다.

———— ～～～∿∿∿∿～ ————

대학교 1학년 때였다. 평생 날 키워주신 친할머니는 골목길에서 강도에게 살해당했다. 사인은 두부의 심한 충격으로 인한 뇌출혈과 목 골절이었다. 발견되었을 때는 부러진 목뼈 때문에 마치 오래된 인형의 머리처럼 하얀 백발을 늘어뜨린 채 덜렁거렸다고 했다.

사건은 밤늦게 식당 일을 끝내고 귀가하던 밤거리에서였다. 범인은 금방 잡혔다. 처음엔 돈만 뺏으려 했으나 너무 심하게 반항하는 바람에 몸싸움이 벌어졌고 그 와중에 할머니가 뒤로 넘어졌다고 그는 진술했다.

소식을 듣고 경찰서로 달려갔다. 서에는 이미 기자 몇 명이 와 있었다. 홀로 아이 셋을 키우던 젊은 범인은 진심으로 후회했다. 책상 위에는 증거물인 범인의 장갑과 목도리 같은 것이 놓여있었다. 취재 카메라는 후드를 푹 눌러쓴 범인의 모습을 찍었다. 범인은 질문하는 기자들에게 자기의 안타까운 사정을 말하다 흐느껴 울기 시작했다. 삶은 고달팠고 아빠로서의 사연은 구구절절했다. 어느 여기자는 눈물을 보이기까지 했다.

카메라 불이 꺼지고 기자들이 모두 돌아갔다. 경찰서에는 담당 경찰, 범인, 나만 남았다. 그는 머리에 뒤집어쓴 검은 후드를 뒤로 젖혔다. 잘 다듬은 눈썹과 곱상한 얼굴이 나타났다. 왼쪽 귓불에는 해골 모양의 은색 귀걸이가 달려 있었다. 뱀 눈알처럼 반짝거리는 검은 눈동자가 사방을 날름거렸다. 그는 배가 고파 더는 조사 못 받겠다, 설렁탕이라도 시켜달라고 말했다.

나와 눈이 마주쳤다. 입가에 씩, 죽어가는 이의 마지막 경련 같은 미소가 걸렸다. 그가 말했다.

"미안하게 됐수다. …그래도 뭐, 살만큼 살았으니 아쉬울 것은 별로 없잖아요?"

형사 책상 위에 놓인 볼펜이 보였다. 볼펜을, 그 뾰족한 검은 볼펜을 손에 쥐고 놈의 푸른 경동맥을 관통해 버리고 싶었다. 그의 눈알에 볼펜 심을 박고 목젖까지 꿰뚫어 버리고 싶었다. 그때

난 태어나서 처음으로 참기 힘들 만큼의 강한 살의를 느꼈다.

하지만 난 그러지 못했다. 주먹 쥔 두 손만 부들부들 떨었다. 심지어 그 자리에서 달아나고 싶었다. 무서웠다. 두려웠다. 평생 내게 내주기만 했던 할머니의 비명이 들리는 것만 같았다. 이성과 본능 사이에서 난 어린아이처럼 울기만 했다.

쿵쿵쿵. 조사 내내 범인은 다리를 까불며 책상과 의자를 규칙적으로 쳐 댔다. 다리 좀 가만히 못 있어! 이 새끼야! 담당 형사가 호통을 쳤다.

그는 우발적 살인으로 4년 형을 받았지만 정신 병력을 이유로 감옥에 가지 않았고 치료 감호 명령으로만 끝났다.

퇴원한 그를 찾아갔다. 양복 안주머니 속에는 날카롭게 날을 세운 잭나이프를 숨겨놓았다. 그는 인적이 드문 시골, 폐가에 홀로 살고 있었다. 외출했는지 집에는 아무도 없었다. 백구 한 마리만 뼈다귀 모양의 장난감을 물어뜯으며 놀고 있었다.

집 근처 공터에 주차하고 차 안에서 기다렸다. 늦은 밤 귀가하는 그를 발견했다. 구불구불한 길을 따라 걷는 그는 술에 취해 휘청댔다. 집 앞에 다다랐다. 개가 무엇에 놀랐는지 갑자기 어둠을 향해 짖기 시작했다. 그는 똥개 새끼가 사람 놀라게 괜히 짖는다며 몹시 화를 냈다. 길가에 놓여있던 돌멩이를 집어

들었다. 개의 대가리를 내리쳤다. 개는 비명을 지르며 도망가려 했지만, 목줄 때문에 그러지 못했다. 그는 계속해 돌멩이로 찍었다. 개를 잡고 들어 올렸다. 하얗던 개털은 검붉게 변했다. 죽은 몸뚱이만 시계추처럼 그의 손에서 덜렁거렸다. 피가 바닥으로 뚝뚝 흘러내렸다. 개는 혀를 내밀고 눈을 뜬 채 죽었다.

난 차 시동을 켰다. 액셀러레이터를 밟았다. 차는 놈을 들이받았다. 그는 공중에서 두 바퀴 돌아 바닥에 떨어졌다. 바닥에서 꿈틀대는 그를 향해 후진 기어를 넣었다. 차바퀴 아래서 부러지고 터지는 소리가 났다. 전진과 후진을 반복했다. 그의 피와 뼈와 살과 뇌수가 흙바닥 아래로 스며들길 바라면서. 그때 나는 인간이 아니었다. 놈의 존재를 영원히 지워버리기 위한 아무런 감정도 없는 처단자였다.

며칠이 지나도 놈의 사망 소식은 들리지 않았다. 뉴스나 신문에도 나오지 않았다. 그 집에 다시 가봤다. 시체는 보이지 않았다. 심지어 피 한 방울도 없었다. 현장은 마치 아무 일도 없었던 것처럼 깨끗했다. 집 안을 살폈다. 마당에 새로 만든 듯한 작은 무덤과 십자가가 보였다. 십자가에는 뼈다귀 모양의 개 장난감이 걸려있었다.

할머니 기일, 추모관을 찾았다. 분향함 앞에는 커다란 국화꽃

바구니가 놓여있었다. 카드 한 장이 그 안에 있었다.

"우린 한배를 탔습니다."

카드에는 그렇게 적혀있었다. 꽃을 보낸 이의 이름은 없었다.

난 기요틴을 노려봤다. 그는 웃고만 있었다.

"장삼이사도, 필부필부도, 예사내기도, 그 누구나 기요틴이 될 수 있습니다. 신념만 있다면 말이죠."

실오라기 하나 걸치지 않은 상태로 벌거벗겨진 느낌이었다. 지하 창고 해체용 테이블에 묶여있는 것만 같았다. 나도 모르게 탁자를 내려치며 벌떡 일어났다. 찻잔과 다과가 잔디밭으로 와르르 굴러떨어졌다. 의자 옆에 받쳐 놓았던 가방도 넘어졌다. 입술이 떨렸다.

"…당신, …누구야?"

난 그에게 마지막 질문을 했다.

"걔 진짜냐?"

"아니요."

사장의 단도직입적인 물음에 난 아니라고 답했다. 앞뒤가 맞지 않는 이야기, 횡설수설한 주변 잡기, 자기 자랑, 논리의 비약으로 똘똘 뭉친 그는 관심 병자라고 대답했다. 중증의 허언증, 관종 늙은이라고 했다. 덕분에 귀한 시간만 낭비했다고 말했다.

거짓말을 하고 싶진 않았다. 하지만 진짜 기요틴이라는 사실을 밝힐 순 없었다. 사장뿐만 아니라 누구에게도 진실을 알릴 순 없었다. 경찰에 신고조차 못 할 것을 그는 잘 알고 있었다. 아니, 신고하지 않을 것이라 말하는 편이 더 옳을 것이다. 기요틴은 내가 하지 못하는 것을 했다. 비현실적인 꿈을 현실의 팩트로 바꾸었다. 범죄자에 대한 초법적 단죄와 무자비한 징벌을 하는 기요틴은 우리 사회에 필요악일지도 모른다. 두렵지만 인정할 수밖에 없는 사실이다.

한 사람의 인권을 말살한 것이 아니다. 미래의 누군가의 삶을 지켜준 것이다. 그의 주장이 머릿속을 계속 맴돌았다. 그의 행위는 강력 범죄율을 드라마틱하게 떨어뜨렸다. 일시적일지라도 쌓이고 쌓이면 거스를 수 없는 큰 흐름이 된다. 작은 물방울이 모여 강물이 되듯 말이다. 그는 정의가 살아 숨 쉬는, 날것 그대로의 세상을 우리에게 보여주었다. 그의 결단은 잠든 거인 마코리테스를 흔들어 깨웠다. 운전하는 내내 난 범인 은닉죄에 대한 자위적 변론을 끊임없이 찾아야 했다.

오늘, 상식과 양심은 두 눈을 질끈 감았다. 그리고 내게는 침묵해야 할 이유 하나가 더 있다. 기요틴. 할머니. 나. 셋의 비밀은 무덤까지 가야만 한다.

사장은 잠자코 오늘 했던 인터뷰 내용을 듣다가 심드렁하게 말했다.

"완전 또라이구면. 똑똑한 치맨가?"

그렇게 말하면서도 뭔가 아쉬웠는지 취재 내용의 일부는 각색해 이용하자고 했다. 거인 마코리테스에 대한 전설이나 기요틴의 역사 같은 자극적인 소재를 언급했다.

집에 도착해 늦도록 기사를 작성했다. 워드프로세서로 문장을 썼다, 지우기를 반복했다. 방 안의 시계는 벌써 자정을 가리켰다. 애꿎은 키보드만 신경질적으로 쳐댔다. 취재 노트는 하도 읽어 통째로 머릿속에 들어가 있었지만, 기요틴 시리즈의 다음 기사는 제대로 써지질 않았다.

방 안의 불을 모두 껐다. 노트북 화면만이 어둠 속에서 숨을 쉬고 있었다. 뿜어져 나오는 빛의 실체는 분명하나 그 빛을 손으로 잡을 수가 없었다. 글쓰기는 어느 날보다 힘들고 더뎠다.

쿨럭. 추르르. 쿨럭. 추르르.

위층 소음이 귓속을 불쾌하게 찔러댔다. 한 번, 두 번, 세 번.
소음은 규칙적으로 계속되었다. 인내력이 한계에 도달할 무렵
이었다. 붉은빛이 창문에 어른거렸다. 커튼을 젖히고 내다보니
경찰차 경광등의 빛이었다. 주민 누군가가 신고를 한 것 같았
다. 웅성거리는 말소리가 들렸다.

"조용히 해! 개새끼야!"

허공에 대고 소리치는 남자의 목소리. 거친 욕설. 단잠을 자
다 깬 어린아이의 울음소리. 계단을 오르내리는 사람들의 발소
리. 한데 버무려진 소리의 덩어리가 공동 계단 통로를 따라 올
라왔다. 누군가 우리 집 현관문을 거칠게 두들겼다.

난 지금 어떤 방해도 받고 싶지 않았다. 오롯이 글에 집중하
고 싶었다. 이 시각, 이곳 어두운 방 안에는 나와 기요틴 둘만
있어야 했다. 일부러 기척을 내지 않았다. 방의 모든 불을 껐기
때문에 밖에서는 사람이 있는지도 모를 것이다. 문짝이 부서지
라 두드리던 소리는 곧 그쳤다. 사람들은 위층으로 올라갔다.
분노한 군중은 소음의 실체를 찾아내 철저히 파멸하고자 1층부
터 꼭대기까지 하나의 생명체처럼 일사불란하게 움직였다.

경찰차에서 사이렌 소리가 두 번 울렸다. 젊은 여자의 비명
처럼 들리는 전자음. 금속성 사이렌 소리는 시위 떠난 화살처럼

어둠을 향해 날아갔다. 소리는 암흑을 예리하게 가르며 층마다 박혔다.

순간, 정적이 흘렀다. 정체불명의 소음은 햇빛이 밀려들어 오는 호숫가 안개처럼 순식간에 사라졌다. 하지만 사람들의 웅성거림이 곧 그 빈 곳을 메웠다. 말소리는 새벽녘 콘크리트 건물을 유령처럼 배회했다. 발원의 소멸은 또 다른 소음을 재생산했다. 사람들의 술렁임은 벽을 타고 흐르던 정체불명의 소리보다 더 내 신경을 거스르기 시작했다.

난 키보드를 무참히 쳐대며 기사를 썼다. 커다란 몽둥이로 누군가의 두개골을 짓이기는 것처럼.

다음 날 사무실에 조금 늦게 출근했다. 컴퓨터를 켜는 순간, 사장이 뛰어 들어오며 소리쳤다.

"야! 당장 TV 틀어봐!"

TV를 켰다. 긴급 뉴스가 나왔다. 한 줄 자막이 화면 아래에 지나갔다.

"〈속보〉 여섯 번째 기요틴 살인 사건 발생"

시신은 경기도 어느 시골에 있는 공장 창고에서 발견되었다.

전시되듯 밖으로 널려진 장기들, 절단된 사지. 패턴은 같았다. 하지만 시신의 머리는 찾지 못했다. 긴 꼬챙이가 근처에 세워져 있긴 했지만, 아무것도 꽂혀있지 않았다. 경찰은 사건 전날 폭우가 쏟아졌고 현장 근처가 강이라 시신 일부가 쓸려 내려갔을 것으로 추측했다. 현장으로 급파되어 찍은 영상을 전송해서인지 화면은 깔끔하게 편집되지 못한 채 방송에 나왔다. 신체 일부가 뿌옇게 모자이크 처리되었지만, 잘린 팔다리의 형태는 알아볼 수 있었다. 경찰들이 현장 일대와 강 하구를 수색하는 장면도 나왔다. 죽은 이는 남자이며 살해된 시각은 어제저녁 여덟시 전후라는 것 외에 밝혀진 것은 없었다. 손가락이 모두 잘리고 소지품도 없어서 신원은 오리무중이었다. DNA 검사를 의뢰했다는 기사만 떴다. 경찰은 기요틴의 여섯 번째 살인이라는 가정하에 모방 범죄 등 모든 가능성을 열어놓았다고 발표했다.

사장은 TV에서 눈을 떼지 못한 채 입을 열었다.

"좋은데? 다음 회 기사는 이것도 집어넣어야겠다. 여섯 번째 살인의 이유. 강가에서 벌어진 살육의 시간. 거기에 기요틴 추종자의 모방 범죄를 한 꼭지 박아 넣는 편이 좋겠어. 뭔가 리얼리티를 살려야 하니까. …젠장, 어제는 진짜 헛지랄만 했어. 네가 관심 종자 카페 주인의 구라를 받아 적고 있는 동안 진짜 기요틴은 저기 시골 창고에서 죽은 놈 회를 뜨고 앉아있었다는 말이니까. 시팔, 차라리 그 시간에 다른 기삿거리나 조사할걸."

실시간으로 관련 기사가 쏟아졌다. 흐릿한 사건 현장이 화면에 반복적으로 지나갔다. 사장은 담배를 신경질적으로 빨아댔다.

피해자가 죽은 시각은 어젯밤 여덟 시 전후. 인터뷰가 끝난 것은 여섯 시경. 불과 두 시간이 지난 후다. 기요틴은 인터뷰를 마치고 내가 카페를 떠난 직후 우리가 앉아있었던 테이블 아래 철문을 열고 창고로 내려가 묶어놓은 피해자를 난도질했다는 말이 아닌가. 아무 일 없었던 것처럼 태연하게.

죄책감이 날 짓눌렀다. 그것은 사랑니 치료를 마치고 마취가 조금씩 풀릴 때의 불쾌한 느낌과 비슷했다. 내 살이지만 마치 남의 살처럼 느껴지는 육체의 괴리감이었다. 바닥을 흔들어대던 간절한 울림은 여섯 번째로 죽은 자의 마지막 희망이었다. 만일 그때 경찰에 신고만 했더라면 살아있을 수도 있을 텐데.

…아니다. 죽은 놈은 틀림없이 끔찍한 범죄자였을 것이다. 어린아이를 강간 살해한 놈이거나 묻지 마 살인자거나 가정 파괴범일 것이다. 죽어 마땅한 놈이었을 것이다.

…하지만 만에 하나 억울한 누명을 쓴 사람이었다면? 기껏해야 소매치기나 하는 잡범이었다면? 인터뷰 내내 해체용 테이블에 묶여 죽을 순간만 기다리던 그의 심정은 어땠을까. 기요틴과

나누던 이야기를 그도 지하에서 듣고 있던 것은 아닐까. 발이나 머리로 벽을 찍어 대며 온몸으로 살려달라고 몸부림치지는 않았을까.

단죄와 양심 사이에서 난 갈대처럼 흔들렸다. 어린아이가 어설프게 쌓아놓은 성냥개비 탑처럼 중심은 위태로웠다. 불안은 몸으로 나타났다. 나도 모르게 다리를 떨기 시작했다. 생각에 골몰할수록 하체를 바람 앞 사시나무처럼 쉴 새 없이 움직였다. 자율신경과 상관없이 한쪽 다리는 좁은 데스크 아래쪽을 휘저었다. 무릎이 책상 한 귀퉁이를 계속 쳐댔다. 얼마나 심하게 떨었는지 벽에 못을 박는 소리처럼 들렸다. 사장이 버럭 소리쳤다.

"인마, 다리 좀 그만 떨어! 정신없어!"

책상 위에 올려놓은 핸드폰이 울렸다. 택배를 경비실에 맡겼다는 배달 기사의 문자였다.

퇴근길에 경비실을 들렀다. 택배를 건네받았다. 스티로폼 상자였다. 발신자 주소와 이름은 없었다. 깨지기 쉬운 물건. 배달 주의. 상자 위에 붉은색으로 커다랗게 적혀있었다. 물건을 들고 경비실을 나가려는데 경비가 물었다.

"705호 사시는 분 맞죠?"

"예."

"어젯밤 집에 계셨어요?"

"예."

"새벽에 밤새 소음이 난다고 신고가 들어와 주민들 다 깨어나고, 경찰 출동하고, 한바탕 난리 났었는데. 경찰하고 나하고 주민 몇 명이 꼭대기부터 한 집씩 돌아다니며 어디서 소리가 나나 찾으러 다녔어요. 705호도 초인종 누르고 했는데 못 들었어요?"

"…잠귀가 어두워서요."

"아니, 아무리 곤히 자도 그렇지 어떻게 그 소릴 못 들어요? 거의 건물을 때려 부수는 것 같던데. 동네 사람들도 잠옷 바람에 다 뛰어나와 한바탕 난리를 쳤거든요."

"어느 집인지 찾았나요?"

"위층이 아니라 맨 아래층, 102호였어요. 4, 5호 라인도 아니고 바로 옆 라인인 2, 3호 라인이었죠. 이놈의 건물은 어떻게 지었는지 맨 아래층 소리가 사방팔방으로 전파가 되고 그러는지, 무슨 메아리도 아니고."

"…"

"그나마 다행인 건 102호 오늘 이사 갔어요. 잠을 자다가 갑자기 정리 못 한 짐이 생각나 새벽까지 포장했대요. 그 양반도 참, 자다가 일어나 짐을 쌌다고 하네요. 별 몰지각한 사람도 다 있어. 아침에 관리비 정산하러 왔을 때도 미안하다는 말 한마디 없더라고요. 도리어 우리한테 뭐라고 하던데. 뭐 그 정도 소음 가지고 호들갑이냐고 되레 큰소리를 치더라고요. 자기는 조용히 포장만 했는데, 무슨 쿵쿵거리는 소리를 냈냐며 말이죠."

경비 아저씨는 어젯밤 해프닝의 전말과 이사 간 남자에 대한 욕을 끝도 없이 해댔다. 마치 그동안 주민들로부터 받은 스트레스를 한꺼번에 풀어버리려는 것만 같았다.

들어오는 길에 102호를 살펴보았다. 창문에는 청테이프가 X자로 붙어있었다. 텅 빈 거실에 쓰레기봉투와 목장갑, 종이 상자가 너저분하게 굴러다녔다.

택배를 들고 공동현관문 앞에 섰다. 머리꼭지가 뜨거웠다. 위를 올려다보았다. 길고양이 푸르미가 현관문 지붕 위에 앉아있었다. 나를 빤히 내려다보는 중이었다. 기시감이 들었다. 언젠가 본 듯한 익숙한 상황이었다.

이것은 마치…

아니다. 푸르미는 달라져 있었다. 목에 목줄이 사라졌다. 어떻게 푼 걸까. 단단하게 묶인 쇠줄을. 사슬이 사라진 목덜미의 푸른 단모에는 차가운 윤기만 흘렀다.

푸르미는 조용히 자리에서 일어났다. 제 앞에 놓여있는 물체를 입에 물었다. 죽은 쥐였다. 계단 아래로 뛰어내렸다. 나무담장을 향해 걸었다. 발을 디딜 때마다 쥐꼬리가 덜렁거렸다. 푸르미는 담장 틈으로 빨려 들어가듯 사라졌다.

집에 들어오자마자 커터를 꺼냈다. 택배 상자를 꽁꽁 싸맨 테이프를 갈랐다. 뚜껑을 열었다. 아이스 팩이 가득했다. 팩과 팩 사이에 불룩한 것이 얼핏 보였다. 팩을 하나씩 하나씩 끄집어냈다. 상자 속 내용물은 조금씩 모습을 드러냈다.

팔 대 이로 잘 정돈된 머리카락. 반쯤 감긴 채 초점을 잃은 눈. 아무런 특징 없는 평범한 검은 뿔테 안경. 입, 코, 눈, 귀에서 흘러내려 딱딱하게 굳어버린 검붉은 피딱지. 파란 수염 자국과 창백한 피부. 날렵하고 오똑한 콧날. 그것은 얼어붙은 기요틴의 머리였다.

상자 주변이 온통 하얗게 변했다. 정신이 혼미해졌다. 이마에 식은땀이 흘러내렸다. 이 세상에는 오직 잘린 머리통과 나만 존재했다. 상자 뚜껑 안쪽에 네모나게 접힌 편지가 붙어있었다. 고정한 테이프를 뜯어내려고 했지만, 손이 떨려 쉽지 않았다. 종이를 펼쳤다. 손으로 반듯하게 쓴 편지였다.

『이기우 기자님께.

기자님께서 이 이 편지를 읽을 즈음 전 이미 죽어있을 테죠. 기요틴 처형 방식대로 말입니다.

제 주검이 발견되면 경찰과 언론에서는 기요틴의 여섯 번째 피해자인 나에 대해 샅샅이 파헤칠 겁니다. 그렇지만 그들이 알아내게 될 것은 지극히 평범한 어느 소시민의 죽음뿐일 겁니다.

필부필부의 집안에서 태어나 별문제 없는 청소년기를 보내고 유학을 다녀와 대학에서 학생들을 가르치다 시골에서 조그마한 카페를 운영하는 노년의 남자. 범죄와는 평생 관련이 없던 한 사내.

세상은 그런 사실에 경악하겠죠. 지금까지 기요틴에 의해 죽임을 당한 자들은 하나같이 죽어 마땅한 범죄자들이었으니까요. 아마도 일부는 내게 어떤 숨겨진 범죄사가 있을 것이라 의혹의 눈초리로 대할 수도 있을 겁니다. 말 만들어 내기 좋아하는 음모론 추종자나 유튜버들은 여러 가지 범죄를 나와 연관시킬지도 모르겠습니다. 간과했던 과속 범칙금 미납은 억대 사기죄로, 사업상 흔한 채무 다툼은 조직폭력배를 동반한 폭행으로, 젊은 시절 겪은 술집에서의 사소한 몸싸움은 살인미수로 가공해 내 죽음 뒤에 놓아둘 수도 있겠죠.

이기우 기자님. 전 자유, 평등, 인권에 대한 프랑스 선언문을 설명하면서 이런 말씀을 드렸습니다. 누군가의 인권을 파멸하는 자는 벌을 받아야 한다. 합당한 대가를 치러야 한다. 거기에는 형법이 정한 형벌 이상의 것이 필요하다. 기요틴으로서의 나는 신념에 따라 흉악범들을 처단했습니다.

하지만 학자로서의 나, 인간으로서의 나는 타인의 인권을 파멸하는 특권을 무지막지하게 휘두른 일개 모리배일 뿐입니다. 기요틴의 행위는 선언문의 4조와 9조, '자유란 타인을 해치지 않는 한 모든 행위를 할 수 있는 자유'이며 '필요하지 않은 강제 조처는 법에 의하여 엄중히 제지되어야 한다'라는 대원칙에 어긋나는 것입니다. 그것은 얄팍한 자기기만이자 생명에 대한 지독한 모욕일 수밖에 없습니다. 누군가의 인권을 운운하며 누군가를 가축처럼 도살하는 짓은 돌이킬 수 없는 죄입니다. 쓰레기 같은 범죄자들을 처리했어도 그것이 면죄부가 될 수는 없는 법입니다.

난, 나 기요틴에게 연쇄 살인, 고문과 시신 훼손의 죄명을 들어 참수를 명했습니다. 미래는 이미 오래전부터 정해졌습니다. 이기우 기자님, 우린 또다시 같은 배를 탔군요.

PS.

— 잘린 머리가 자의식이 있다는 것을 증명하기 위해 저를 보냅니다. 난 내 인생의 마지막 남은 13초를 미소 짓는 데 집중할 겁니다. 만일 웃고 있다면 내기는 제가 이긴 것이 됩니다.

— 마지막으로 하나 더. 언제일지는 저도 모르겠지만 제 옛 친구들(아마도 검은 옷을 입고 있을 겁니다)이 당신을 찾을 날이 올 겁니다. 부디 그때까지 강녕하시길.

천장 한복판의 하얀 형광등을 멍하니 바라보았다.

"기자님은 아직도 절 인터뷰하러 오셨다고 생각하시나요?"

기요틴의 말이 생각났다. 그는 옳았다. 난 그를 인터뷰하지 않았다. 그가 날 인터뷰했다.

쿨럭. 추르르. 쿨럭. 추르르.

소음이 또 들려왔다. 천장 쪽인 것 같기도 하고, 창문 쪽 벽인 것 같기도 하고, 아랫집에서 나는 것 같기도 했다. 평형감각에 이상이 생긴 들짐승처럼 주위를 두리번거렸다. 경비는 소음의 원인이었던 102호 남자가 오늘 아침 이사 갔다고 했다. 내 눈으로도 빈집을 보았다. 귀를 의심했다. 난 콘크리트 구조물이 내는 경고음에 집중했다.

벽을 타고 다른 라인에서 흘러나왔을지도… 이사 갔다던 102호 남자가 빠뜨리고 간 물건을 찾으러 다시 왔을지도… 벽에 귀를 바짝 댔다. 자세히 들어보니 그것은 깊은 강물을 쉬지 않고 휘젓는 노의 움직임 소리처럼 들렸다.

작가의 말

선과 악을 다룬 이야기는 시대와 지역을 막론하고 보편적으로 전승됐습니다. 명암이 유독 뚜렷했던 신화적 이야기에서부터 도덕적 교훈을 주는 고전까지 우리 모두의 가치관에 두루 영향을 주었지요. 하지만 현대에 들어와서는 다양하게 변주되고 이질적인 형과 색으로 바뀌어 갔습니다. 순수한 선과 악은 한낱 판타지가 돼버린 것은 아닐지 싶을 정도로 말입니다.

여느 날처럼 글을 쓰다가 문득 이런 의문이 들었습니다. 밤낮처럼 선명했던 어릴 적의 선악이 왜 지금은 구분하기도 어려울 만큼 흐리멍덩해졌을까. 철학적 논의의 발전, 윤리적 상대주의,

개인의 주관성, 사회 정의의 복잡함 등등 무수한 사유에서 나름의 이유를 쉽게 찾아낼 수 있을 것입니다. 하지만 변하지 않은 (앞으로도 그러리라 생각되는) 분명한 것이 하나 있음을 또한 깨달았습니다. 지금의 우리는 오롯이 어느 한쪽에서만 살기 어려운 시대를 살고 있다는 점이지요.

빛과 어둠에 관한 이야기의 시작은 이러한 고민에서부터 출발했습니다. 그 결과 2022년도에 《마그리트의 껍질》을, 올해 《검은 옷을 입은 자들》을 출간하게 되었습니다. 《검은 옷을 입은 자들》은 앞선 작품과 대척점에 선 얼개로 최초 계획했던 구성에 2019년도에 쓴 별개의 중편소설 〈인터뷰〉를 붙여 보완한 작품입니다. 덕분에 의도했던 것보다 분량은 많아졌지만 완성도는 더 올라갔다고 생각합니다. 이번 작품으로 목표한 이야기의 3분의 2 지점을 들어서게 되었습니다. 이제 다시 신발 끈을 질끈 고쳐 묶고 도착점을 향해 달려가고자 합니다. 지금처럼 묵묵히 뛰다보면 언젠가는 제가 그리려는 종착점의 진짜 엔딩을 보게 되지 않을까 싶군요.

작품을 완성하는 데 많은 도움을 준 우리 동네 도서관, 책장에 꽂혀있는 역사, 제자백가 사상, 범죄 심리, 의공학 서적들, 여전히 아메리카노 커피 값을 올리지 않은 모퉁이 커피숍, 느닷없는 영감을 주는 안사람과 애독자 1호인 우리 아이에게 고마움을 표합니다. 더불어 출간 기회를 주신 문학수첩의 강봉자 대표님, 교정/교열에 힘써주신 이인영 님과 출판사 관계자분들께도 깊은 감사를 전합니다.

2024년 9월
유리창이 뿌예 계절의 변화를 느끼지 못하는 서재에서

최석규 올림

검은 옷을 입은 자들

초판 1쇄 인쇄 2024년 9월 19일
초판 1쇄 발행 2024년 10월 2일

지은이 | 최석규
발행인 | 강봉자, 김은경

펴낸곳 | (주)문학수첩
주소 | 경기도 파주시 회동길 503-1(문발동 633-4) 출판문화단지
전화 | 031-955-9088(마케팅부) 031-955-9530(편집부)
팩스 | 031-955-9066
등록 | 1991년 11월 27일 제16-482호

홈페이지 | www.moonhak.co.kr
블로그 | blog.naver.com/moonhak91
이메일 | moonhak@moonhak.co.kr

ISBN 979-11-93790-37-3 03810

＊파본은 구매처에서 바꾸어 드립니다.